稀見明刻詩文評二種

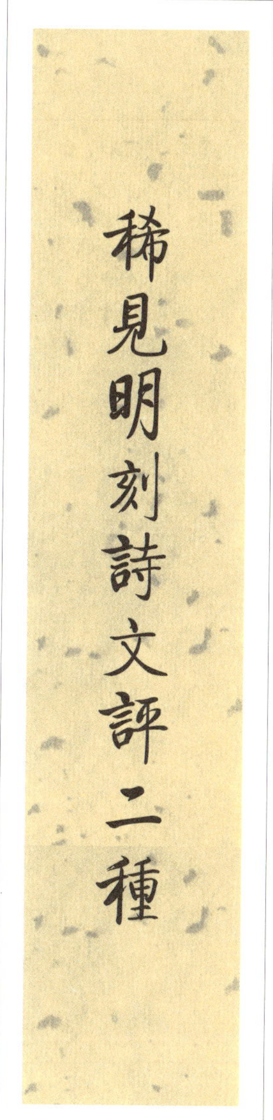

中華書局　編

中華書局

圖書在版編目 (CIP) 數據

稀見明刻詩文評二種 / 中華書局編 . — 北京 : 中華書局 , 2016.1

ISBN 978-7-101-11268-9

Ⅰ. 稀… Ⅱ. 中… Ⅲ. 詩學—研究—中國—唐宋時期 Ⅳ. I207.2

中國版本圖書館 CIP 數據核字 (2015) 第 237533 號

責任編輯：陳利輝　張　昊
封面設計：蔡立國

微信

新浪微博

稀見明刻詩文評二種

中華書局 編

*

中 華 書 局 出 版 發 行

（北京市豐臺區太平橋西里 38 號　100073）

http://www.zhbc.com.cn

E-mail:zhbc@zhbc.com.cn

三河市百福春印刷有限公司印刷

*

889 × 1194 毫米 1/16 · 28印張

2016 年 1 月北京第 1 版　2016 年 1 月三河第 1 次印刷

定價：980.00 元

ISBN 978-7-101-11268-9

出版説明

本書收兩種稀見明刻詩文評著作，影印底本均爲國家圖書館藏品，分别爲：明活字印本《石門洪覺範天厨禁臠》，明金陵唐建元刻套印本《鍾伯敬先生硃評詞府靈蛇》。

《石門洪覺範天厨禁臠》三卷，宋釋惠洪撰。惠洪（一〇七一—一一二八），宋僧，本名德洪，字覺範，俗姓有喻、彭、俞三説，筠州新昌縣人。工詩。著有《石門文字禪》《冷齋夜話》《禪林僧寶傳》《臨濟宗旨》等。

是本原書一册，以上中下分卷，書高二十一點八釐米、寬十三點二釐米，版框高十六點六釐米、寬十一點七釐米，鈐「八千卷樓珍藏善本」朱文長方、「江蘇第一圖書館善本書之印記」朱文方、「四庫坿存」朱文長方、「八千卷樓」朱文方、「王宗炎印」白文方、「公約過眼」白文方印等等。據《中國古籍善本書目》，此書現存明活字印本、明抄本兩種版本，且均僅爲國家圖書館所藏。

書首正德丁卯（二年，一五〇七）東川黎堯卿跋點明了此書的版本來源及刊刻情形：「勝國前有摹本而今亡矣。予得其抄本訂之，將與海内豪傑共之。秣陵鄉進士張天植遂成吾志刻之。」

關於此書創作緣起，據卷上開首：子美大才，故能兼諸家所長。而人並非皆能達子美之境，故多專門名家，隨其性分之短長與才之小大，於專門句法，各有去取。遂采唐五代及近世諸名家作品，附於諸格法之下，以實例闡明作詩三昧。

《鍾伯敬先生硃評詞府靈蛇》四卷，明鍾惺、李光祚輯。鍾惺（一五七四—一六二五），明竟陵人，字伯敬，號退谷，別號退庵，萬曆三十八年（一六一〇）進士，官至福建提學僉事。説詩以幽深孤峭爲鵠，與同里譚元春評選《古詩歸》《唐詩歸》，當時謂之「竟陵體」。著有《隱秀軒集》，編評《名媛詩歸》《周文歸》《唐宋十二大家文歸》《皇明十大家文選》等，另評點《三國演義》《水滸傳》等小説，自撰歷史演義。李光祚，字贊庭，豐城人，事蹟不詳。

是本原書四册，以元亨利貞分卷，書高十八點五釐米、寬十一點八釐米，版框高十一點六釐米、寬九點一釐米，鈐「鍾惺之印」朱文方、「程雲從印」白文方、「龍德父」白文方印等等。據《中國古籍善本書目》，此書現存僅明金陵唐建元刻套印本，且僅爲國家圖書館所藏。

此書書首有竹節欄書名頁，大字雙行書「鐫鍾伯敬先生 硃評詞府靈蛇」，雙行之間丹書「金陵唐翼甫藏板」，次鍾惺題、程雲從所書之敘，次目録，次正文，正文卷端下題「景陵鍾惺伯敬父選，豐城李光祚贊庭父輯，秣陵程雲從龍德父校，唐光夔冠甫氏閲，唐建元翼甫氏梓」。書中既有從明以前詩話、雜著、詩法專著等作品中抽繹匯總的作詩之法，又有作者獨到的見解與發明。

釋惠洪爲宋代著名的詩僧，鍾惺則爲明代後期竟陵派的代表人物，上述二書均是其創作實踐的總結，部分反映了他們的文學趣味與主張，是研究二人生平、創作、思想等等的必備資料之一，對於中國古代文學史、文學批評史等研究而言，也是非常重要且實用的文獻。

中華書局編輯部

二〇一五年十月

目録

石門洪覺範天厨禁臠三卷

◎

〔宋〕釋惠洪撰

明活字印本

詩文評類

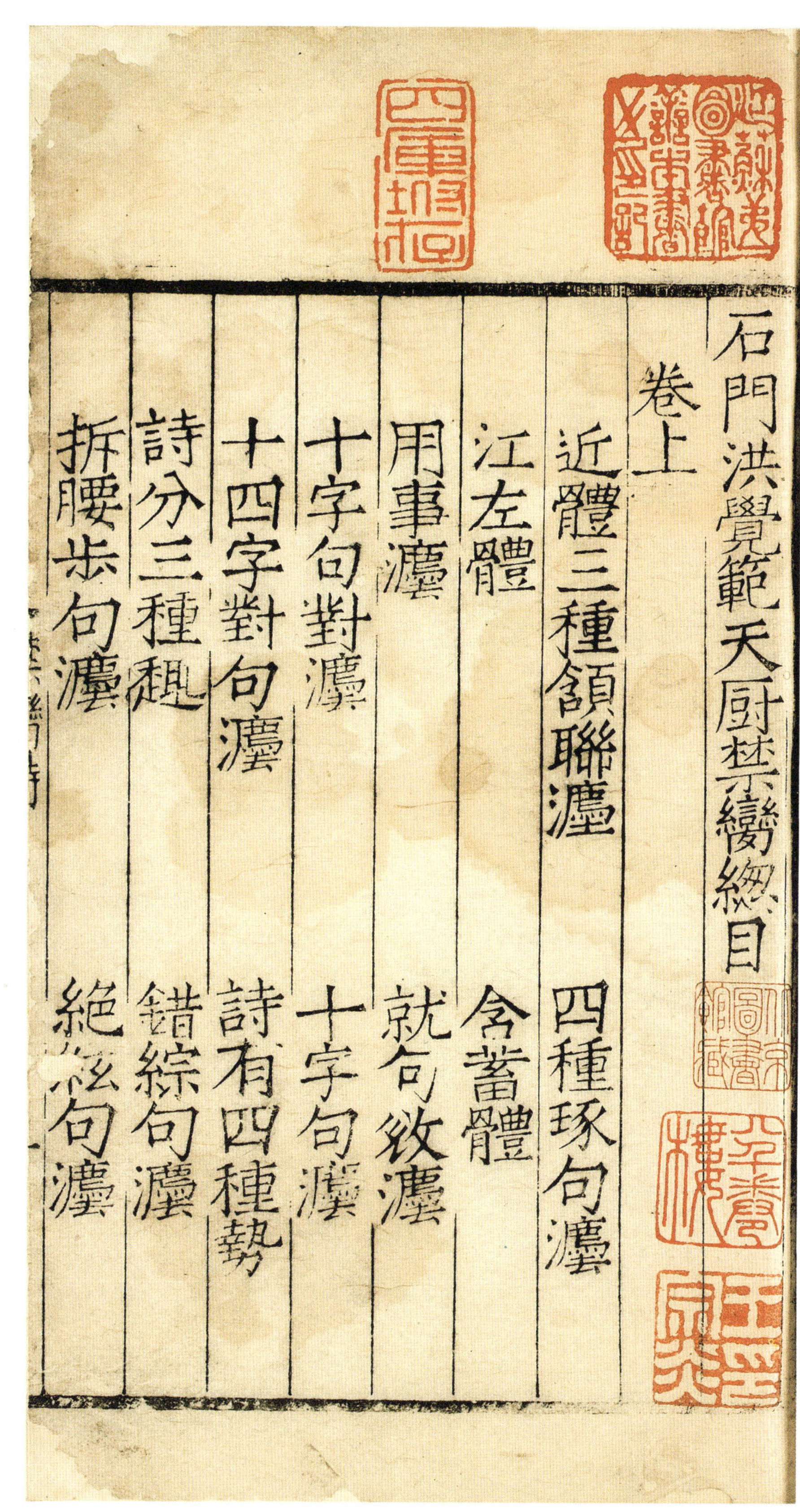

石門洪覺範天厨禁臠總目

卷上

石門洪覺範天廚禁臠目錄終

礦樸不鍊不成霧縠不涅不釁吾人欲染指風雅而無所師授尠不墮落外道者况望了達玄奥哉天厨禁臠釋洪覺範編也頗得三昧法閲詩壇蹊徑在焉勝國前有摹本而今亡矣予得其抄本訂之將與海内豪傑共之秣陵鄉進士張天植遂成吾志刻之正德丁卯東川黎堯卿跋

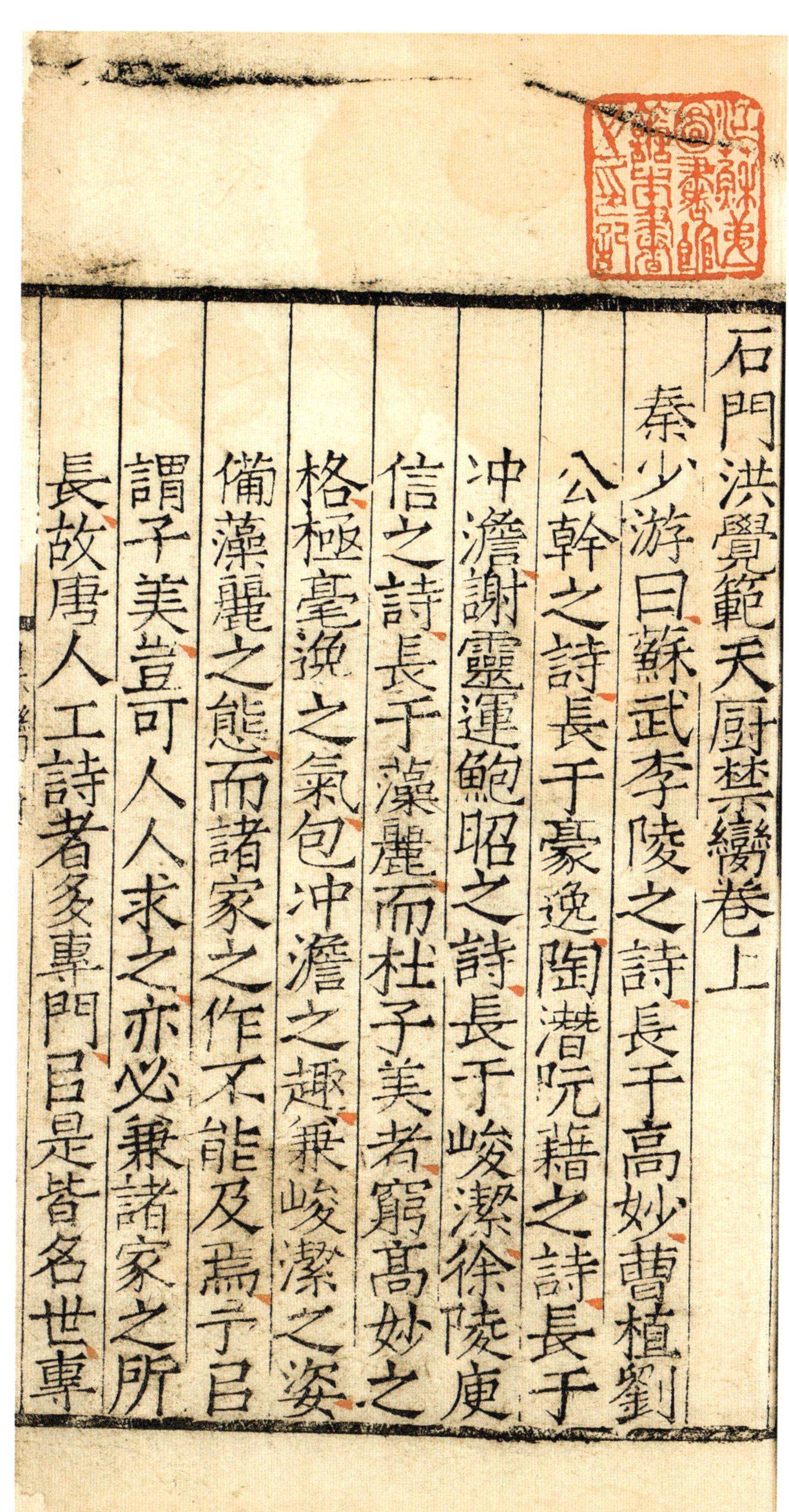

石門洪覺範天厨禁臠卷上

秦少游曰蘇武李陵之詩長于高妙曹植劉公幹之詩長于豪逸陶潛阮籍之詩長于冲澹謝靈運鮑昭之詩長于峻潔徐陵庾信之詩長于藻麗而杜子美者窮高妙之格極豪逸之氣包冲澹之趣兼峻潔之姿備藻麗之態而諸家之作不能及焉予曰謂子美豈可人人求之亦必兼諸家之所長故唐人工詩者多專門曰是皆名世專

門句法隨人所去取然學者不可不知凡

諸格法畢隸于此

近體三種頷聯法

寒食對月

無家對寒食有淚如金波斫却月中桂清光應更多仳離放紅蘂想像顰青蛾牛女漫愁思秋期猶渡河

此杜子美詩也其法頷聯雖不拘對偶疑非聲律然破題引韻已的對矣謂之偷春格言

如梅花偷春色而先開也山谷嘗用此法作茶詞曰烹茶留客駐雕鞍有人愁遠山別郎容易見郎難月斜窻外山自郎去後憶前懽畫屏金博山一盃春露莫留殘與郎扶玉山盞下押四山字上鞍難歡殘皆有韻如是乃知其工也

下第

下第唯空囊如何住帝鄉杏園啼百舌誰醉在花傍淚落故山遠病來春草長知音逢豈易孤

棹頁三湘

此賈島詩也頷聯亦無對偶然是十字叙一事而意貫上二句及景聯方對偶分明謂之蜂腰格言若已斷而復續也

吊僧

幾思聞靜話夜雨對禪牀未得重相見秋燈照影堂孤雲終負約薄宦轉堪傷憂繞長松塔遥焚一炷香

此鄭谷詩也頷聯與破題便作隔句對若

施之于賦則曰幾思共話對夜雨之禪床未得重逢照秋燈之影室也

四種琢句灋

近體詩以聲律爲標準每錙銖而較之蓋其灋嚴甚然妙意欲達而爲詞語所礙則奈何曰有假借之灋

月中桂

根非生下土葉不墜秋風

贈隱者

五峯寒不下萬木幾經秋

月中桂省題詩也二詩皆以秋對下盡下字之同聲也

山行

因尋樵子徑偶到葛洪家

遊山寺

殘春紅藥在終日子規啼

此以子對紅又以紅對子皆假其色也

宿栢岩

閒聽一夜雨更對栢巖僧

移居

住山今十載明日又遷居

此已一夜對栢巖又已十對遷假千百之數耳

宿西林寺

聽雨寒更盡開門落葉深

登樓晚望

微陽下喬木遠燒入秋山

此詩唐僧無可詩也退之所稱島可島謂
賈島也此句瀟灑有奇趣然譬之嚼蠏螯
不能多得一夜蕭蕭謂必雨也及曉廼葉
落也其境絶可知方遠望謂斜陽自喬木
而下廼是遠燒入山其遠可知矣

江左體

題省中院壁

掖垣竹埤梧十尋洞門對雪常陰陰落花遊絲
白日靜鳴鳩乳燕青春深腐儒衰晚謬通籍退

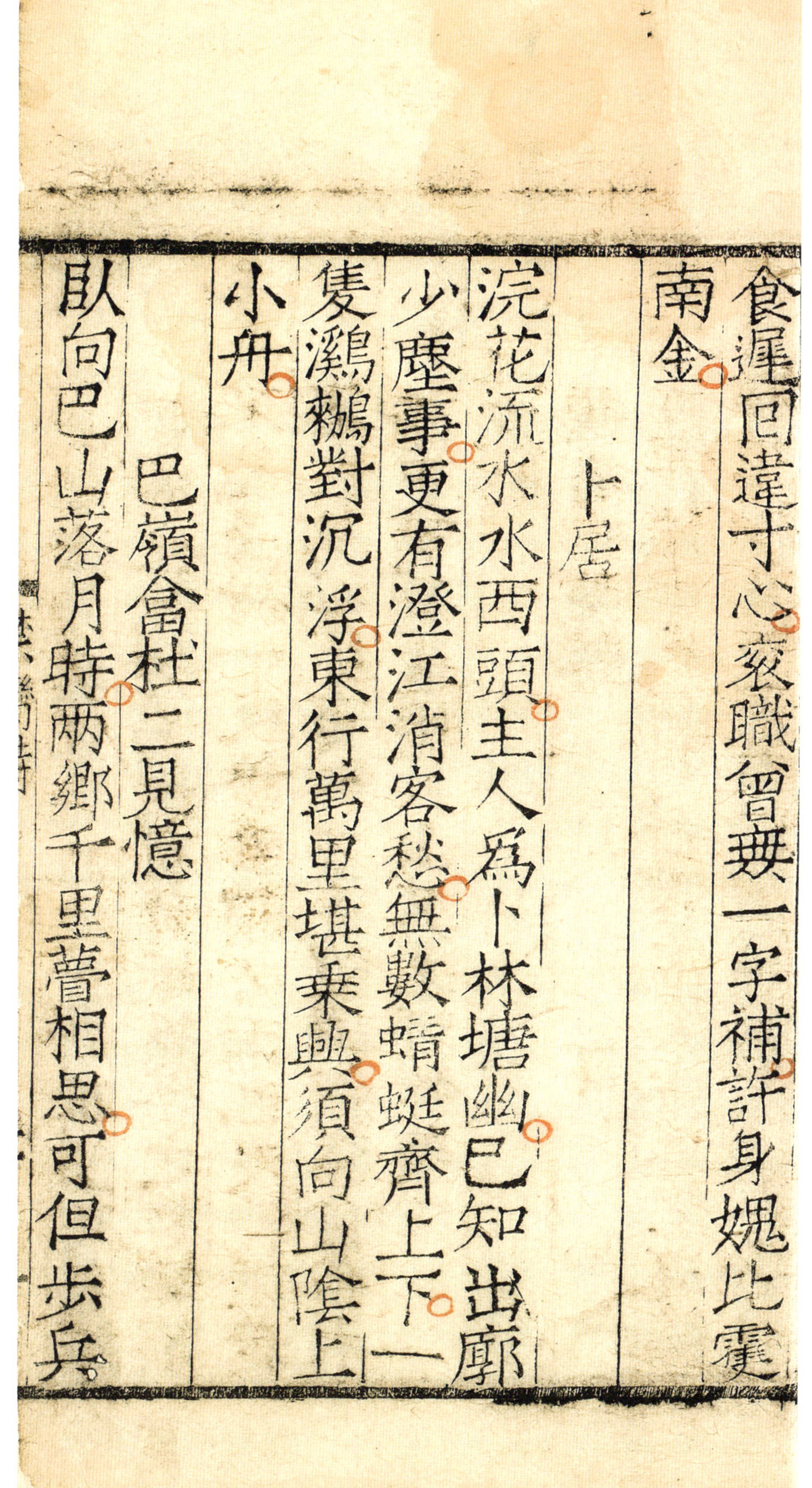

食遲回違寸心衮職曾無一字補許身媿比夔
南金

卜居

浣花流水水西頭主人爲卜林塘幽已知出郭
少塵事更有澄江消客愁無數蜻蜓齊上下一
隻鸂鶒對沉浮東行萬里堪乗興須向山陰上
小舟

巴嶺答杜二見憶

臥向巴山落月時兩鄉千里夢相思可但歩兵

偏愛酒也知光祿最能詩江頭赤葉楓愁客籬
外黃花菊對誰跂馬望君非一度冷猨秋鴈不
勝悲
前二詩杜子美作後一詩嚴武作皆子引
韻更失粘既失粘則若不拘聲律然其對
偶特精到謂之骨含蘇李體畧直作落星
寺詩廻是瀍之曰星宮遊空何時落著地
亦化爲寶坊詩人晝吟山入座醉客夜愕
江撼床蜂房各自開戶牖蟻穴或夢封侯

王不知青雲梯幾級更柱瘦藤尋上方

含蓄濃

登岷山

荒山秋日午獨上意悠悠如何望鄉處西北是融州

渡棄乾

客舍并州已十霜歸心日夜憶咸陽無端更渡桒乾水卻望并州是故鄉

山驛有作

策杖馳山驛逢人問梓州長江那可到行客替生愁

此三詩前一柳子作後二賈島作子厚客洛陽融州盖嶺外也幽燕并關河東望咸陽爲西南長江州在梓之西前輩多誦此詩少游嘗自題桑乾詩于扇上此所謂含蓄灋

用事灋

夔竹

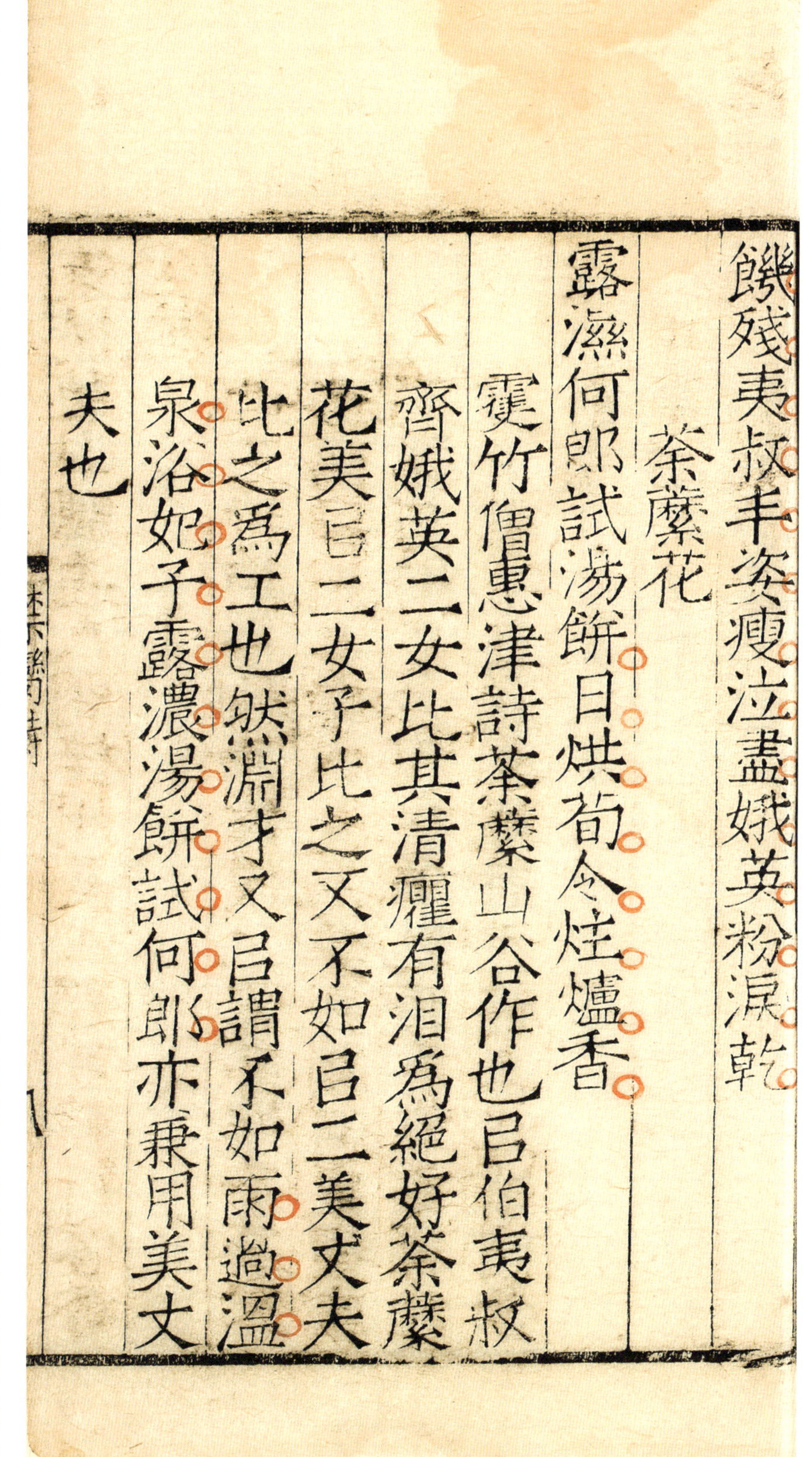

饑殘夷叔手姿瘦泣盡娥英粉淚乾

荼蘼花

露濕何郎試湯餅日烘荀令炷爐香

霓竹僧惠津詩荼蘼山谷作也㠯伯夷叔齊娥英二女比其清癯有泪爲絶好荼蘼花美㠯二女子比之又不如㠯二美丈夫比之爲工也然淵才又㠯謂不如雨過溫泉浴妃子露濃湯餅試何郎亦兼用美丈夫也

禁臠詩

就句對瀍

贈僧

往往語復默微微雨洒松

又

水邊林下何時去薄宦虗名欺得人

前詩賈島作後司空曙所作往往不可對微微去字不可對人字迺是詩一句㠯作對㠯語對默㠯雨對松㠯水邊對林下㠯薄宦對虗名也

十字對句瀍

梅

前村深雪裏昨夜一枝開

別所知

相看臨遠水獨自上孤舟

前對齊已作後對鄭谷作皆十字叙一事

而對偶分明

十字句瀍

如何青草裏亦有白頭翁

又

夜來乘好月信步上西樓

前對李太白詩後對司空曙詩已言十字對矣此又言十字句何㠯異哉曰青草裏不可對白頭翁夜來不可對信步㠯其是一意完全渾成故謂之十字句其瀍但可于頷聯用之如于景聯用則當曰可憐蒼耳子解伴白頭翁爲工也

十四字敘句瀍

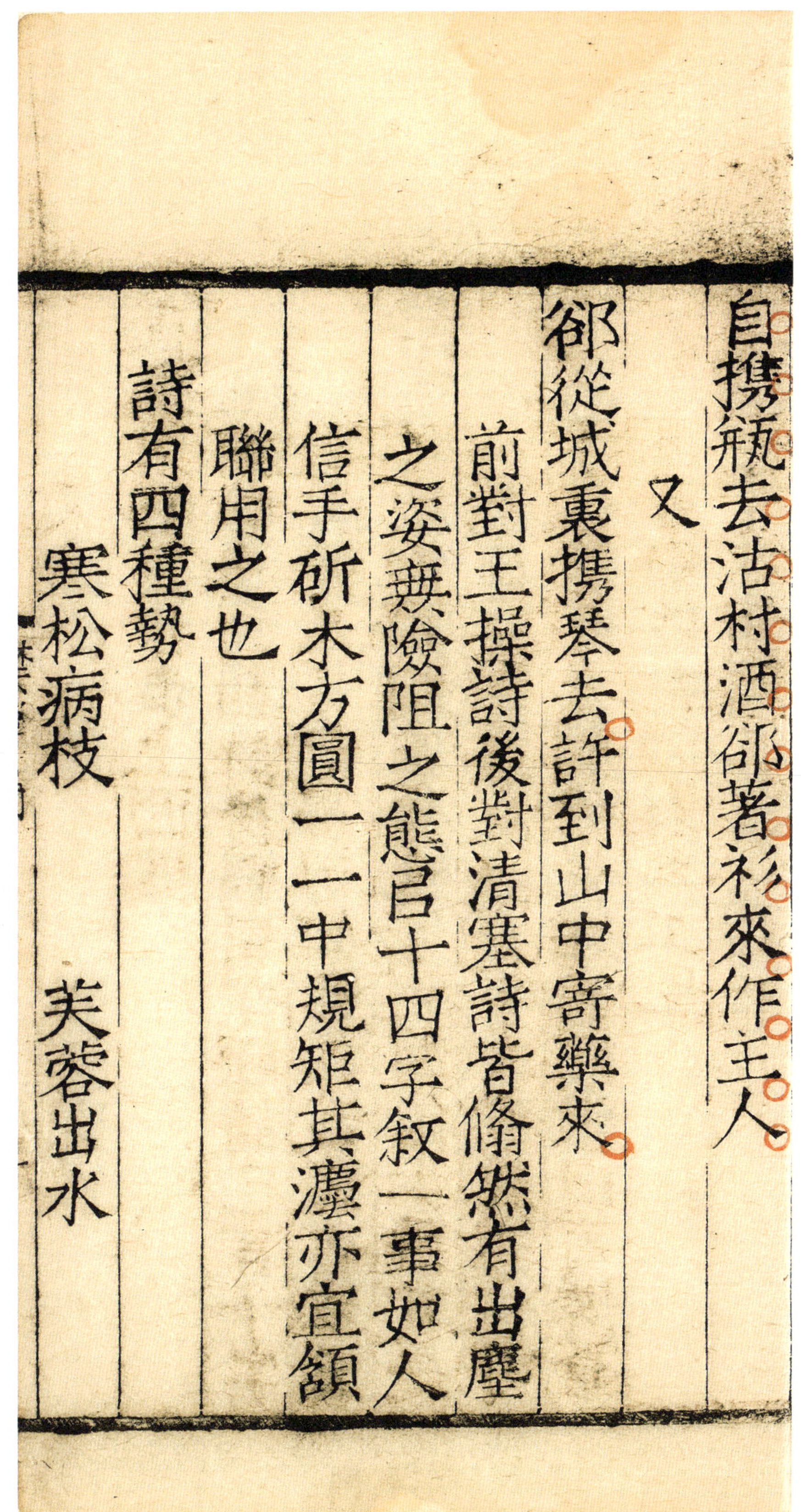

自携瓶去沽村酒卻著衫來作主人

又

郤從城裏携琴去許到山中寄藥來

前對王操詩後對清塞詩皆脩然有出塵之姿無險阻之態已十四字敘一事如人信手斫木方圓一一中規矩其濃亦宜領聯用之也

詩有四種勢

寒松病枝　芙蓉出水

轉石千仭　賢鄙同嘽

己公茆齋

江蓮搖白羽天棘蔓青絲

山寺

麝香眠石竹鸚鵡啄金桃

九日

竹葉于人既無分菊花從此不須開

關山道中

野店初嘗竹葉酒江雲欲落豆稭灰

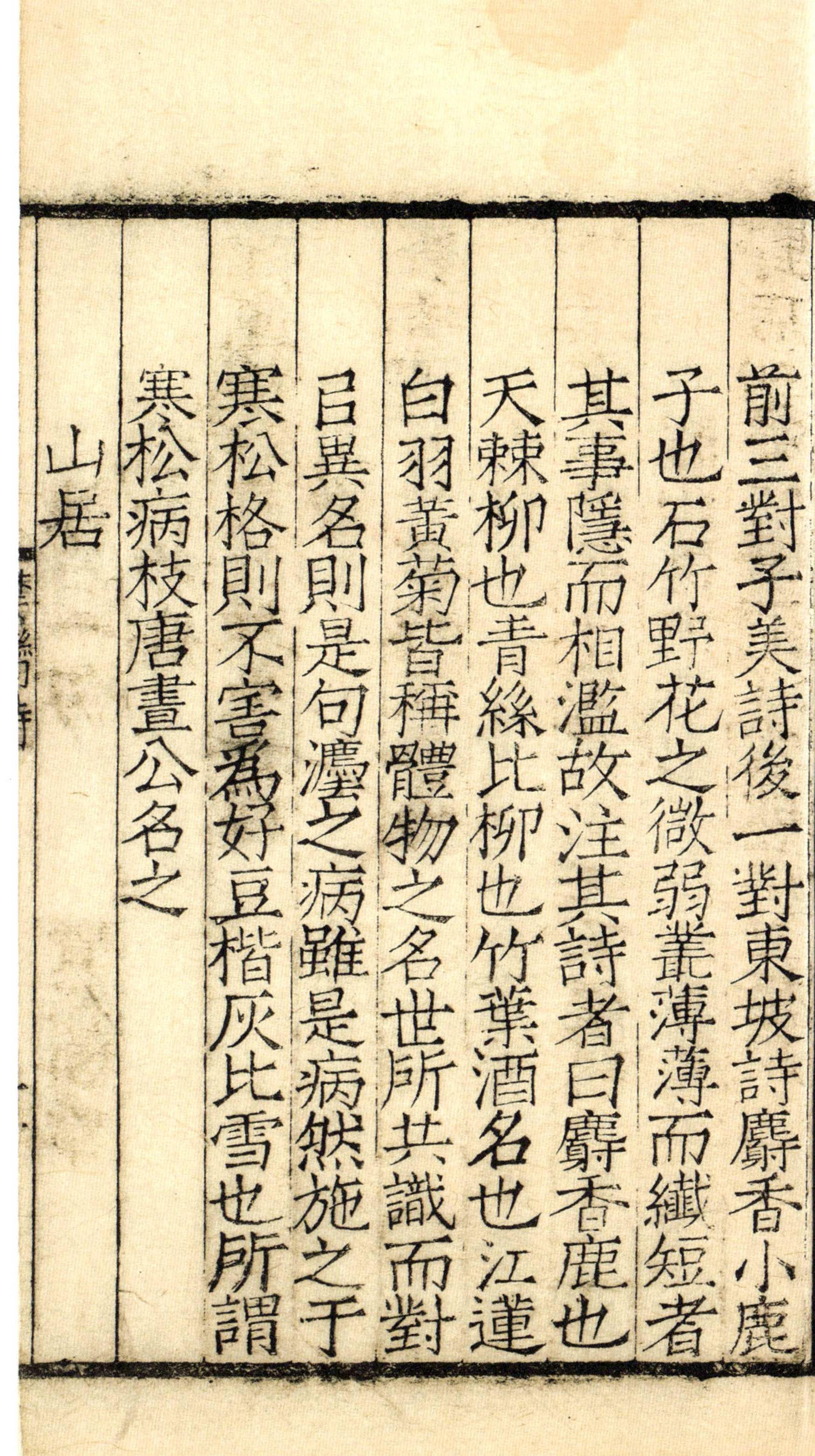
前三對子美詩後一對東坡詩麝香小鹿子也石竹野花之微弱叢薄而纖短者其事隱而相濫故注其詩者曰麝香鹿也天棘柳也青絲比柳也竹葉酒名也江蓮白羽黃菊皆稱體物之名世所共識而對吕異名則是句灋之病雖是病然施之于寒松格則不害爲好豆楷灰比雪也所謂寒松病枝唐畫公名之

山居

風定花猶落鳥鳴山更幽

雨過

涼生初過雨靜極忽歸僧

游康王觀

碁聲深院靜幡影石壇高

前對舒王集句次僧保暹作後司空曙所作讀之自然令人愛悅不假人言然後爲貴也此謂芙蓉出水晉謝靈運名之

華清宮

雷霆施號令星斗煥文章

懷古

經來白馬寺。僧到赤烏年。

前杜牧之詩後靈徹詩言天子之事以號令比雷霆必當以文章比星斗其勢不如此不能止其詞也東漢西國僧以白馬負經至洛陽而吳赤烏年中康僧會始領僧二十餘員至建業此所謂轉石千仞譬如以石自千仞岡上而下不至地不止此歐

陽公名之

宮怨

昔爲芙蓉花今作斷腸草吕色事它人能得幾時好

春日曲江

朝回日日典春衣每日江頭盡醉歸酒債尋常行處有人生七十古來稀穿花蛺蝶深深見點水蜻蜓款款飛傳語春光共流轉暫昔相賞莫相違

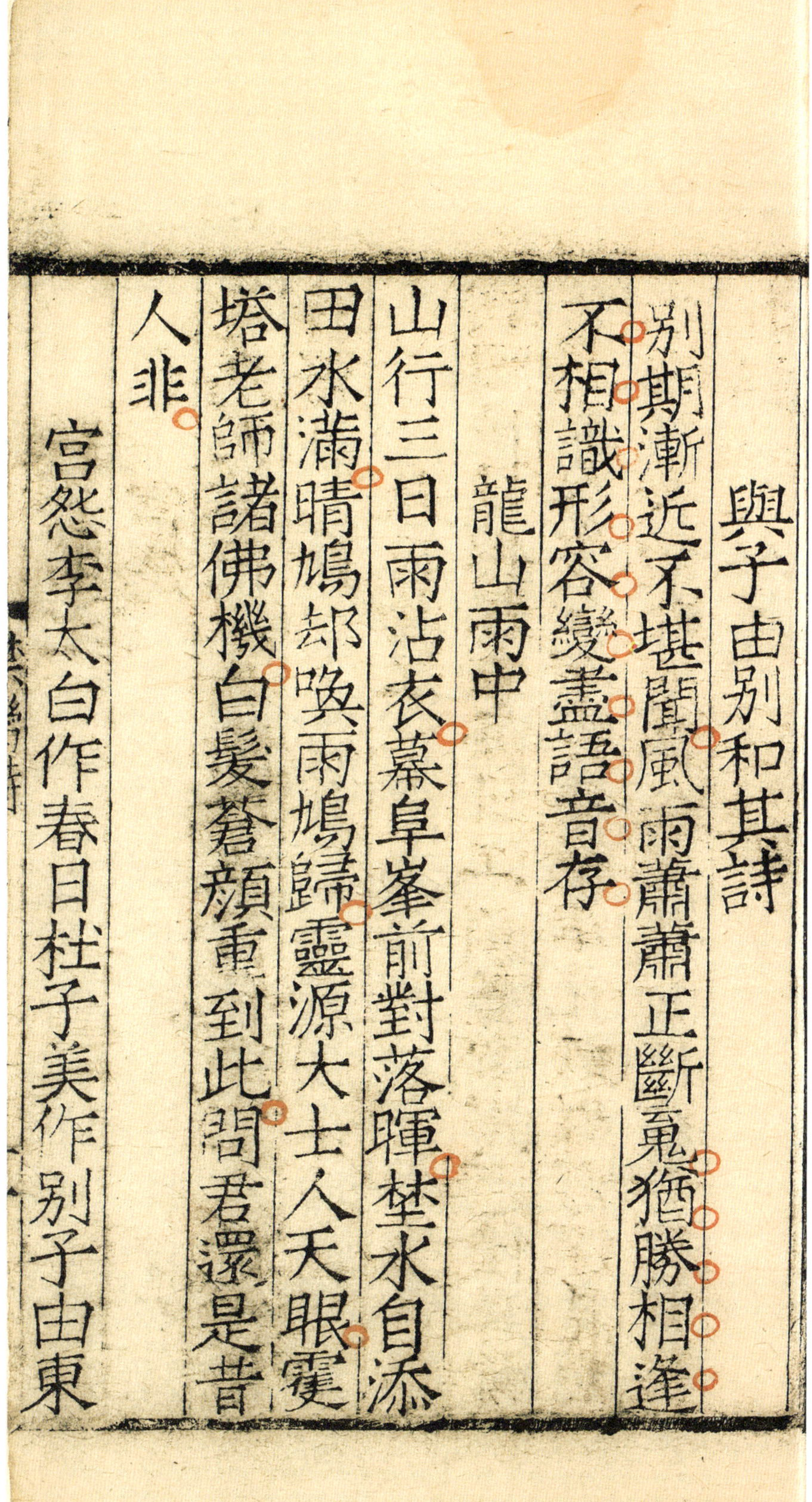

與子由別和其詩

別期漸近不堪聞，風雨蕭蕭正斷魂。猶勝相逢不相識，形容變盡語音存。

龍山雨中

山行三日雨沾衣，幕阜峯前對落暉。埜水自添田水滿，晴鳩郤喚雨鳩歸。靈源大士人天眼，雙塔老師諸佛機。白髮蒼顏重到此，問君還是昔人非。

宮怨李太白作　春日杜子美作　別子由東

坡作龍山雨中山谷作斷腸草其花美好
亦名芙蓉尋常七尺爲尋八尺爲常形容
變盡但譏其音聲存耳見東漢黨錮傳韓
馥言兄弟也鳩見雨即逐其婦晴則呼其
婦以喻君怒其臣即逐之怒息即詔其歸
爾此謂賢鄙同嘯謂其賢愚讀之皆意解
而愛敬之也以賢者知其用事所從出而
愚者不知不知猶爲好也此秦少游名之

詩分三種趣

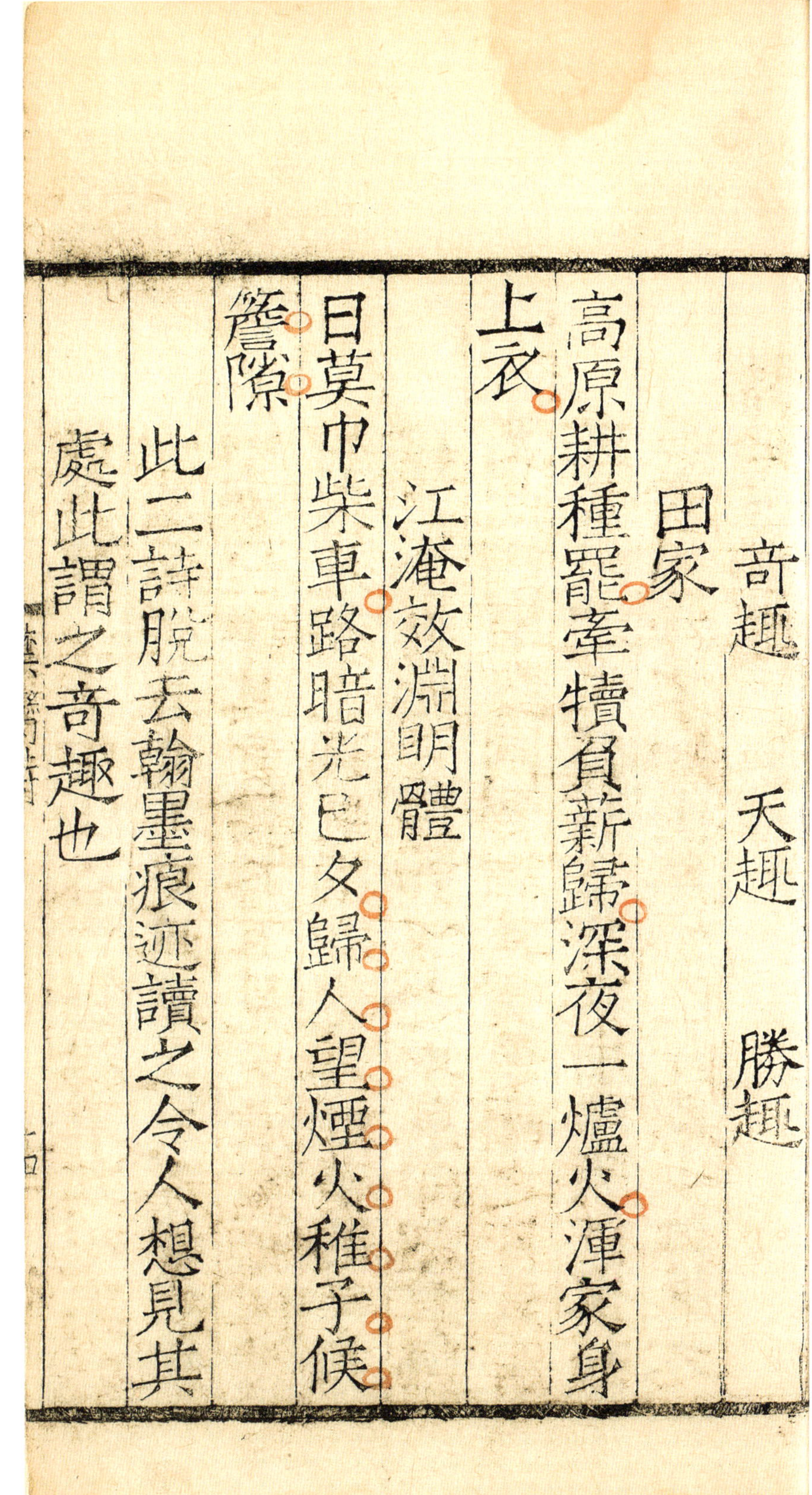

奇趣　天趣　勝趣

田家

高原耕種罷，牽犢負薪歸。深夜一爐火，渾家身上衣。

江淹效淵明體

日莫巾柴車，路暗光已夕。歸人望煙火，稚子候簷隙。

此二詩脫去翰墨痕迹，讀之令人想見其處，此謂之奇趣也。

宮詞

白髮宮娥不解悲滿頭猶自挿花枝曾緣玉貌君王寵準擬人看似舊時

大林寺

人間四月芳菲盡山寺桃花始盛開長恨春歸無覓處不知轉入此中來

此二詩前迺杜牧之作後白樂天作其詞語如水流花開不假功力此謂之天趣天趣者自然之趣耳

東林寺作

昔為東掖垣中客今作西方社裏人手把楊枝
臨水坐閑思往事似前身

長安道中

鏡中白髮悲來慣衣上塵痕拂轉難惆悵江湖
釣魚手却遮西日望長安

前詩白樂天作後詩杜牧之作吐詞氣宛
在事物之外殆所謂勝趣也

錯綜句灋

秋興

紅稻啄殘鸚鵡粒碧梧棲老鳳凰枝

又

繅成白雪桑重綠割盡黃雲稻正青

又

林下聽經秋苑綠江邊掃葉夕陽僧

前子美作次舒王作次鄭谷作然是三種錯綜已事不錯綜則不成文章若平直敘之則曰鸚鵡啄殘紅稻粒鳳凰棲老碧梧

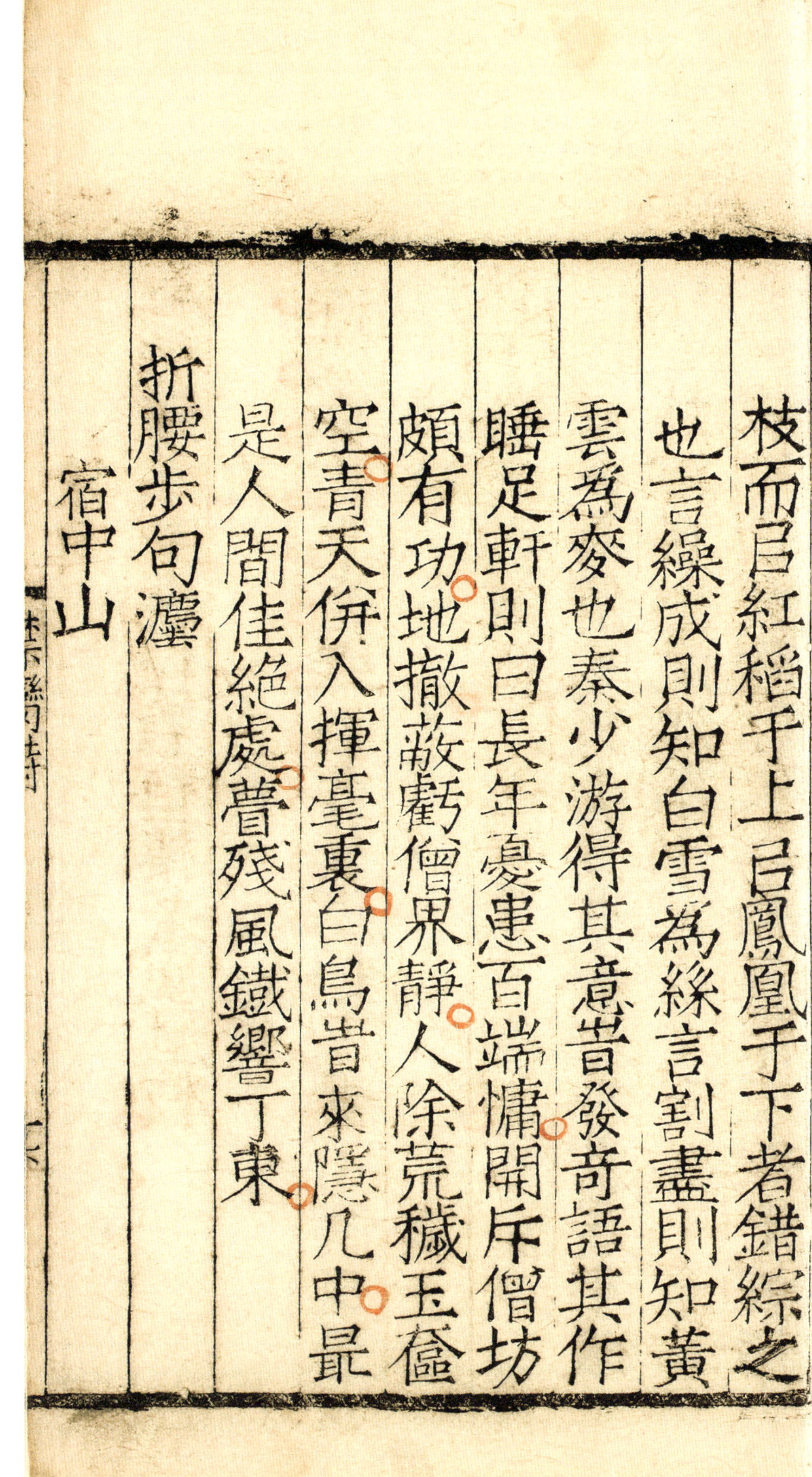

枝而已紅稻于上已鳳凰于下者錯綜之也言繰成則知白雪爲絲言割盡則知黃雲爲麥也秦少游得其意音發奇語其作睡足軒則曰長年憂患百端慵開斥僧坊頗有功地撤蔽虧僧界靜人除荒穢玉奩空青天併入揮毫裏白鳥昔來隱几中晁是人間佳絕處夢殘風鐵響丁東

折腰步句灋

宿中山

幽人自愛山中宿更近葛洪丹井西庭前有箇
長松樹夜半子規來上啼

南園

花枝草蔓眼前開小白長紅越女腮可憐日暮
嫣香落嫁與春風不用媒

送蜀僧

卻從江夏尋僧晏又向東坡別巳公當昔半破
娥眉月還在平羌江水中

前詩韋應物作次李長吉作又次東坡作

雖中失粘而意不斷也

絶絃句灋

寄遠

燕鴻去後湖天暖欲寄知音問水居七歲弄竿

今入十錦鱗吞釣不吞書

送道士

歲暮抱琴何處去洛陽三十六峯西生平不識

先生面不得一聽烏夜啼

前詩僧謙作後詩賈島作其詩語似斷絶

而意存如絃絕而意終在

影略句濃

落葉

返螘難尋穴歸禽易見窠滿廊僧不厭一箇俗嫌多

柳

半煙半雨村橋畔間杏間桃山路中會得離人無限意千絲萬絮惹春風

前詩劉義作後詩鄭谷作賦落葉而未嘗

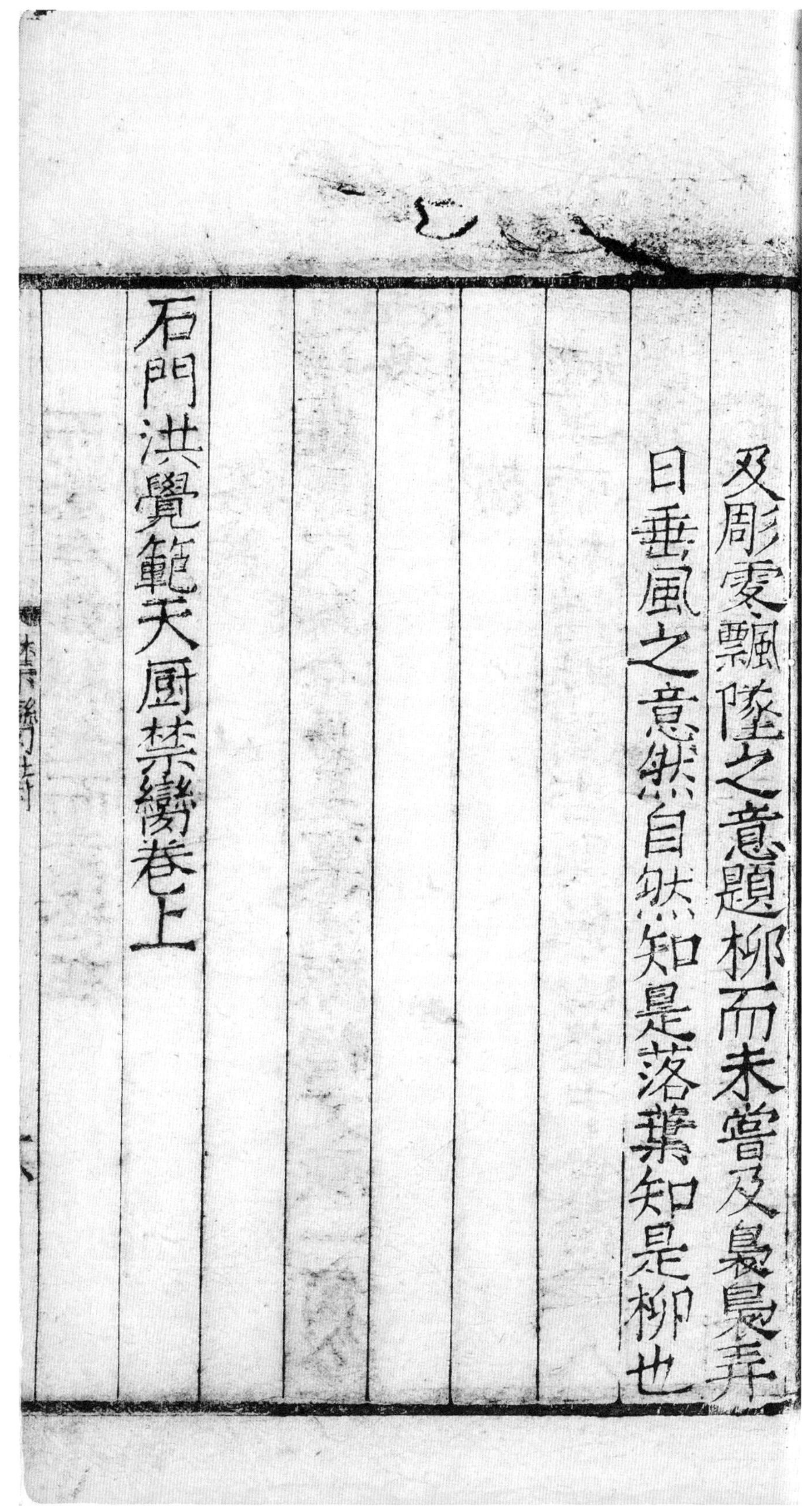

及彫零飄墜之意題柳而未嘗及裊裊弄

日垂風之意然自然知是落葉知是柳也

石門洪覺範天厨禁臠卷上

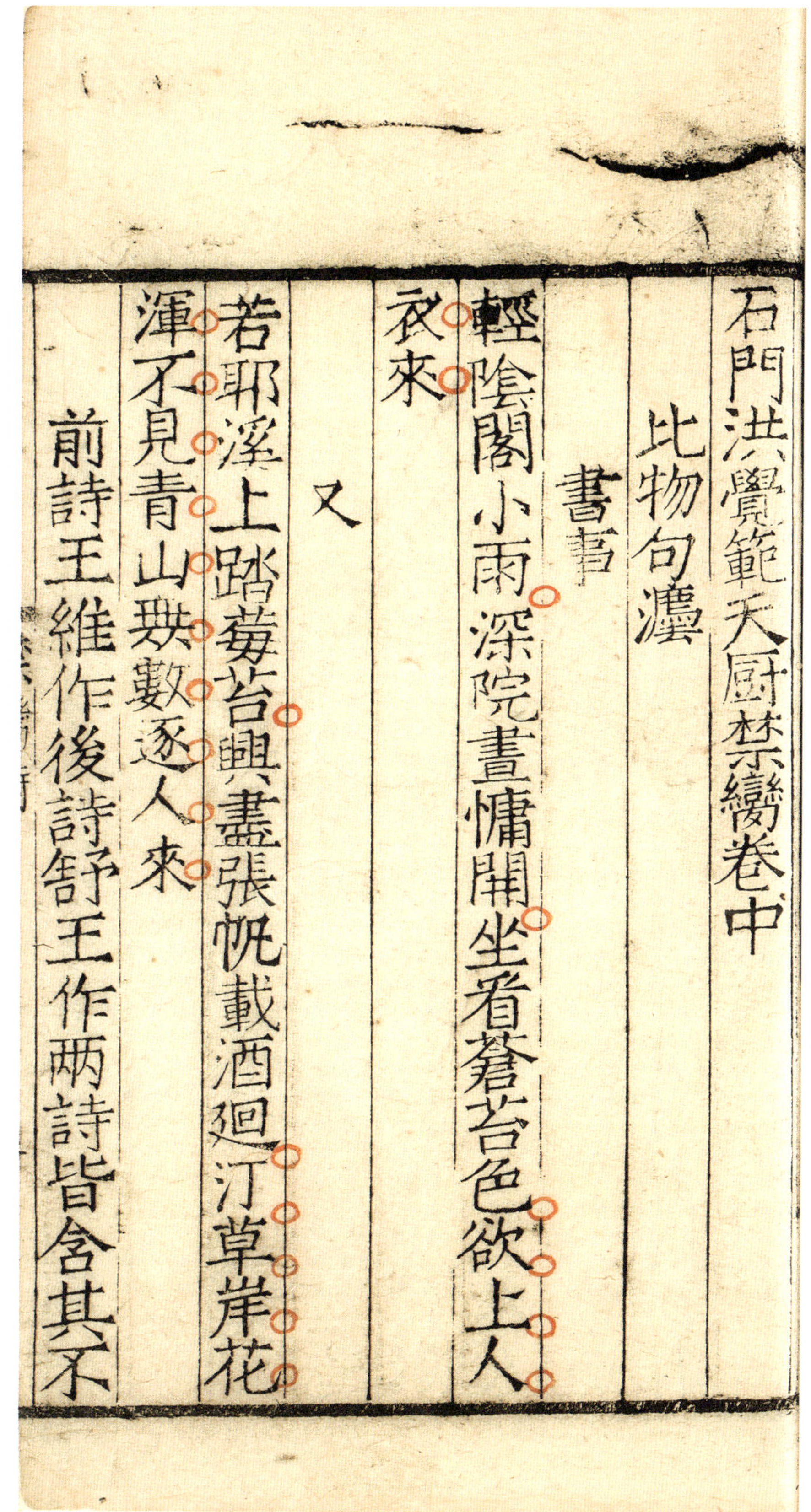
石門洪覺範天厨禁臠卷中

比物句瀘

書事

輕陰閣小雨深院晝慵開坐看蒼苔色欲上人衣來

又

若耶溪上踏莓苔興盡張帆載酒廻汀草岸花渾不見青山無數逐人來

前詩王維作後詩舒王作兩詩皆含其不

盡之意子由謂之不帶聲色

造語濃

如沙如草皆衆人所用山間林下寂寞之濱所與之遊處者牛羊鷗鳥耳而舒王造而爲語曰坐分黃犢草臥占白鷗沙其筆力高妙殆若天成凡貧賤則語言不爲人所敬信歲寒不變則與如松竹山谷則造而爲語曰語言少味與阿堵氷雪相看有此君其語便鍵

賦題灋

若不得流水還應過別山者題埜燒也嚴霜百草白深院一株青者題小松也前人㠯爲工但是題其意爾非能狀其體態也如子美題雨則曰紫崖奔處黑白鳥去邊明樂天賦琵琶則曰銀缾忽破水漿迸鐵騎突出刀槍鳴又曰四絃一聲如裂帛此皆能曲盡萬物之情狀若雨若音聲其不可把玩如石火電光非人之才力能攬耳

之然此但得其情狀非能寫其不傳之妙哉如山谷題蘆鴈圖則妙絶曰惠崇煙雨歸鴈坐我瀟湘庭欲喚扁舟歸去傍人謂是丹青

用事補綴灋

南華會蘇伯固

扁舟震澤定何時滿眼廬山覺又非芳草池塘惠運夢上林鴻鴈子卿歸口香知是曹溪水眼淨同看古佛衣不向南華問消息此生何處是

眞依

猩猩筆

好飲醉㲀在能言幾事跡平生幾量屐身後五車書物色看王會勲勞在石渠一毫能濟世端用謝楊朱

前詩東坡作後山谷詩漢書武帝射鴈得蘇武書要鴻字東坡添鴻字故改春草池塘爲芳草池塘阮孚言人生能著幾量屐魯直以下句非全句故改人生爲平生也

若以春草對上林以人生對身後固不佳哉特以生不易動則對非的偶爾

比興濃

野外

老妻畫紙爲碁局稚子敲鍼作釣鉤

送路六侍御入朝

不分桃花紅勝錦生憎柳絮白于綿

絶句

不如醉裏風吹盡可忍醒時雨打稀

三詩皆子美作也妻比臣夫比君棊局直
道也鍼合直而敲曲之言老臣以直道成
帝業而幼君壞其法稚子比幼君也錦綿
色紅白而適用朝廷用直材天下福也而
直材者忠正小人謟諛似忠詐計似正故
爲子美所不分而憎之也小人之愚弄朝
廷賢人君子不見其成敗則已如眼見其
敗亦不能不爲之歎息耳故曰可忍醒時
雨打稀

奪胎句灋

河分崗勢斷春入燒痕青僧惠崇詩也然河分崗勢不可對春入燒痕東坡用之爲奪胎灋曰似聞决决流冰鈌盡放青青入燒痕以冰鈌對燒痕可謂盡妙矣

一別二十年人堪幾回別者顧況詩也而舒王亦用此法曰一日君家把酒盃六年波浪與塵埃不知烏石岡邊路到老相尋得幾回

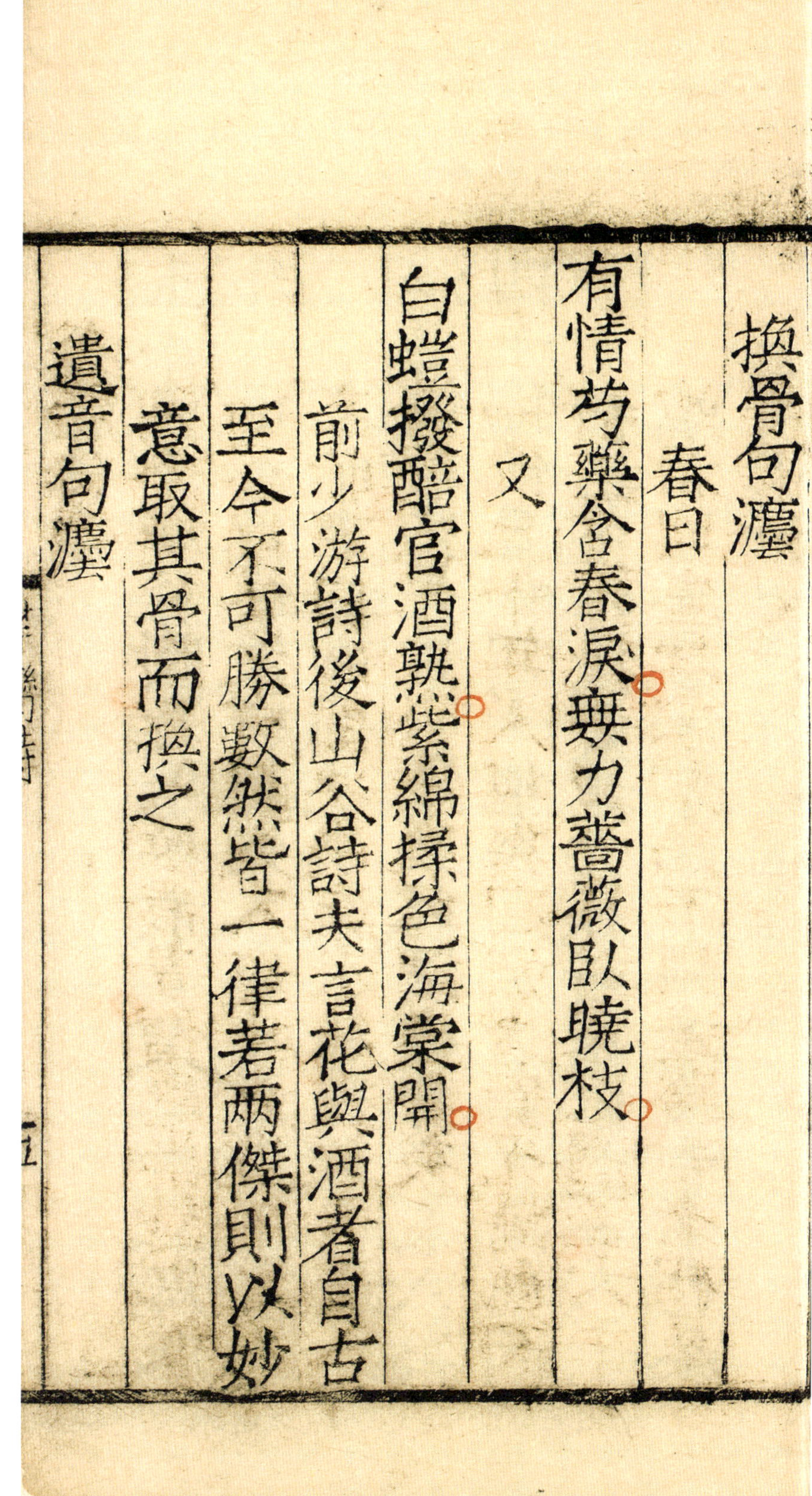

換骨句灋

春日

有情芍藥含春淚無力薔薇臥曉枝

又

白螘撥醅官酒熟紫綿揉色海棠開

前少游詩後山谷詩夫言花與酒者自古至今不可勝數然皆一律若兩傑則以妙意取其骨而換之

遺音句灋

扇

玉斧修成寶月團月邊仍有女乘鸞青冥風露
非人世鬢亂釵横特地寒

宿東林寺

溪聲便是廣長舌山色豈非清淨身夜來八萬
四千偈他日如何舉似人

前舒王作後東坡作此所謂讀之令人一
唱而三嘆譬如朱絃疏越有遺音者也秦
少游欲効之作一首曰

獼猴鏡裏三身現，龍女珠中萬象開。争似此堂人散後，水光清泛月華來。終若不及也。

東坡曰：善畫者畫意不畫形，善詩者道意不道名。故其詩曰：論畫以形似，見比兒童隣。作詩必如此，定非知詩人。借如賦山中之境，居人清曠，不過稱山之深、稱住山之久、稱其閑逸、稱其寂默、稱其高遠。能道其意者，不直言其深，而意中見其深也。如文靚詩曰：

松陰行不盡跡雨下無時世事幾興廢山中人
未知
又不直言其住山之久而意中見其久如
賈島詩曰
頭髮梳千下休粮帶病容養雛成大鶴種子作
高松白石通宵煮寒泉盡日舂不曾離隱處那
得世人逢
又不直言其閑逸而意中見其閑逸如王
維詩曰

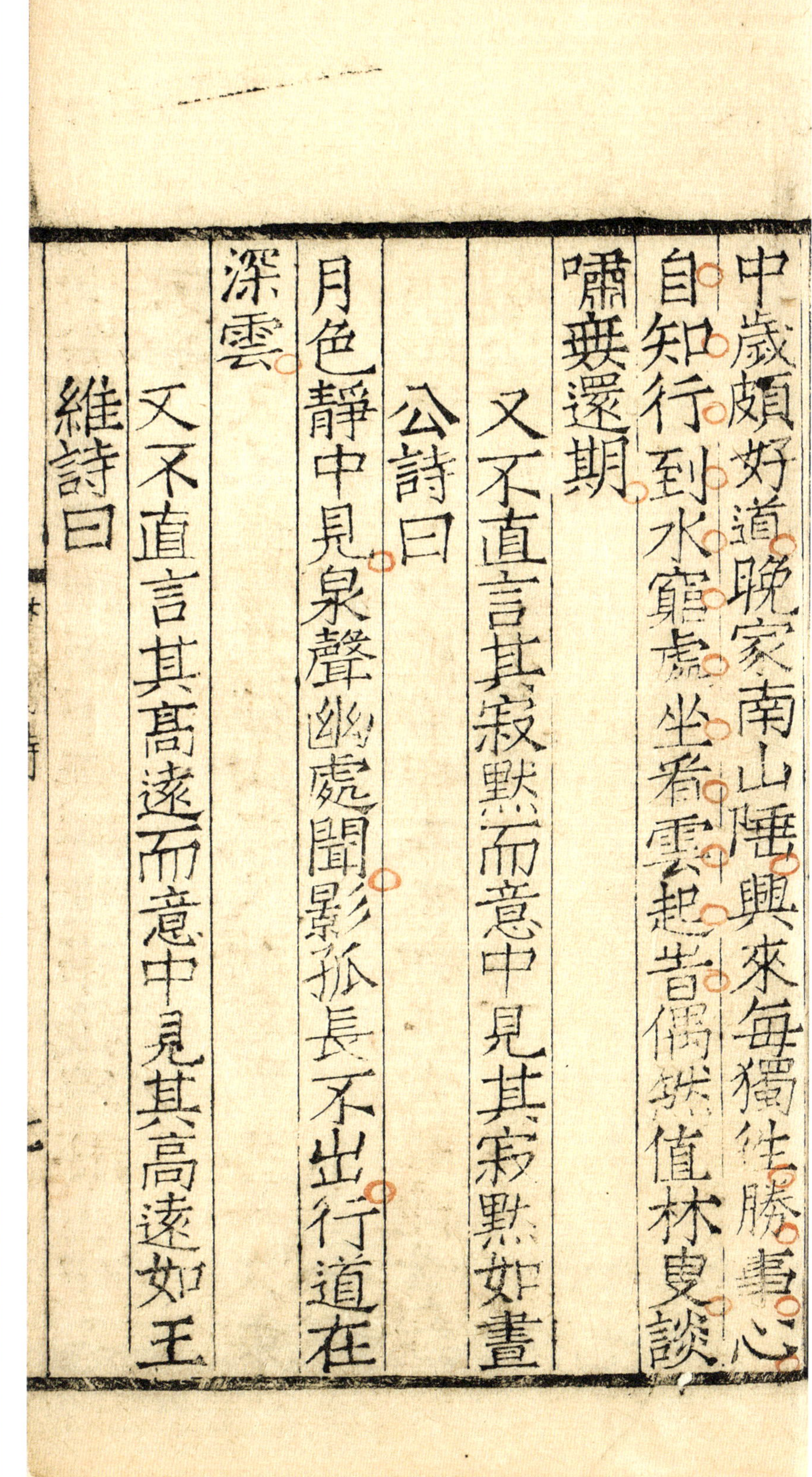

中歲頗好道晚家南山陲興來每獨往勝事心自知行到水窮處坐看雲起時偶然值林叟談嘯無還期

又不直言其寂默而意中見其寂默如畫公詩曰

月色靜中見泉聲幽處聞影孤長不出行道在深雲

又不直言其高遠而意中見其高遠如王維詩曰

山中多灋侶禪誦自成群城郭遥相望唯應見白雲

詩家尤貴遺詞頓挫舒王常擊節賞嘆東坡日出東門詩其略曰百年寓華屋千載歸丘山何事羊公子不肎過西川此遺詞頓挫也

杜子美詩言山間野外意在譏刺風俗如三絕句詩曰

楸樹馨香倚釣磯斬新花蘂未應飛

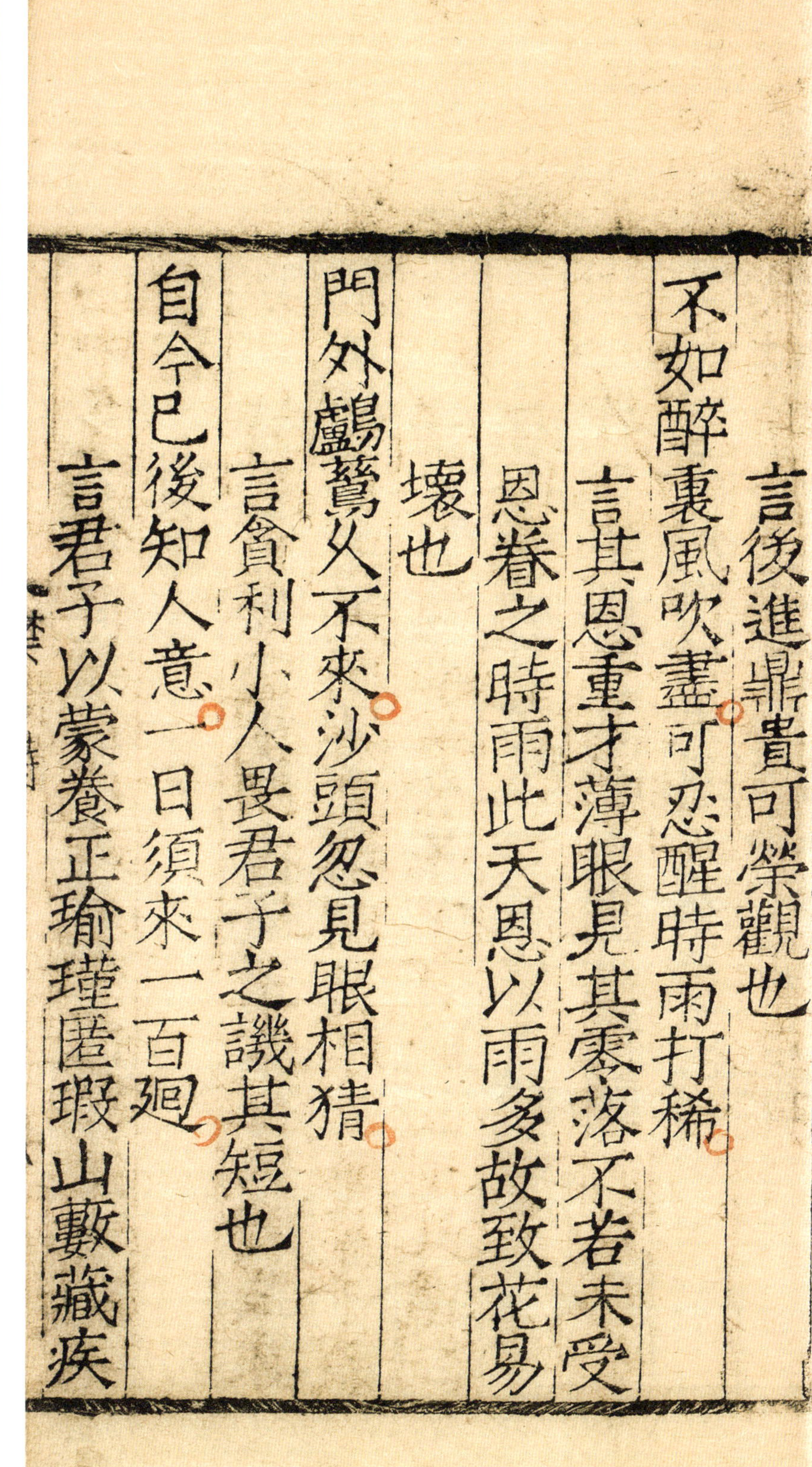
言後進鼎貴可榮觀也

不如醉裏風吹盡可忍醒時雨打稀

言其恩重才薄眼見其零落不若未受恩眷之時雨此天恩以雨多故致花易壞也

門外鸕鶿久不來沙頭忽見眼相猜

言貪利小人畏君子之譏其短也

自今已後知人意一日須來一百廻

言君子以蒙養正瑜瑾匿瑕山藪藏疾

不發其惡而小人未革面諂諛不能媿
恥也
要數春筍滿林生柴門密掩斷人行會須上番
看成竹客至從嗔不出迎
言唯守道爲歲寒也
前輩多法其意作如韓稚圭詩曰
風靜曉枝蝴蝶鬧雨匀春圃桔槔閑
亦以雨比天恩又蔡持正詩曰
風搖熟菓旹聞落雨滴餘花亦自香

亦以雨比天恩也桔槔比宰相功業之

就已退蓋是時公在相州作帥熟菓比

大臣耆黜落時公在安州

、律詩拘于聲律古詩拘于句語以是詞不能

達夫謂之行者詩其詞而已如古文而有韻

者耳自唐陳子昂一變江左之體而歌行暴

于世作者輩能守其灋不失爲文之旨唯杜

子美李長吉今專指二人之詞以爲証夫謂

之歌者哀而不怨之詞有豐功盛惪則歌之

詭異希奇之事則歌之其詞與古詩異以異但異鋪敘之語奔驟之氣其遣語也舒徐而不迫峻持而愈工吟諷之而味有餘追繹之而情不盡敘端發詞許爲雄夸跌蕩之語及其終也許置諷刺傷悼之意此大凡如此爾、行者詞之遣異所留礙如雲行水流曲折溶曳而不爲聲律語句所拘但于古詩句瀼中得增辭語耳如李賀將進酒致酒行南山田中行杜甫麗人行貧交行兵車行

將進酒

琉璃鍾琥珀濃小槽酒滴珍珠紅烹龍炮鳳玉脂泣羅幃繡幕圍香風吹龍笛擊鼉鼓皓齒歌細腰舞况是青春日將暮桃花亂落如紅雨勸君一飲酩酊歸酒不到劉伶墳上土

致酒行

零落棲遲一杯酒主人奉觴客長壽主父西遊困不歸佳人析斷門前柳吾聞馬周昔作新豐客天荒地老無人識空將牋上兩行書直犯龍

顏請恩澤我有迷冤招不得雄鷄一聲天下白
少年心事當拏雲誰念幽寒坐嗚呃

南山田中行

秋野明秋風白塘水漻漻蟲嘖嘖雲根苔鮮山上石冷紅泣露嬌啼色荒畦九月稻叉牙蟄螢低飛隴徑斜石孤水流泉滴沙鬼燈如漆照松花

麗人行

三月三日天氣新長安水邊多麗人態穠意遠

淑且眞肌理細膩骨肉勻繡羅衣裳照暮春蹙金孔雀銀麒麟頭上何所有翠微盍葉垂鬢脣背後何所見珠壓腰衱穩稱身就中雲幕椒房親賜名大國虢與秦紫駝之峯出翠釜水精之盤行素鱗犀筯厭飫久未下鸞刀縷切空紛綸黃門飛鞚不動塵御廚絡繹送八珍簫鼓哀吟感鬼神賓從雜遝實要津後來鞍馬何逡巡當軒下馬入錦茵楊花雪落覆白蘋青鳥飛去銜紅巾炙手可熱勢絕倫愼莫近前丞相嗔

貧交行

翻手作雲覆手雨紛紛輕薄何須數君不見管鮑貧時交此道今人棄如土

兵車行

車轔轔馬蕭蕭行人弓箭各在腰爺娘妻子走相送塵埃不見咸陽橋牽衣頓足欄道哭哭聲直上干雲霄道傍過者問行人行人但云點行頻或從十五北防河便至四十西營田去時里正與裹頭歸來頭白還戍邊邊庭流血成海水

武皇開邊意未已君不聞漢家山東二百州千村萬落生荆杞縱有健婦把鋤犂禾生隴畝無東西况復秦兵耐苦戰被驅不異犬與鷄長者雖有問役夫敢伸恨且如今年冬未休關西卒縣官急索租租税從何出信知生男惡反是生女好生女猶得嫁比隣生男埋没隨百草君不見青海頭古來白骨無人收新鬼煩寃舊鬼哭天陰雨濕聲啾啾

歌者亦古詩之流但有卓絶之事可以歌

詠者至節要處任其詞爲抑揚之語如李
賀觱篥歌採玉歌莫舞歌杜甫醉時樂遊
園歌山水障歌

申胡子觱篥歌并序

申胡子朔客之蒼頭也客李氏本亦世家子
得祀江夏王廟當年踐履失序遂奉官北郡
自稱學長調短調久未知名今年四月吾與
對舍於長安崇義里遂將衣質酒命予合飲
氣熱盃闌因謂予曰李長吉爾徒能長調不

能作五字歌詩直强回筆端與陶謝詩勢相遠幾里吾對後請撰申胡子觱篥歌以五字斷句歌成左右人合譟相唱胡客大喜擊觴起立命花娘出幕徘徊拜客吾問所宜稱善弄管于是以弊詞配聲與予爲壽

顔熱感君酒含嚼蘆中聲花娘篸綏妥休睡芙蓉屏誰截太平管列照排空星直貫開花風天上驅雲行今夕歲華落令人惜平生心事如波濤中坐時時驚朔客騎白馬劍把懸蘭纓俊健

如生猱肯拾蓬中螢

老夫採玉歌

採玉採玉須水碧琢作步搖徒好色老夫飢寒龍爲愁藍溪水氣無清白夜雨岡頭食蓁子杜鵑口血老夫淚藍溪之水厭生人身死千年恨溪水斜山柏風雨如嘯泉腳挂繩青裊裊村寒白屋念嬌嬰古臺石磴懸腸草

公莫舞歌

公莫舞歌者詠項伯翼蔽劉沛公也會中壯

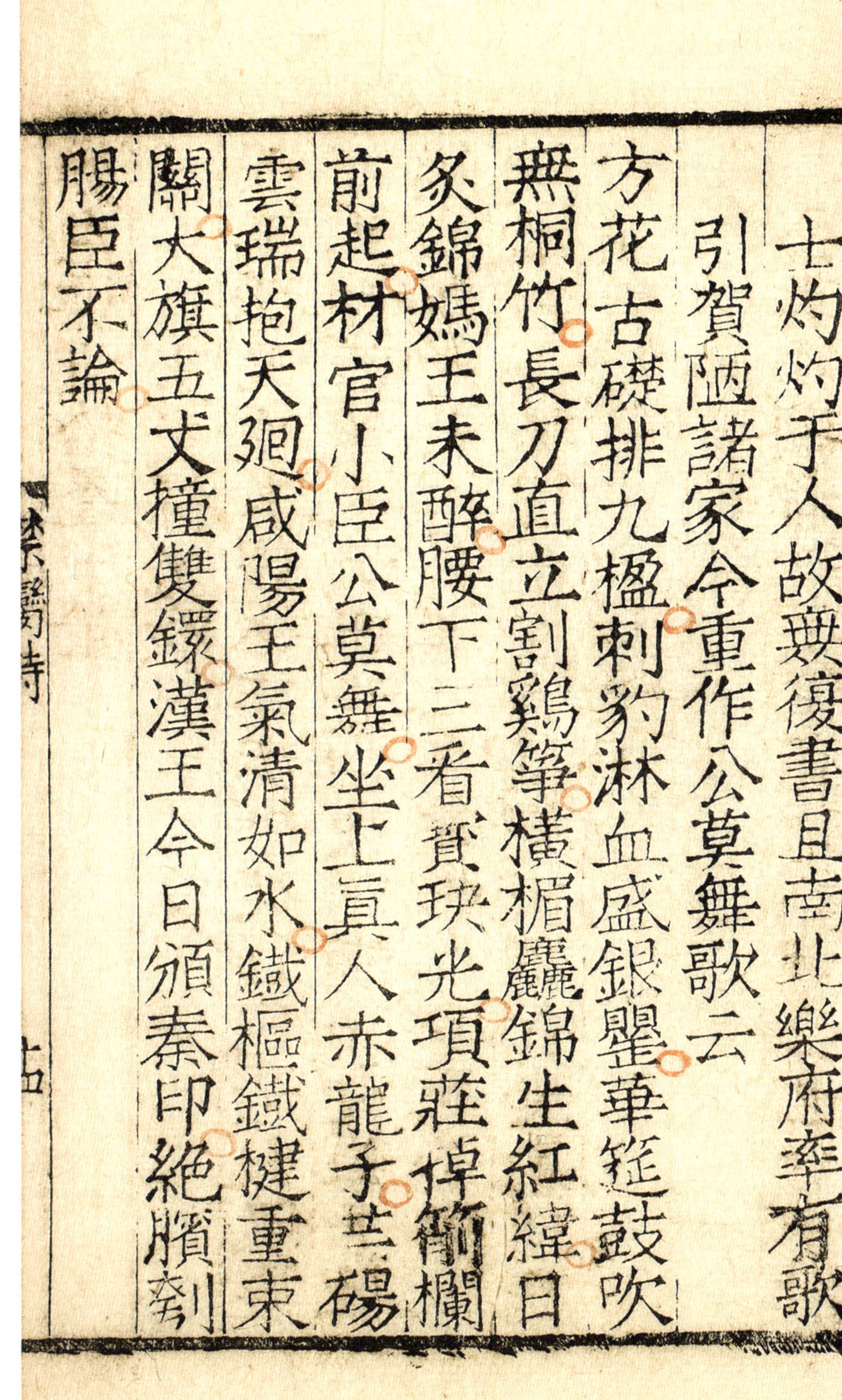

士灼灼千人故要復書且南北樂府率有歌
引賀陋諸家今重作公莫舞歌云
方花古礎排九楹刺豹淋血盛銀甖華筵鼓吹
無桐竹長刀直立割鷄箏橫楣麤錦生紅緯日
炙錦嫣王未醉腰下三看寶玦光項莊掉箾欄
前起材官小臣公莫舞坐上真人赤龍子芒碭
雲瑞抱天迴咸陽王氣清如水鐵樞鐵楗重束
關大旗五丈橦雙鐶漢王今日須秦印絕臏刳
腸臣不論

醉旹歌

諸公衮衮登臺省廣文先生官獨冷甲第紛紛
厭粱肉廣文先生飯不足先生有道出羲皇先
生有才過宋屈悳尊一代常坎坷名垂萬古知
用何杜陵野客人更嗤被褐短窄鬢如絲日糴
太倉五升米時赴鄭老同襟期得錢即相覓沽
酒不復疑忘形到爾汝痛飲眞吾師清夜沉沉
動春酌燈前細雨簷花落但覺高歌有鬼神焉
知餓死塡溝壑相如逸才親滌器子雲識字終

投閣先生早賦歸去來石田茆屋荒蒼苔偏街
於我何有哉孔丘盜蹠俱塵埃不須聞此意慘
愴生前相遇且銜盃

樂遊園歌

樂遊古園崒森爽煙綿碧草萋萋長公子華筵
勢最高秦川對酒平如掌長生木瓢示眞率更
調鞍馬狂歡賞青春波浪芙蓉園白日雷霆夾
城仗閶闔晴開映蕩蕩曲江翠幕排銀牓拂水
低回舞袖翻緣雲清切歌聲上郤憶年年人醉

時只今未醉已先悲數莖白髮那拋得白罰深盃亦不辭聖朝亦知賤士醜壹物自荷皇天慈此身飲罷無歸處獨立蒼茫自詠詩

奉先劉少府新畫山水鄣歌

堂上不合生楓樹恠底江山起煙霧聞君歸却赤縣圖乘興遣畫滄州趣畫師亦無數好手不可遇對此融心神知君重毫素豈但祁嶽與鄭虔筆迹遠過楊契丹得非玄圃裂無乃瀟湘翻悄然坐我天姥下耳邊已似聞清猿反思前夜

風雨急迺是蒲城鬼神入元氣淋漓障猶濕眞宰上訴天應泣野亭春還雜花遠漁翁暝踏孤舟立滄浪水深青冥闊欹岸側島枝毫末不見湘妃鼓瑟時至今班竹臨江活劉侯天機精愛畫入骨髓自有兩兒郎揮灑亦莫比大兒聰明到能添老樹巔崖裏小兒心孔開貌得山僧及童子若耶溪雲門寺吾獨胡爲在泥滓青鞋布韈從此始

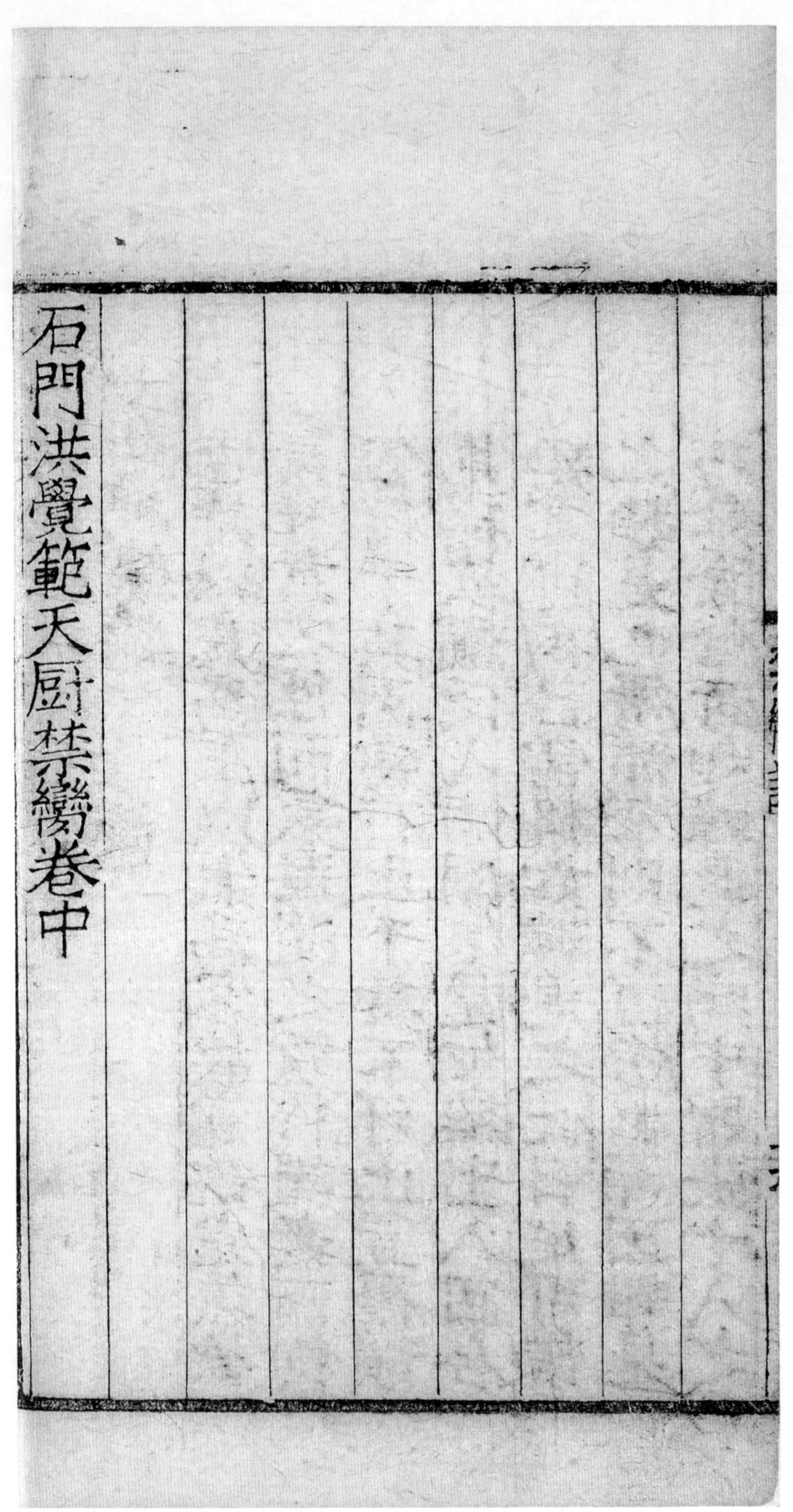
石門洪覺範天厨禁臠卷中

石門洪覺範天厨禁臠卷下

古詩押韻灋

古詩以意爲主，以氣爲客，故意欲完，氣欲長，唯意之往而氣追隨之，故於韻無所拘，但行于其所當行，止于其不可止。蓋得韻寬則波瀾泛入傍韻，乍還乍離，出入回合，殆不可拘已常格，如韓退之此日足可惜之類是也。得韻窄則不復傍出，而因難見巧，愈險愈奇，如韓退之病中贈張十八之

類是也歐陽文忠公曰予嘗與聖俞論此
以謂譬如善馭良馬者通衢廣陌縱横馳
逐惟意所之至於水曲蟻封疾徐中節而
不蹉跌廼天下之至工也聖俞戲曰前史
言退之爲人木强若寬韻可自足而輒傍
出窄韻難獨用而反不出豈非其拗强而
然歟坐客皆大噱之也

此日足可惜一首贈張籍

此日足可惜此酒不足嘗捨酒去相語共分一

日光念昔未知子嘗君自南方自矜有所得言
子有文章我名屬相府欲往不得驤思之不可
見百端在中腸維旹月魄死冬日朝在房馳驅
公事退聞子適及牆命車載之至引坐于中堂
開懷聽其說往往副所望孔丘殁已遠仁義路
久荒紛紛伯家起詭恠相披猖長老守所聞後
生習爲常少知誠難得純粹古已亡譬彼植園
木有根易爲常畨之不遺去館置城西旁歲時
未云幾浩浩觀湖江衆夫指之嘯謂我不知明

兒童畏雷電魚鱉驚夜光州家舉進士選試繆
所當馳辭我對策章句何煒煌相公朝服立工
席歌鹿鳴禮終樂亦闋相送拜于庭之子去須
史赫赫流盛名竊喜復竊嘆諒知有所成人事
安可恃奄忽令我傷聞子高第日正從相公喪
哀情逢吉語惝怳難為雙莫宿偃師西展轉在
空牀夜聞汴州亂繞壁行徬徨我時畱妻子倉
卒不及將相見不復期零落甘所丁嬌兒未絕
乳念之不能忘忽如在我前耳若聞啼聲中途

安得返一日不可更俄有來說我我家免罹殃
乘船下汴水東去趨彭城從夜朝至洛還走不
及停假道經盟津出入行澗嵩日西入軍門羸
馬顛且僵主人願少留延入陳壺觴卑賤不敢
辭忽忽心如狂飲食豈知味絲竹徒轟轟平明
脫身去決若驚鳧翔黃昏次氾水欲濟無舟航
號呼久乃至夜濟十里黃中流上沙灘沙水不
可詳驚波闇合沓星宿爭飜芒馬復之悲鳴左
右泣僕僮甲午憇昔門臨泉窺闘龍東南出陳

許陂澤平浩茫道邊草木花紅紫相低昂百里
不逢人角角雄雉鳴行行二月暮乃及徐南疆
下馬步堤岸上船拜吾兄誰云經艱難百口無
夭橫僕射南陽公宅我睢水陽箧中有餘衣盎
中有餘糧閉戶讀書史窻戶清風涼日念子來
遊子豈知我情别離未爲久辛苦多所經對食
每不飽共言無倦聽連延三十日晨坐達五更
我有二三子宦遊在西京東野窺禹穴李翺觀
濤江蕭條千萬里會合安可逢淮之水舒舒楚

山直叢叢子又捨我去我懷安所窮男兒不再
壯百歲如狂風烏爵尚可求要爲守一鄉

病中贈張十八

中虛得暴下避冷臥北窻不踏曉鼓朝安眠聽
逢逢籍也處閭里抱能未施邦文章自娛戲金
石日擊撞龍文百斛鼎筆力可獨扛談舌久不
掉非君諒誰雙扶几導之言曲節初擬擬半途
喜開鑿派别失大江吾欲盈其氣不令見麾幢
牛羊滿田野解旆束空杠傾樽與斟酌四壁堆

舋釭玄惟隔雪風照鑪釘明釭夜闌縱押闔哆
口踈眉龐勢佯高陽翁坐約齊橫降連日挾所
有形軀頓降肛將歸乃徐請子言得弊咤迴車
與角逐斫樹收竆龐雄聲吐欵要酒壷綴缶腔
君廼崑崙渠耤廼嶺頭瀧嚳如蟻蛭微詎可陵
崆嶢幸願絡賜之斬拔耕與惓從此識歸處東
流水淙淙

破律琢句灋

仰看曉月掛木末天風吹衣毛骨寒長江吞空

萬山立白鳥一點微波間平生擾擾行役苦譬如磨螘相循環

此六句迺七言琢句灋也仰看曉月掛木末天風吹衣毛骨寒此欵十四字而上下两字平側皆階五字此其句方健特曉月掛木末五字是側而看字是平天風吹衣寒五字是平而骨字是側如華裾織翠青如葱金環壓轡搖玲瓏此欵十四字而四字是側然二字側以襯出五字平則又雄

勁凡律詩一句亦有平側者要可柰何花落去似曾相識燕歸來煞皆照映相間讀之妥貼非如古詩及三字四字連設平亦如之也

西風吹黄沙日暮水光在孤鴻翻雲影哀猶聲一再關河斷昔書客子隔嶺海

此六句乃五言琢句濃也

頓挫擡抑濃

野鵰見人時未舉意先改君從何處見得此要

人態無迺枯木形人禽兩自在

此東坡賦蘆鴈詩也欲敘鴈閑暇之態故筆力頓挫如此又詩曰我生本強鄙少以氣自擠孤舟到江湖引手攬象犀兩來輒自恬畱氣下暖臍亦頓挫也夫言頓挫者乃是覆卻使文彩粲然非如常格詩但排比句語而成熟讀之殊無氣味如少游詩曰松江浩無旁垂虹跨其上漫然銜洞庭領略非一狀恍如陣平野萬馬攢穹帳雖

離雲抹山窅窅天粘浪煙中漁歌起鳥外征帆颺逾知宇宙寬斗覺東南壯云云此但排比好句非能使之頓挫也

換韻段斷灋

安西都護胡青驄聲價欻然來向東此馬臨陣久無敵與人一心成大功功成惠養隨所致飄飄遠自流沙至雄姿未受伏櫪恩猛氣猶思戰場利腕促蹄高如踣鐵交河幾蹴層冰裂五花散作雲滿身萬里方看汗流血長安壯兒不敢

騎走過掣電傾城知青絲絡頭爲君老何由却
出横門道
道人自嫵三世將奪家十年今始壯玉骨猶貪
富貴餘漆瞳已照人天上去年相見古長干衆
矯如長翔鸞今年過我江西寺病瘦已作霜松
寒朱顏不辨供歲月風中膏火湯中雪好問君
家黃面郎乞取摩尼照生滅莫學王郎與支遁
臂鷹走馬誇神駿還君畫圖君自收不如木人
騎土牛

前杜子美高都護駿馬詩後東坡贈别雲上人詩蓋法子美作也雲以馬圖餉坡坡還之前換三韻皆四句兼平仄韻相間及將斷即折四句爲兩韻若不爾便不合格今人信意換韻者不知此也

平頭換韻灋

天人幾何同一漚謫仙非謫乃其遊揮斥八極隘九州化爲兩鳥鳴相酬一鳴一上三千秋開元有道爲少留縻之不得矧肯求東望太白橫

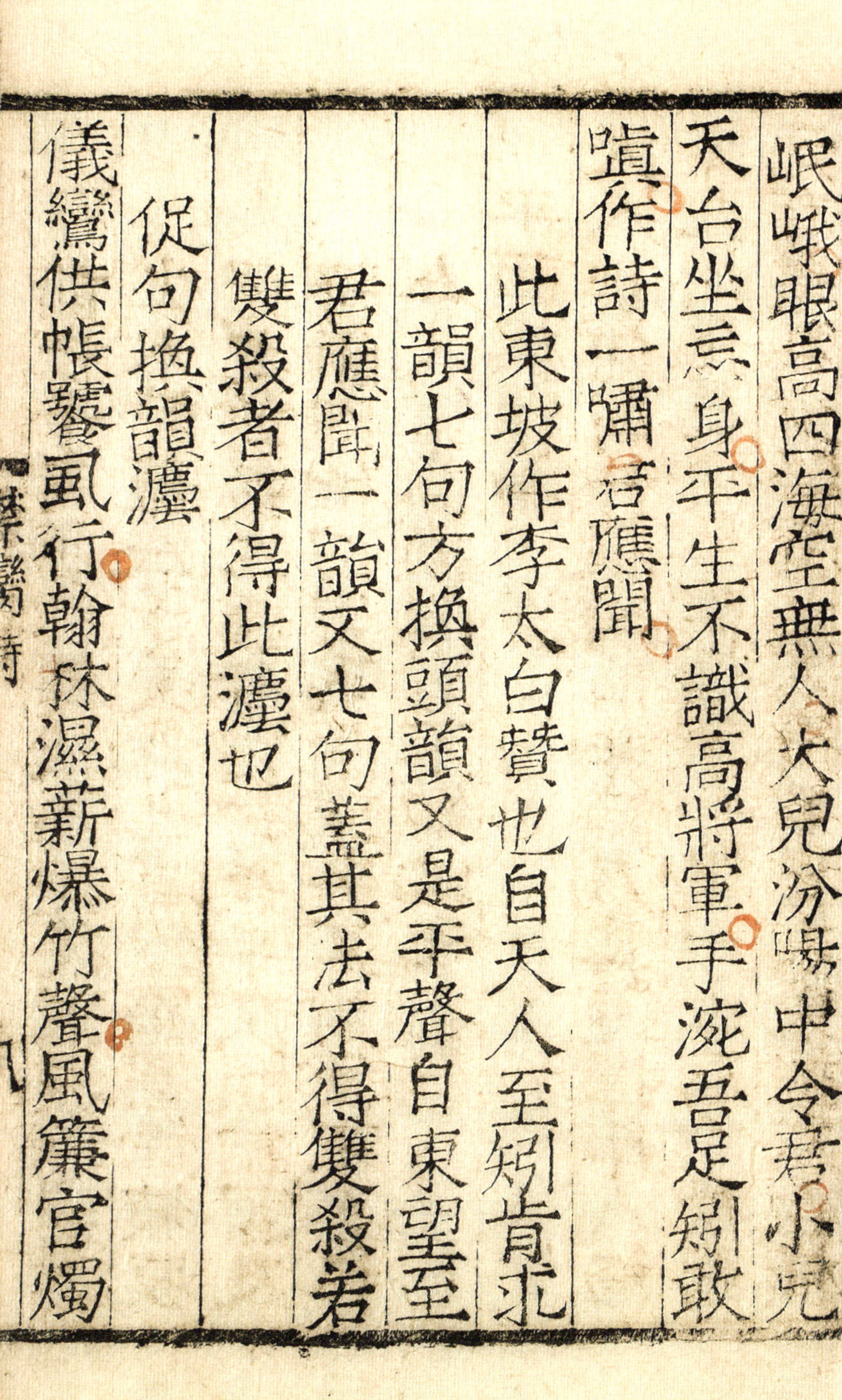

岷峨眼高四海空無人大兒汾陽中令君小兒天台坐忘身平生不識高將軍手涴吾足矧敢噴作詩一嘯君應聞

此東坡作李太白贊也自天人至矧肯求一韻七句方換頭韻又是平聲自東望至君應聞一韻又七句蓋其去不得雙殺若雙殺者不得此灋也

促句換韻灋

儀鸞供帳饕虱行翰林濕薪爆竹聲風簾官燭

禁臠詩　八

淚縱横木穿石槃未渠透坐窻不邀令人瘦貧
馬百步逢一豆眼明見此一花驄遥思著鞭隨
詩翁城西野桃尋小紅

此詩三句三疊而止其法不可過三疊然
促兩疊則俱用平聲或用側聲如江南秋
色推煩暑夜來一枕芭蕉雨家在江南白
鷗浦十年未歸鬢如織傷心日暮楓葉赤
偶然得句因題壁此二疊俱用側聲也如
蘆花如雪洒扁舟正是滄江蘭杜秋忽然

驚起散沙鷗平生生計如轉蓬一身長在百憂中鱸魚正美負秋風此兩疊俱用平聲也

子美五句濃

曲江蕭條秋氣高芰荷枯折隨風濤遊子空嗟垂二毛白石素沙亦相蕩哀鴻獨叫求其曹即事非今亦非古長歌激越捎林莽比屋豪華固難數吾人甘作心似灰弟姪何傷淚如雨自斷此生休問天杜曲幸有桑麻田故將移住

南山顛短衣匹馬隨李廣看射猛虎終殘年

杜甫六句濃

高馬勿唾面長魚無損鱗辱馬馬毛焦損魚魚有神君看磊落士不肯易其身

蕩蕩萬斛船影若揚白虹起檣必椎牛掛席集衆功自非風動天莫置大水中

烈士惡多門小人自同調名利苟可取殺身傍權要當何官曹清爾輩堪一嘯

此句含譏刺有爲而作若法之但作放言

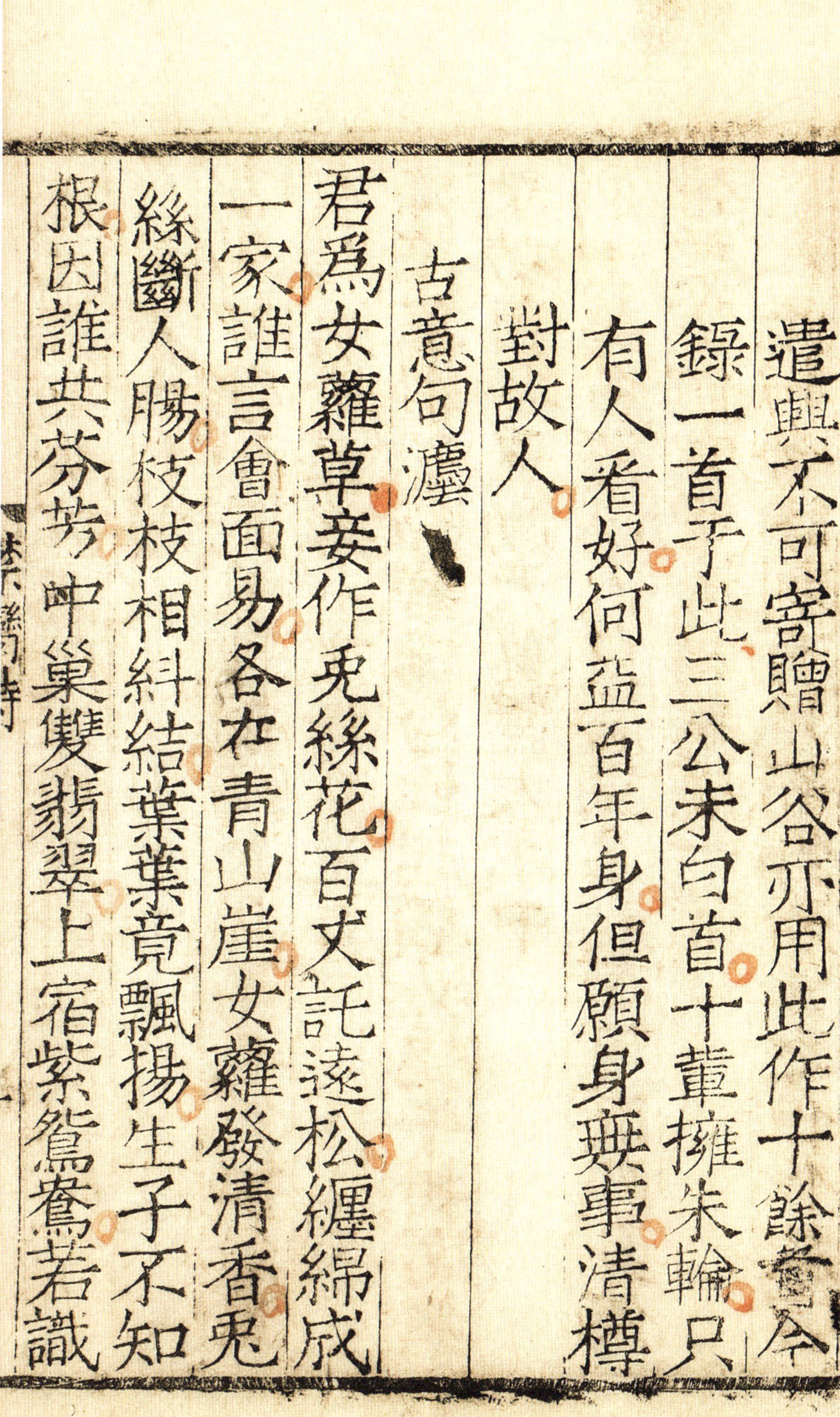
遣興不可寄贈山谷亦用此作十餘首今錄一首于此三公未白首十輩擁朱輪只有人看好何益百年身但願身無事清樽對故人

古意句瀘

君爲女蘿草妾作兔絲花百丈託遠松纏綿成一家誰言會面易各在青山崖女蘿發清香兔絲斷人腸枝枝相糾結葉葉竟飄揚生子不知根因誰共芬芳中巢雙翡翠上宿紫鴛鴦若識

二草心海潮亦可量

此李白作寄情于君臣朋友之際必託二物以比況漢蘇李已來作者多如此山谷作上東坡曰江梅有佳實託根桃李場樝李終不言朝露借恩光孤芳忌皎潔氷雪空自香古來和鼎實此物升廟堂歲月坐成晚煙雨青已黃得升樝李盤以遠初見嘗終然不可口擲置官道傍但使本根在棄捐果何傷又曰青松出礀壑十里聞風

聲上有百尺絲下有千歲苓自憐得久要
爲人制頽齡小草有遠志相依在平生醫
和不並世深根且固蒂人言可醫國何用
太早計小大材則殊氣味固相似

四平頭韻灋

知草騎馬似乘船眼花落井水底眠汝陽三斗
始朝天道逢麴車口流涎恨不移封向酒泉左
相日興費萬錢飲如長鯨吸百川銜盃樂聖稱
世賢宗之瀟灑美少年舉觴白眼望青天皎如

玉樹臨風前蘇晉長齋繡佛前醉中往往愛逃禪李白壹斗詩伯篇長安市上酒家眠天子呼來不上船自稱臣是酒中僊張旭三盃草聖傳脫帽露頂王公前揮毫落紙如雲煙焦遂五斗方卓然高談雄辯驚四筵

此杜甫作八仙歌也凡押兩天字兩眠字三前字唯平頭可重押若或平或側韻則不可押李商隱亦用此體作九日詩曰羸童瘦馬行荒阪正是龍山落帽昔冊楓殞

葉紛墮飛黄花年年負歸期此生半世走
路岐歸心自逐雙鴻飛故園秋風黍離離
想見父老相逐隨乞將問路知何時功德
未就鬢成絲解鞍地坐長嗟咨

分布用事灋

君不見滹沱流澌車折軸公孫蒼黄奉豆粥濕
薪破竈自燎衣飢寒頓解劉文叔又不見金谷
敲冰草木春帳下烹茶多美人韭虀荳粥不傳
法咄嗟而辦石季倫干戈未解身如寄聲色相

傳心已醉身心顛倒自不知要識人間有眞味
何如江頭千頃雪色蘆茆簷出没晨煙孤地碓
舂秔光似玉沙瓶煑荳軟如酥我老此身毋著
處賣書來問東家住臥聽鷄鳴粥熟時蓬頭曳
杖君家去
君不見長安畫手開十眉橫雲郤月爭新奇遊
人指點小顰處中有漁陽胡馬嘶又不見王孫
青瑣橫雙碧腸斷浮空遠山色書生性命何足
論坐費千金買消渴爾來喪亂愁天公謫向君

家書硯中小窗書幌相嫵媚令君曉色生春紅毗耶居士談空處結習已空花不住故令天女御鉛華千偈翻瀾無一語

前東坡豆粥詩後眉子硯詩也何謂分布用事法曰凡二事比類于前而後發其宗妙也

窠因用事灋

陸機二十作文賦又曰看射猛虎終殘年此畧促其事之因不聲其所以然著此者多如排布

用事非高才博學者莫能也

古詩秀傑之句

高軒過　李賀

華裾織翠青如葱金環壓轡搖玲瓏馬蹄隱耳聲隆隆入門下馬氣如虹云是東京才子文章鉅公二十八宿羅心胸殿前作賦聲摩空筆補造化天無功元精烱烱貫當中龐眉書客感秋蓬誰知死草生華風我今垂翅附冥鴻它日不羞蛇作龍

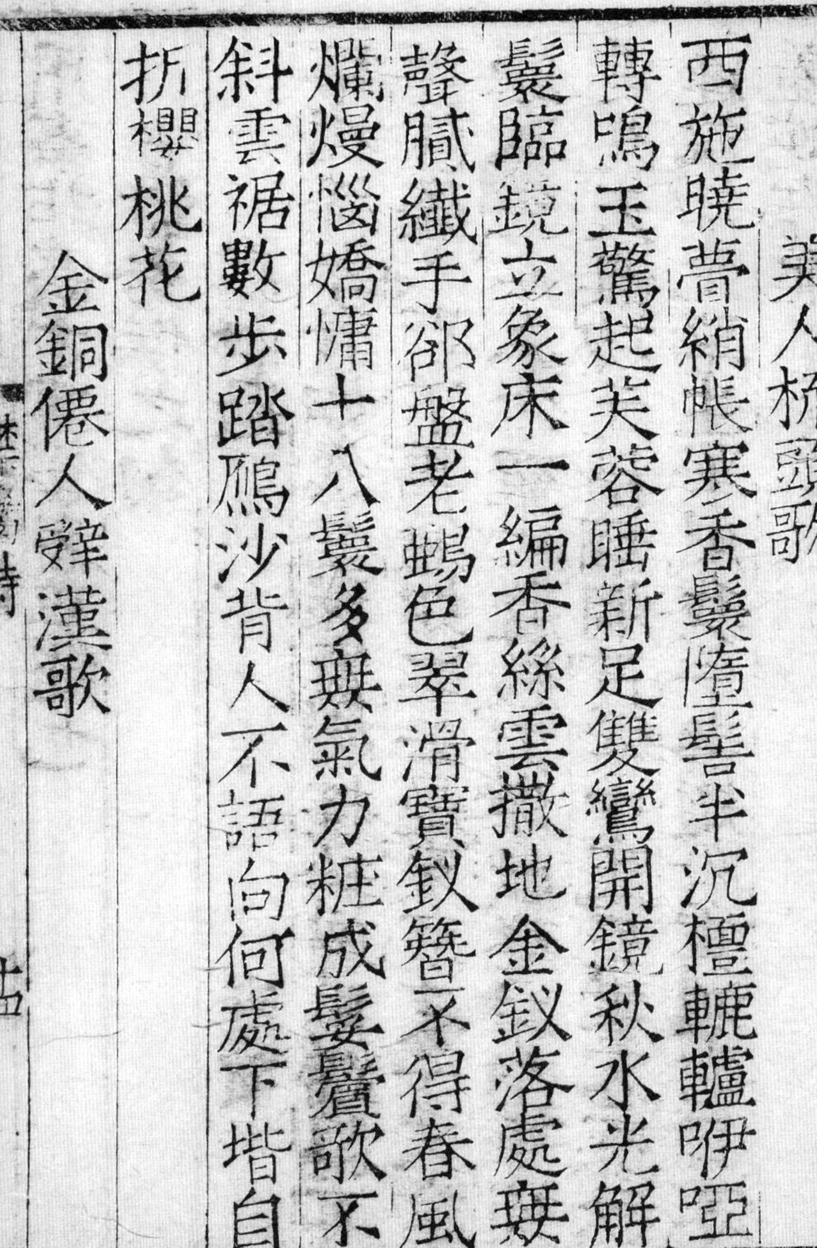

美人梳頭歌

西施曉夢綃帳寒香鬟墮髻半沉檀轆轤咿啞轉鳴玉驚起芙蓉睡新足雙鸞開鏡秋水光解鬟臨鏡立象床一編香絲雲撒地金釵落處無聲膩纖手卻盤老鵶色翠滑寶釵簪不得春風爛熳惱嬌慵十八鬟多無氣力粧成髮鬌欹不斜雲裾數步踏鴈沙背人不語向何處下堦自折櫻桃花

金銅僊人辭漢歌

魏明帝青龍九年八月詔宮官牽車西取漢孝武捧露盤仙人欲立置前殿宮官既拆盤仙人臨載乃潸然淚下唐諸王孫李長吉遂作金銅僊人辭漢歌

茂陵劉郎秋風客夜聞馬嘶曉無跡畫欄桂樹縣秋香三十六宮土花碧魏官牽車指千里東關酸風射眸子空將漢月出宮門憶君清淚如鉛水衰蘭送客咸陽道天若有情天亦老携盤獨出月荒涼渭城已遠波聲小

古詩奇麗之氣

洗兵馬

中興諸將收山東捷書夜報清晝同河廣傳聞一葦過胡兒命在破竹中秪殘鄴城不日得獨任朔方無限功京師皆騎汗血馬回紇餧肉蒲萄宮已喜皇威清海岱常思仙仗過崆峒三年笛裏關山月萬國兵前草木風成王功大心轉小郭相謀深古來少司徒清鑒懸明鏡尚書氣與秋天杳二三豪俊爲時出整頓乾坤濟時了

東走無復憶鱸魚南飛覺有安巢鳥青春復隨冠冕入紫禁正柰煙花繞鶴駕通宵鳳輦備鷄鳴問寢龍樓曉攀龍附鳳勢莫當天下盡化爲侯王汝等豈知蒙帝力時來不得誇身强關中既留蕭丞相幕下復用張子房張公一生江海客身長九尺鬚眉蒼徵起適遇風雲會扶顛始知籌策良青袍白馬更何有後漢今周喜再昌寸地尺天皆入貢奇祥異瑞爭來送不知何國致白環復道諸山得銀甕隱士休歌紫芝曲詞

人觧撰河清頌田家望望惜雨乾布穀處處催
春種淇上健兒歸莫懶城南思婦愁多夢安得
壯士挽天河净洗甲兵長不用

戲爲雙松歌

天下幾人畫古松畢宏已老韋偃少絕筆長風
起纖末滿堂動色嗟神妙兩株慘裂苔鮮皮屈
鐵交錯廻高枝白摧朽骨龍虎死黒入太陰雷
雨垂松根胡僧憩寂寞龐眉皓首無住著偏袒
右肩露雙脚葉裏松子僧前落韋侯韋侯數相

見我有一匹好東絹重之不減錦繡段已令拂拭光凌亂請公放筆爲直幹

古詩有醇醲之氣

江畔獨步尋花七絕句

江上被花惱不徹無處告訴只顛狂走覓南隣愛酒伴經旬出飲獨空牀

稠花亂蘂畏江濱行步欹危實怕春詩酒尚堪驅使未須料理白頭人

江深竹靜兩三家多事紅花映白花報荅春光

知有處應須美酒送生涯

東望少城花滿煙百花高樓更可憐誰能載酒

開金鏁喚取佳人舞繡筵

黄師塔前江水東春光懶困倚微風桃花一簇

開無主可愛深紅映淺紅

黄四娘家花滿蹊千朵萬朵壓枝低留連戲蝶

時時舞自在嬌鶯恰恰啼

不是愛花即欲死只恐花盡老相催繁枝容易

紛紛落嫩蘂商量細細開

石門洪覺範天厨禁臠卷終

鍾伯敬先生硃評詞府靈蛇四卷

◎

〔明〕鍾惺、李光祚輯

明金陵唐建元刻套印本

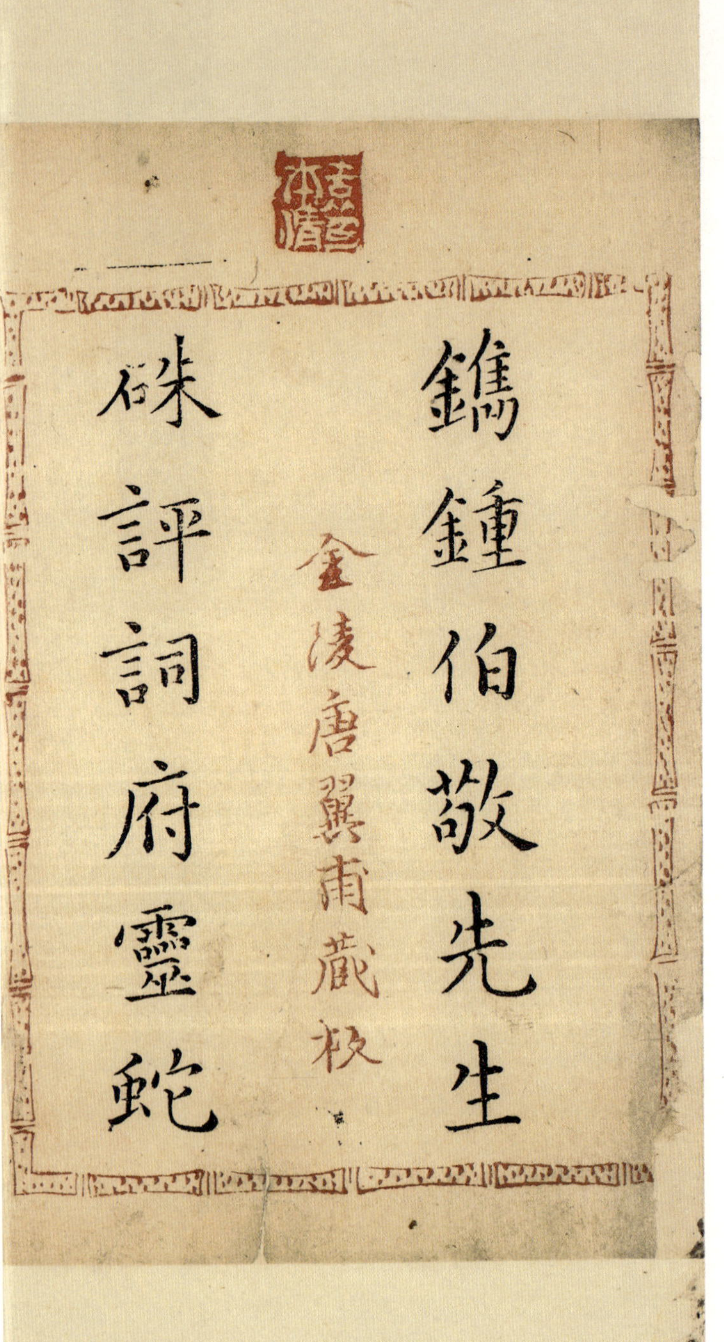
鐫鍾伯敬先生

金陵唐翼甫藏板

硃評詞府靈蛇

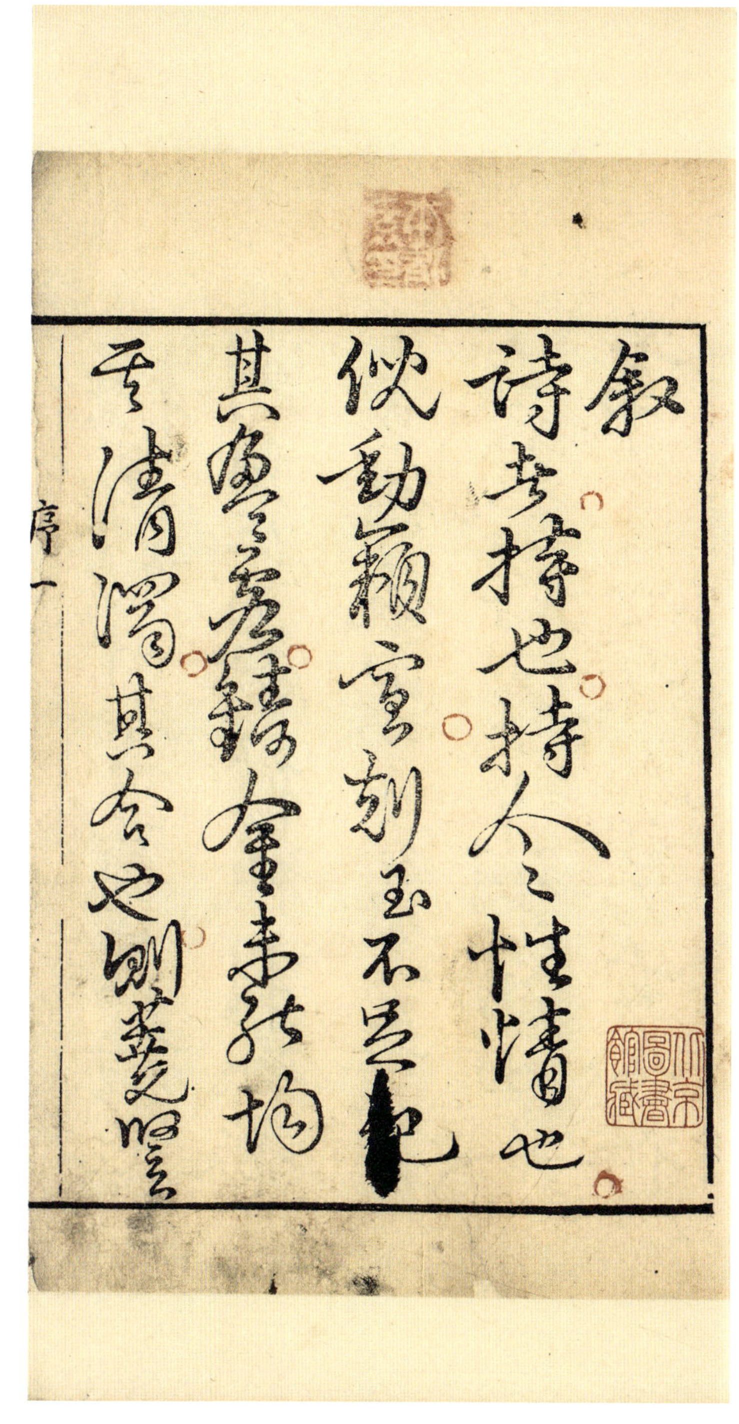
敘
詩者持也持人之性情也
使動窺索刻玉不足也
其為之者鍾伯敬其
為清潤其人也則以
序一

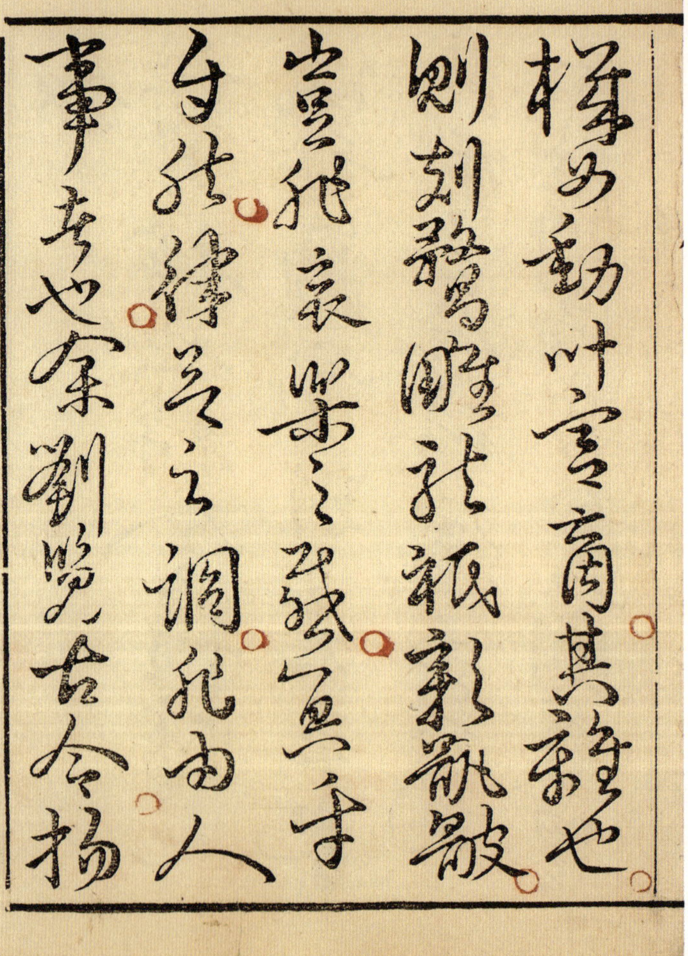

猝爾動叶宮商其辭也
則刻鵠雕龍紙綵黼黻
豈能哀樂之發無乎
自能律呂之調能由人
事者也余瀏覽古今揚

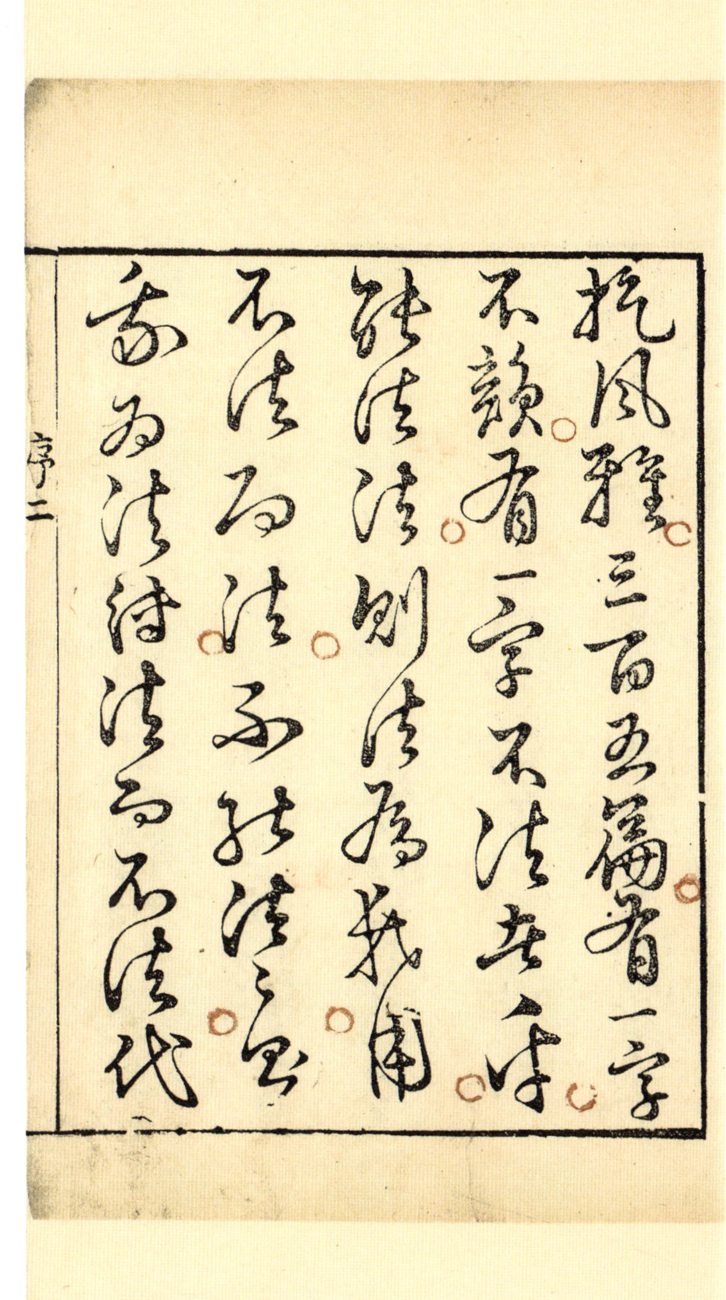
抗風雅三百五篇有一字
不艷者一字不清者乎
能清清則清矣能艷
不清而清不能清之
家為清得清而不清代

序二

歷以經濟風之復涉筆墨長
未諳聲韻相抵摘之所解耳
家未嘗定稿自輯當日之
作豈來家家竊爲付梓風
雅人擅雲地於上源矣

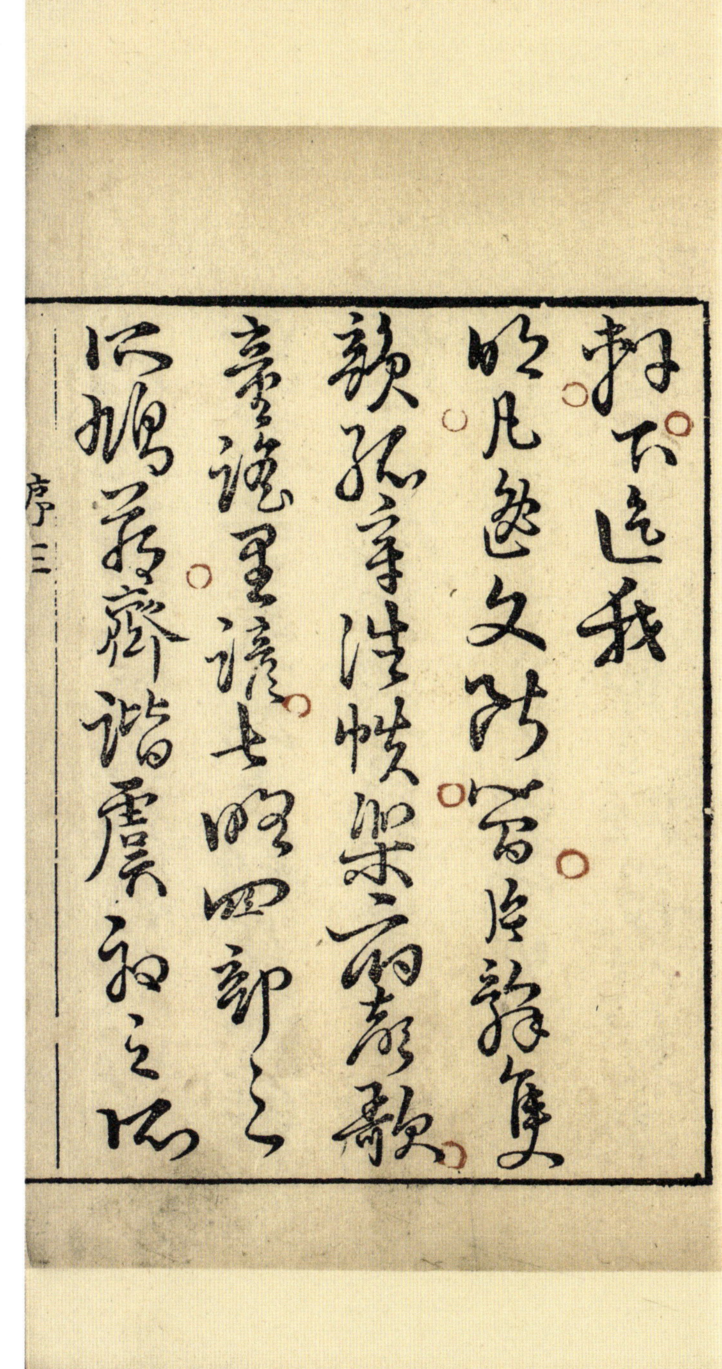

射。不逸我

明。凡悠文林，宮序錄集

雜。孫年注帙，架上奇歎。

豪。諺星讀士，明四部之

以鴉若齊諧，震和之以

序三

志述無不苞括擷於明四
野新之氣而止餘於聲韻
悃不細敘出神其已樸
為以運之見得為發之緒
奪等高之唯壇說法拈花

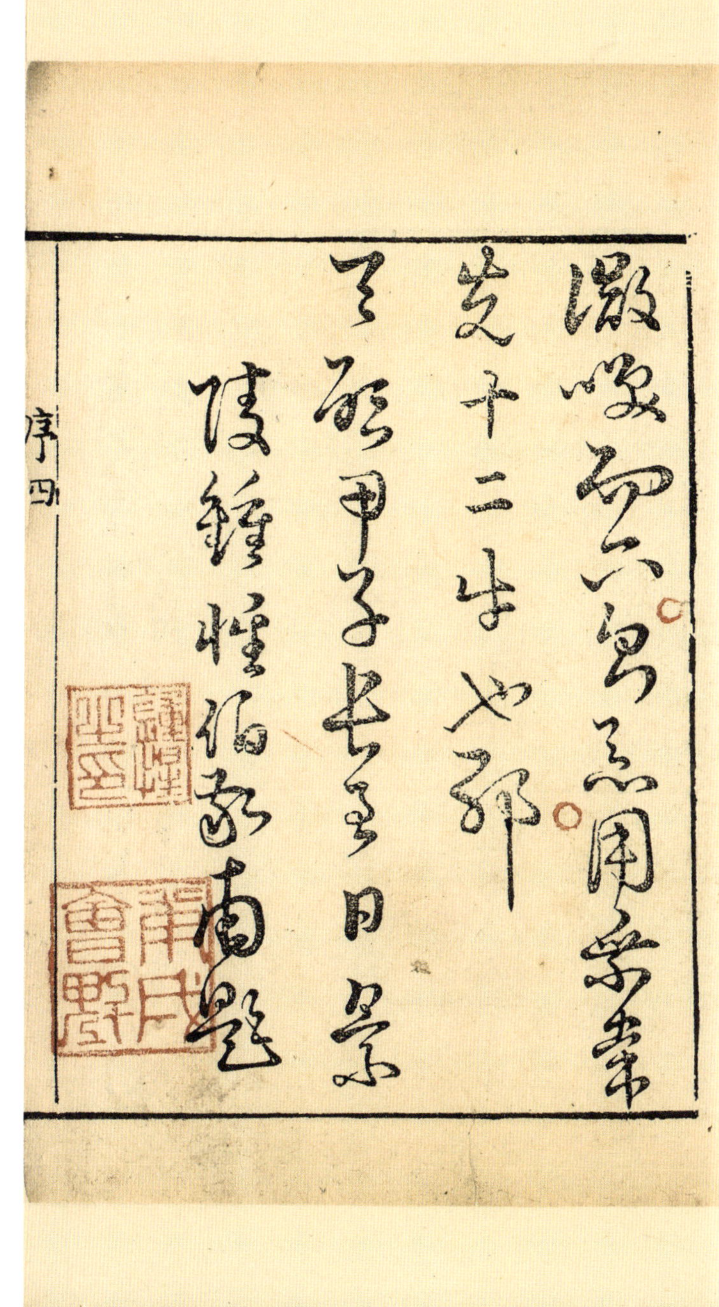
激吸而六易焉周密年
歲千二歲也耶
天啟甲子長至日竟
陵鍾惺伯敬甫題

序四

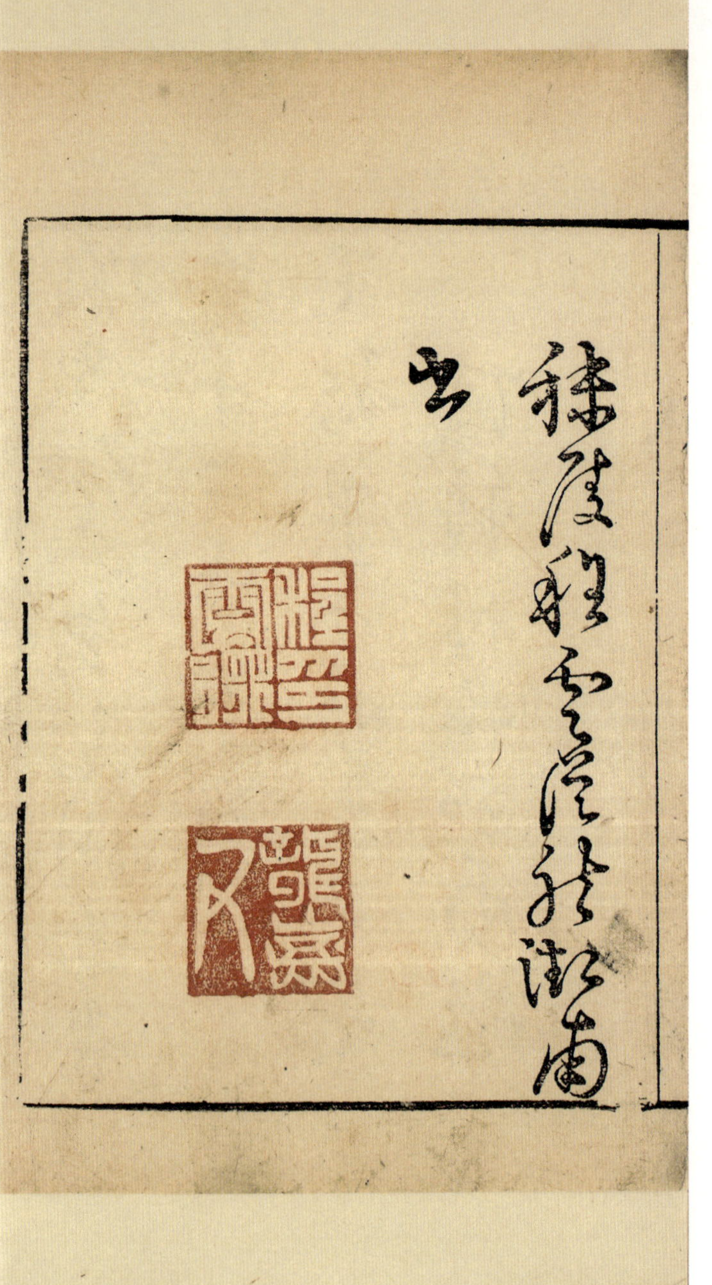

鍾伯敬先生硃評詞府靈蛇目録

○元集

句起○間對○順去○葴詠○中断別意
○四句不聯○借喻○七言○五言○五
言古詩○七言古詩○五言長古篇法○
五言短古篇法○七言長古篇法○七言
短古篇法○樂府篇法○格局○詩有賦
比興○自詠○送李少府貶峽中王少府
貶長沙○上兵憲○自朗州至京戲贈看
花○再遊玄都觀○梅花○酬鄭給事○

用○言用勿言体○言用不言名○詩有体志○詩有著題汎說○氣象○一曰翰苑氣○二曰輦轂氣○三曰山林氣○四曰出世氣○五曰神　氣○六曰儒先氣○七曰江湖氣○八曰閭閻氣○九曰閨壼氣○十曰武弁氣○總論

○育集

○詩法口訣○作詩須材○詩用淺語○

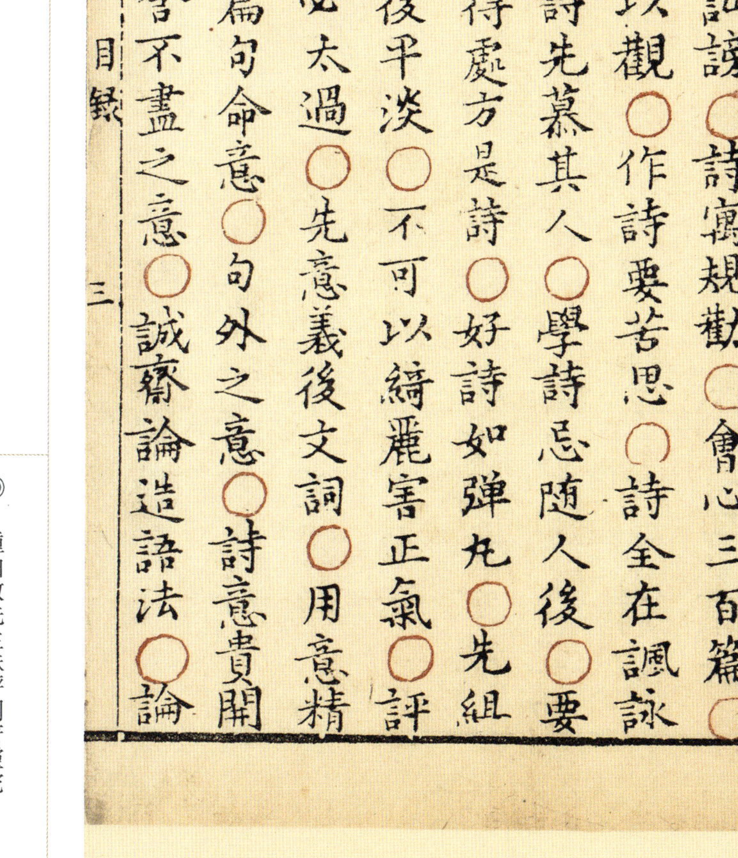

目録 三

句法對法○句法問答○當對○上三下三○上四下三○上應下呼○上呼下應○行雲流水○言倒理順○直書句○兩句成一句○錯綜句法○影畧句法○用經史語○點化古語○陵陽論下字法○東坡下字○練字○一字之工○一字師○妙於用事○反用其事○用事精切○用事要無迹○用事天然○叙事盡詳○

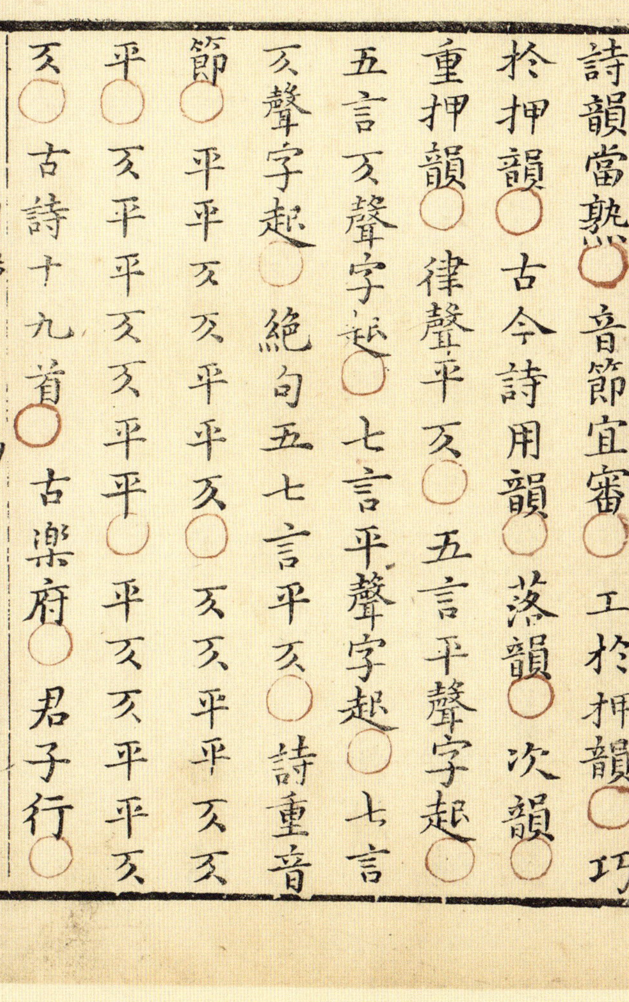
詩韻當熟○音節宜審○工扵押韻○巧
扵押韻○古今詩用韻○落韻○次韻○
重押韻○律聲平仄○五言平聲字起○
五言仄聲字起○七言平聲字起○七言
仄聲字起○絶句五七言平仄○詩重音
節○平平仄仄平平仄○仄仄平平仄仄
平○仄平平仄仄平平○平仄仄平平仄
仄○古詩十九首○古樂府○君子行○

目錄　四

傷歌行○長歌行

○利集

○詩家一指○十科○意○趣○神○情○氣○理○力○境○物○事○四則○句○字○法○格○二十四品○雄渾○冲淡○纖穠○沈著○高古○典雅○洗鍊○勁健○綺麗○自然○含蓄○豪放○精神○縝密○疎野○清奇○委曲○

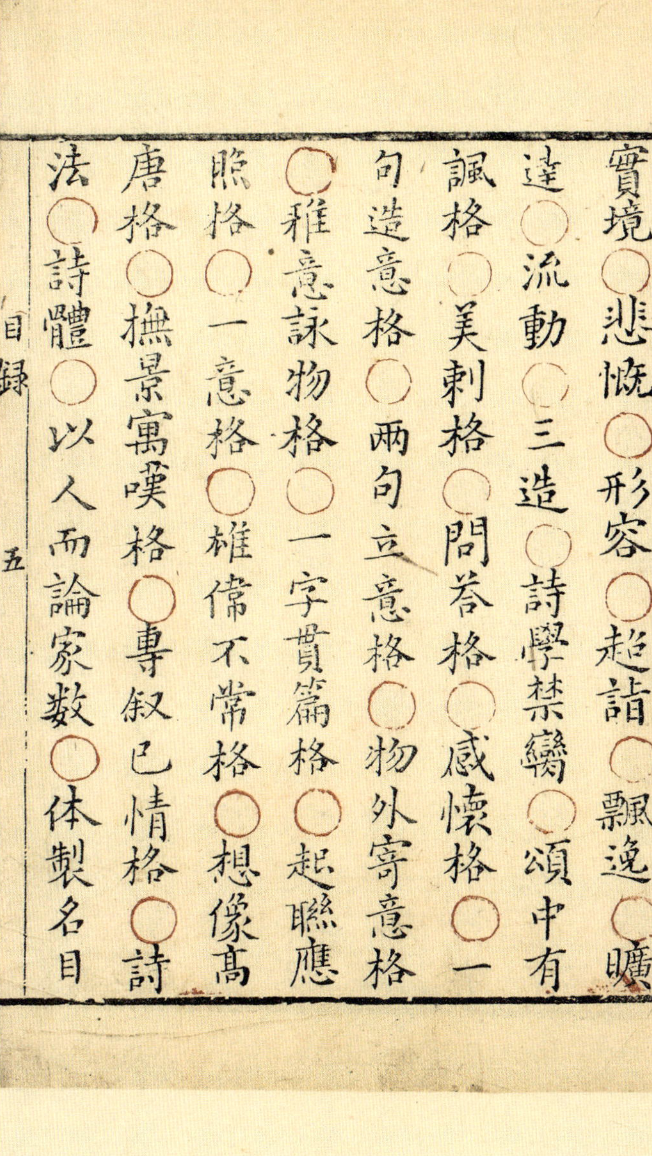

○詩評○金鍼集○内外意○詩有三體
○四格○詩有四練○詩有五忌○詩有
八病○詩有五理○詩有三体格○詩有
喜怒哀樂四得之辭○詩有喜怒哀樂四
失之辭○詩有上中下○詩有四不入格
○詩有四齊梁格○詩有扇對格○詩有
魔有癖○詩有三般句○詩有數格○詩
有六對○詩有義例○詩有二家○詩有

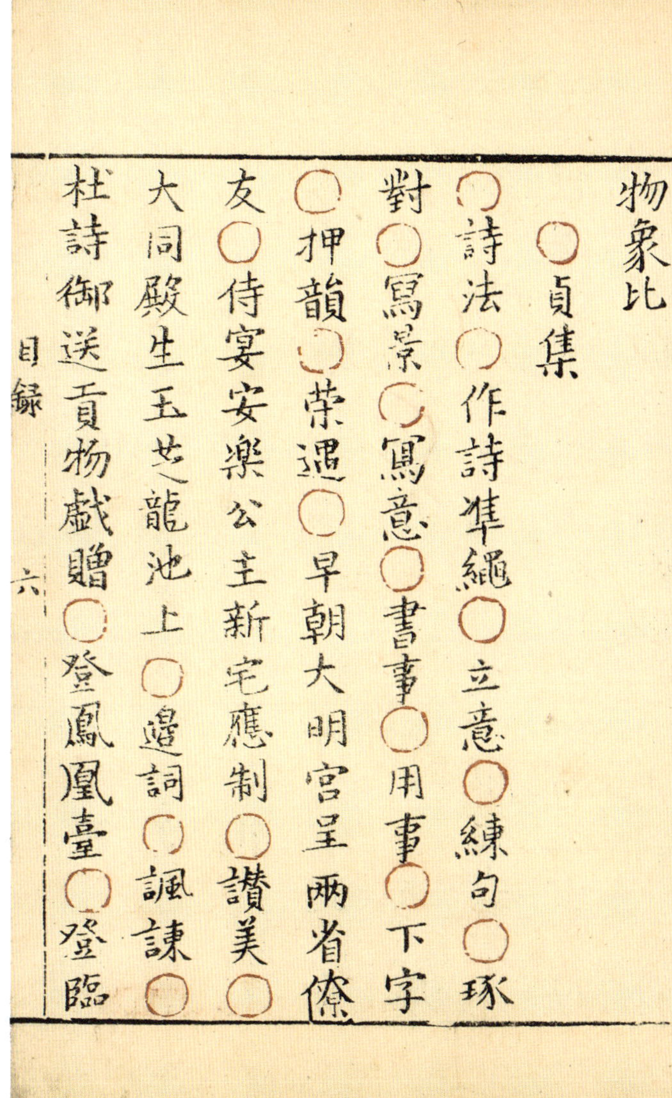

物象比

○貞集

○詩法○作詩準繩○立意○練句○琢

對○寫景○寫意○書事○用事○下字

○押韻○榮遇○早朝大明宮呈兩省僚

友○侍宴安樂公主新宅應制○讚美○

大同殿生玉芝龍池上○邊詞○諷諫○

杜詩御送貢物戲贈○登鳳凰臺○登臨

目録　六

○漢武宮詞○獲步訪魯望不遇○征行
○送康祭酒赴輪臺○送盧潘尚書之靈
武○贈别○送浙西李相公赴鎮○送人
嶺南○詠物○杏花○牡丹○宮詞○長
門怨○又○哭挽○哭呂衡州○又○賡
和○和早朝大明宮○又○眼用實字○
眼用響字○眼用拗字○拗句換字○毋
子用字粧句○扇對格○句中對○巧對

○交股對○借韻對○律詩不對○頷聯不對○聯不對○不對處對○起句對○末句對○首尾對○押虛字○倒字押韻○以物爲人○虛字粧句○下三字用經史字○公取古詩句○用佛書語○流水句○錯綜句○疊三實字句○疊五實字句○疊七實字句○折腰句○歇後句○失粘句○引韻便失粘○第二聯失粘○

目錄　七

鍾伯敬先生硃評詞府靈蛇目録

鍾伯敬先生硃評詞府靈蛇元集

景陵鍾　惺伯敬父選

豐城李光祚賛庭父輯

秣陵程雲從龍德父校

唐光夔冠甫氏閲

唐建元翼甫氏梓

○詩法正論

夫詩權輿於逐宍擊壤之謡演迤於卿雲

解慍之歌制作於風雅頌三百篇之体此
詩道之大原也周官詩有六義風雅頌為
經賦比興為緯風雅頌各有体作者必先
具体於胸中而後作焉風之体如後世歌
謡采之民間而被之聲樂者也其言主於
達事情通諷諭二南為風之始有美無刺
故謂之正風諸國之風兼美刺故謂之变
風豳風則詩之正而事之变故亦屬之变

風焉雅之体如後世之五七言古詩作於公卿大夫而用之朝會燕享者也其言主於述先德通下情故有大雅小雅焉成康以上之詩專美故謂之正雅成康以後之詩兼美刺故謂之变雅变風变雅皆因正風正雅而附見焉頌之体如後世之古樂風作於公卿大夫而用之宗廟告於神明者也其言主於美盛德告功成其正則商

頌周頌魯頌比之風雅蓋亦变之類也姜尭章云遵度曰詩放情曰歌体如行書曰行兼之曰歌行述事本末曰引悲如蛩螿曰吟通乎俚俗曰謡委曲盡情曰曲觀此可以得風雅頌各有体之意矣

○詩學正源

詩有六義實惟三體風雅頌者詩之体賦比興者詩之法假物取意曰比託物興辭曰興鋪張實事曰賦故

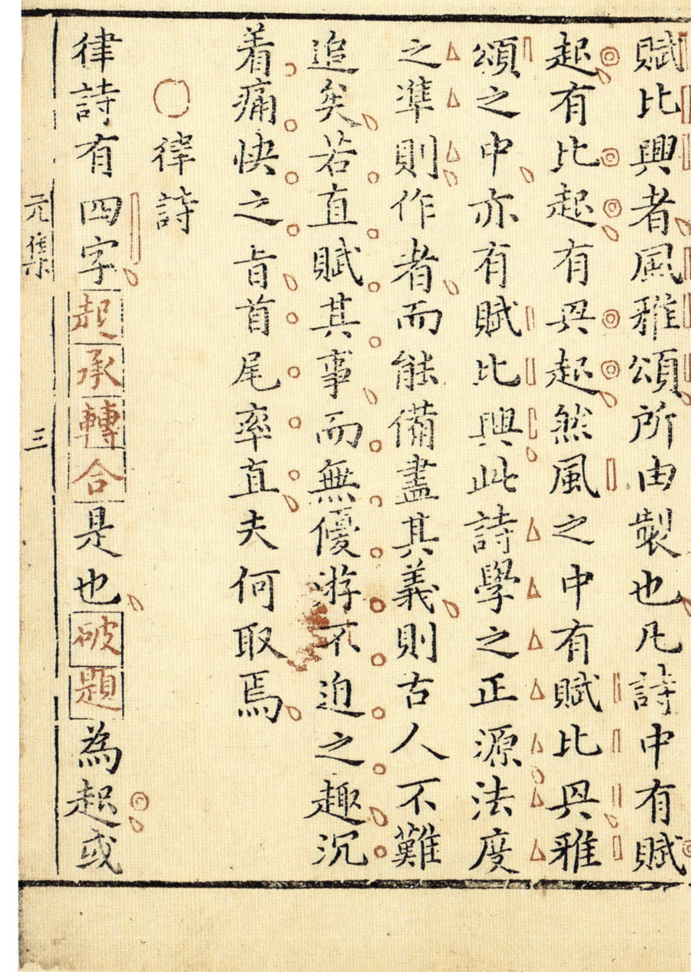

賦比興者風雅頌所由製也凡詩中有賦起有比起有興起然風之中有賦比興雅頌之中亦有賦比興此詩學之正源法度之準則作者而能備盡其義則古人不難追矣若直賦其事而無優游不迫之趣沉着痛快之旨首尾率直夫何取焉

○律詩

律詩有四字起承轉合是也破題為起或

元集　三

對景興起或比起或引事起或就題起要突兀高遠如狂風捲浪勢欲滔天頷聯為承或寫意或寫景或書事用事引証此聯要緊接如驪珠抱而不脫頸聯為轉或寫意寫景書事用事引證與前聯相應相避要变化如疾雷破山觀者驚愕結句為合或就題結或開一步或繳前聯之意或用事必放一句作散場如剡溪之棹自去自

四言有盡而意無窮

律詩始於唐其盛亦莫過於唐考之唐初作者尚少至少陵於古律相半然對偶音律皆文辭之不可廢也故斈者當以少陵為宗

○律詩章法

律詩有題即古詩書之序也故作詩者先須因事立題題立則就題立意詩緣以作如題曰堂成則賦題之外無他意故起云背郭堂成蔭白茅緣江路熟俯青郊此二

句以見堂之規制体勢繼云榿林礙日吟
風葉籠竹和煙滴露梢暫止飛烏將數子
頻来語燕定新巢此四句以見林木之盛
禽鳥之適如此賦堂成者備矣故結曰時
人錯比楊雄宅懶惰無心作解嘲此二句
不獨引楊雄以自況以終所賦正詩家言
外不盡之意如題曰嚴鄭公枉駕草堂兼
携酒饌則情事兼致故起云竹裏行厨洗

玉盤花邉立馬簇金鞍此二句以見嚴公
一時携饌之盛継承之曰非關使者徵求
急自識將軍禮數寛然後枉顧携樽之意
備見此前一章也至頸聯則曰百年地僻
柴門迥五月江深草閣寒蓋五月以實仲
夏柴門草閣以實草堂結曰看弄漁舟移
白日老農何有罄交歡言柴門地僻百年
之迥則素無賓客可知矣草閣深五月寒

元集　五

無他景可知矣而公乃獨看漁舟以移白日則我老農何所有而盡其交歡哉是感慨之情溢於言外而四句自爲起伏此後一章也兩章相屬而脉絡貫通原其情景交暢則一開一闔各有指歸謂之分章然章雖有分合其一事達情言意兩盡皆不外乎詩之序也是則因事立題緣題求詩詩應乎題則格自從而定矣所謂章法也

章法一明則句不泛施言必當物一唱一和各有攸歸前不置後後不置前如造化生成自本自支不假人力是為妙也然一章之中有句法焉一句之中有字法焉精字以成句累句以成章章之明潔句無疵也句之精透字得力也又須百煉成字千鍊成句發揮旨意在句而點綴精神在字至於用字造句使之燦然成章則又在乎

意匠之經營耳故學者能以意爲主而有得焉則短章長篇無施不可獨律詩云乎哉

◎七言律詩篇法

○一字血脉

以情字爲血脉下六句皆發明情字之意

翠鬣紅衣舞夕暉水禽情侶此禽希纔兮烟島猶囬首只度寒塘亦共飛耿霧盡迷朱殿瓦逐梭齊上玉人机採蓮無限蘭橈

事〻幽是二字貫串事〻幽是三字棟梁下皆發明事〻幽之意

女笑指中流羨爾歸（鴛鴦）

○二字貫串　三字棟梁在内

清江一曲抱村流長夏江村事〻幽自去自來堂上燕相親相傍水中鷗老妻畫紙為棊局稚子敲針作釣鉤多病所須惟藥物微軀此外更何求（江村）

○三字棟梁

瘴江南下接雲烟望盡黃茅是海邊山腹

元集　七

雨晴添象跡潭心日暖長蛟涎射工巧伺遊人影颶母偏驚賈客船從此憂来非一事可容華髮度流年南迁

○数字連叙中斷在内

中丞問俗畫熊頻愛弟傳書彩鷁新迁轉九州防禦使起居八座太夫人楚宮臘送荆門水白帝雲偷碧海春為報惠連詩莫惜知予斑鬢總如銀中丞弟得除江陵併起居衛尚書夫人

○鈎鎖連鐶

百花苑路易萋陰五穀塍蹊苦見侵農父笑時嫌若刺宮人鬬處惜如金别離空惹王孫恨麃耨深勞稷畯心緑野荒蕪好歸去朱門閑僻少相尋

草

○順流直下

東嶽真人張鍊師高情雅淡世間稀堪為烈女書青簡久事元君住翠微金縷机中

首句風物淒凉
次句古戰場頷
聯應古戰場頸
聯應風物淒凉
结尾揔承兩意
而结之也

拋錦字玉清壇上着霓衣雲衢不用吹簫
伴只擬乘鸞獨自歸 張鍊師

○雙拋

隋堤風物已淒凉堤下仍多古戰場金簇
有苔人拾得鉄衣無主鳥啣將邊聲暗促
河聲急野色遥連日色黄獨上高樓更愁
絶戍鼙驚起鴈行行 汴門兵後

○单拋

首以昆明池言而下皆昆明池中事也

昆明池水漢時功武帝旌旗在眼中織女机絲虛夜月石鯨鱗甲動秋風波漂菰米沉雲黑露冷蓮房墜粉紅關塞極天惟鳥道江湖滿地一漁翁秋興

◯内剥

中天積翠玉臺遥上帝高居絳節朝遂有馮夷來擊鼓始知嬴女善吹簫江光隱見黿鼉窟石勢參差烏鵲橋更有紅顏生羽

翼便應黃髮老漁樵　玉臺觀

○外剥

錦瑟無端五十絃一絃一柱思華年莊生曉夢迷蝴蝶望帝春心托杜鵑滄海月明珠有淚藍田日暖玉生烟此情可待成追憶只是當時已惘然　錦瑟

○前散

桃花源裏玉堂僊秀覽千巖萬壑烟有客

重尋鑑湖酒無人為上剡溪舩龍行靈雨空壇淨鼇負神宫複道懸回首都門耿如許東風長記梛飛綿 送戴鍊師歸隐

後散

十年京國總忘憂詩酒淋漓共賞遊漢月夜吟鳷鵲觀苑雲春釀鸘鷞裘書来慰我臨池上秋去思君到水頭為憶故人長處士于今江海尚淹留 感興寄友

○絶句

絶句者截句也其四句皆不對者截律詩前後四句也此体之正也後兩句對者截律詩前四句也前兩句對者截律詩後四句也四句皆對者截律詩中四句也此体之変也其用拗体側体者又変也約之為六言五言者益変也正変雖不齊而首尾布置亦四句自為起承轉合耳

○絶句作法

絶句之法要婉曲回環刪蕪就簡句絶而意不絶多以第三句爲主而第四句發之有實接有虛接承接之間開闔相關反正相依順逆相應一呼一吸宮商自諧大抵起承二句固難然不過平叙爲佳從容承之至如宛轉變化工夫全在第三句若於此轉變得好則第四句自如順流而下矣

◎絶句篇法

○首句起

畫松一似真松樹待我尋思記得無曾在天台山上見石橋南畔第三株畫松

○次句起金陵即事

○三句起前二句指開至第三句方論本題應對

席謙不見近彈棊畢曜仍傳舊小詩玉局他年無限笑白楊今日幾人悲

鄭公綵繪隨長夜曹霸丹青已白頭天下何曾有山水人間不解重驊騮存沒口号二首

○閒對首句閒次句說本題三句閒結再說本題應第二句即磨笄山是也

○順去松下問童子余何事棲碧山問

○藏咏

岐王宅裏尋常見崔九堂前幾度聞正是江湖好風景落花時節又逢君逢李龜年

○中斷別意（前二句說本題，後二句說題外意）

頗領龍驤十萬兵

○四句不聯

兩箇黃鸝鳴翠柳　遲日江山麗

○借喻（借本題說他事，如詠美人借花，詠花借美人）

大抵絶句宜高古，宜純雅，句雖少而有含蓄不盡之意，如常蘇州滁州西澗、劉夢得石頭城等詩，寓意深遠，直是作手，初學宜

熟讀盛唐絶句玩味之久自有所得

○七言

○聲響○雄渾○鏗鏘○偉健○高遠

○五言

○沉潛○深遠○細嫩

七言律難於五言律七言下字較粗實五言下字較細嫩七言若可截作五言便不成詩須字字去不得方是所以句要藏字

字要藏意如連珠不斷方妙

○五言古詩

五言古詩或興起或比起或賦起須要寓意深遠托辭温厚反覆優游雍容不迫或感古懷今或懷人傷己或瀟洒閑適寫景要雅淡推人心之至情寫感慨之微意悲歡含蓄而不傷美刺婉曲而不露要有三百篇之遺意方是觀漢魏古詩藹然有感

動人處如古詩十九首皆當熟讀玩味自見其趣

〇七言古詩

七言古詩鋪叙要有開闔有風度要迢遞險怪雄俊鏗鏘忌庸俗軟腐須是波瀾開闔如江海之波一波未平一波復起又如兵家之陣方以為正忽復為奇出入變化不可紀極備此法者惟李杜耳開闔燦然

音韻鏗然法度森然神思悠然問學淵然議論超然

〇五言長古篇法

〇分段〇過脉〇回照〇讃嘆

先分為幾段幾節每節句數多少要畧均齊首段是序序了一篇之意皆含在中結段要照起段且選詩分段節數甚均三句則皆三句四句六句八句則皆不參差杜

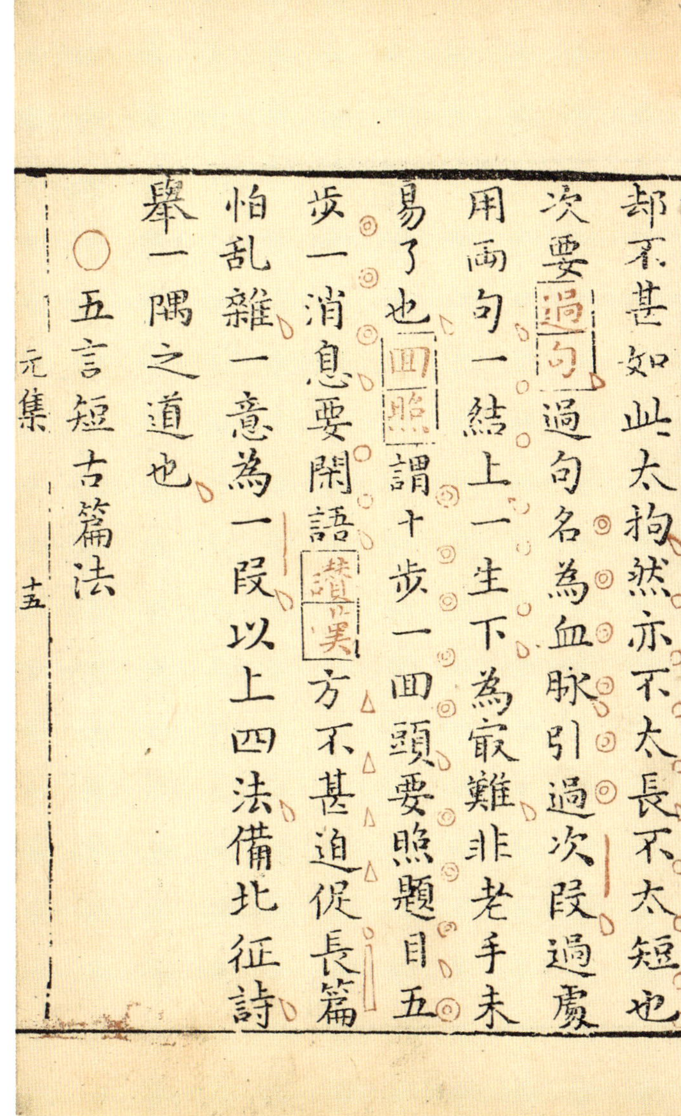

却不甚如此太拘然亦不太長不太短也

次要過句【過句】過句名為血脉引過次段過處用兩句一結上一生下為最難非老手未易了也【回照】謂十步一回頭要照題目五步一消息要閑語【讚美】方不甚迫促長篇怕乱雜一意為一段以上四法備北征詩舉一隅之道也

○五言短古篇法

元集　十五

辭簡意長語忌顯盡模糊則有餘味如步出城東門悵望江南路前日風雪中故人從此去忽見明月光疑是地上霜舉頭望明月低頭思故鄉開簾見新月便即下堦拜細語人不聞北風吹裙帶

○七言長古篇法

○分段○過段○突兀○字貫○讚嘆

○再起○歸題○送尾

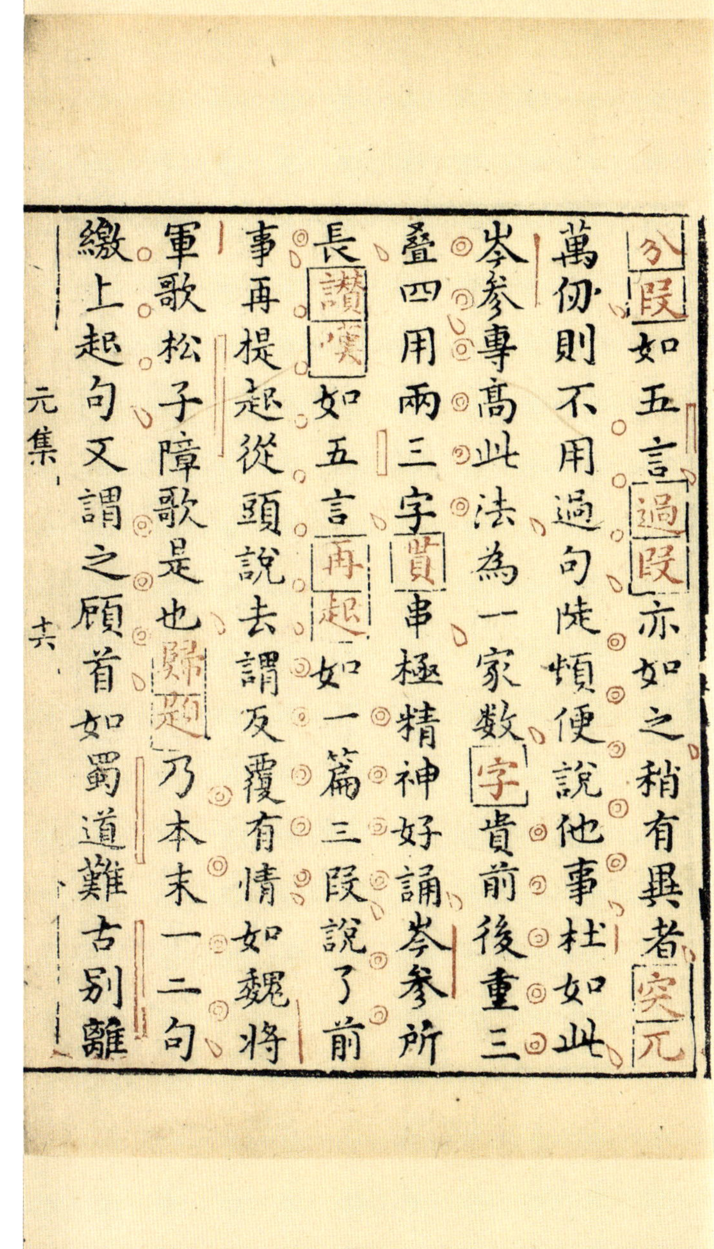

分段如五言過段亦如之稍有異者突兀萬仞則不用過句陡頓便說他事杜如此岑參專高此法為一家數字貴前後重三疊四用兩三字貫串極精神好誦岑參所長讚嘆如五言再起如一篇三段說了前事再提起從頭說去謂反覆有情如魏將軍歌松子障歌是也歸題乃本末一二句繳上起句又謂之顧首如蜀道難古別離

元集　十六

洗兵馬行是也送尾則生一段餘意結末或反用或比喻用如墜馬歌曰君不見稽康養生被殺戮又曰如何不飲令人哀長篇有此便不迫促甚有從容意思

○七言短古篇法

辭明意盡與五言相反如休洗紅洗紅〻色变不惜故縫衣記得初採藕人命百年能幾何後来新婦今為婆石人前石橋邊

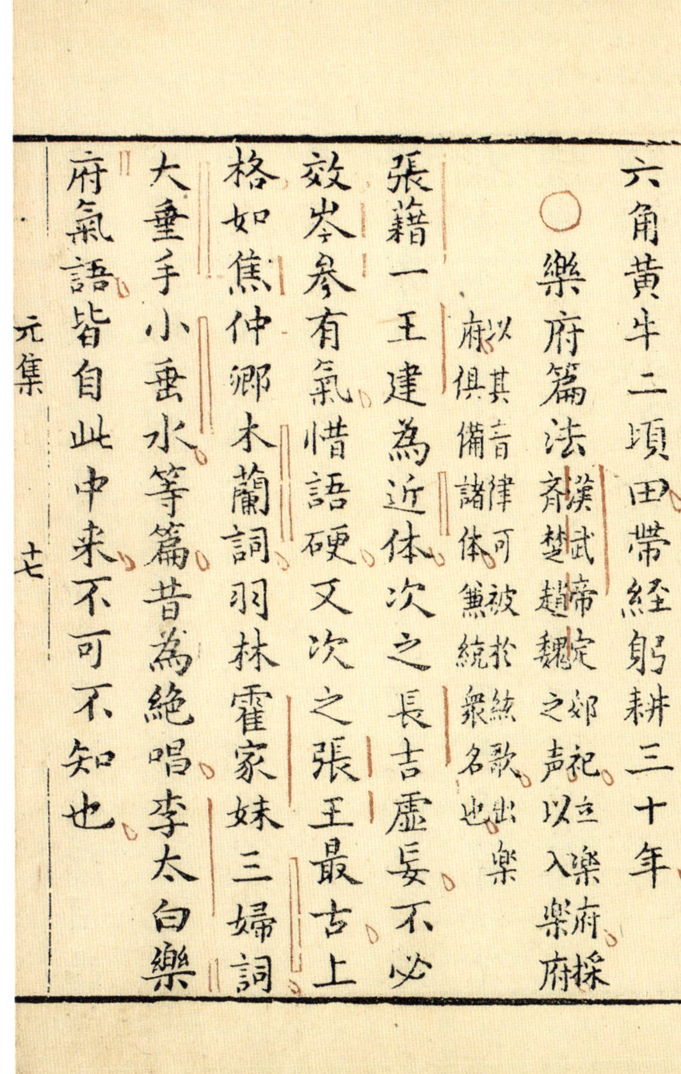
六角黃斗二頃田帶経躬耕三十年

○樂府篇法漢武帝定郊祀立樂府採齊楚趙魏之声以入樂府以其音律可被於絃歌出樂府俱備諸体兼綜衆名也

張籍一王建為近体次之長吉虛妄不必效岑參有氣惜語硬又次之張王最古上格如焦仲卿木蘭詞羽林霍家妹三婦詞大垂手小垂水等篇昔為絕唱李太白樂府氣語皆自此中来不可不知也

元集　十七

要訣在於反本題結如山農詞結却用西江賈客珠百斛船中養犬多食肉是也又有含蓄不發結者又有截斷頓然結者如君不見蜀葵花是也

老翁家貧在山住耕種山田三四畒苗踈稅多不得食輸入官倉化為土歲暮鋤犁傍空室呼兒登山收橡栗西江賈客珠百斛船中養犬多食肉

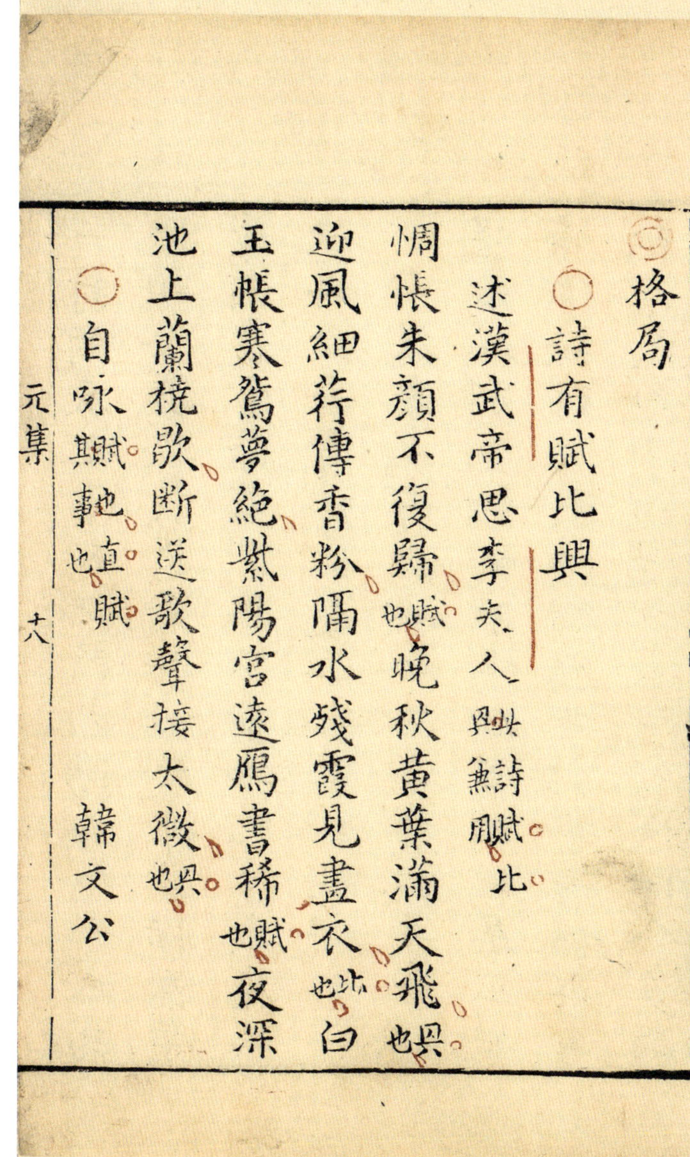

◎格局

○詩有賦比興

述漢武帝思李夫人此詩賦比興兼用

惆悵朱顏不復歸賦也晚秋黃葉滿天飛興也

迎風細荇傳香粉隔水殘霞見畫衣比也白

玉帳寒鴛夢絕紫陽宮遠鴈書稀賦也夜深

池上蘭橈歇斷送歌聲接太微興也

○自咏賦也直賦其事也　韓文公

一封朝奏九重天，夕貶朝陽路八千。本為聖朝除弊政，敢將衰朽惜殘年。雲橫秦嶺家何在，雪擁藍關馬不前。知尔遠來應有意，好收吾骨瘴江邊。此詩上佛骨表貶朝陽作也

○送李少府貶峽中王少府貶長沙賦也

嗟君此別意何如，駐馬銜盃問謫居。巫峽啼猿數行淚，衡陽歸鴈幾封書。青楓江上秋天遠，白帝城邊古木疎。聖代即今多雨

露暫時分首莫躊躇此詩起句就說破題意中二聯各以所經地里點綴情景末二句慰勉見君恩必詔今別亦暫不必躊躇巫峽白帝城李所經衡陽青楓江王所經

○上兵憲賦也

山斗名高天下馳幾年當道領樞机兒童開口說司馬胡虜低頭拜子儀政教有天行日月威聲無地着狐狸色緣藏在心胸裡留待君王補衮衣此詩首句喻望重二句喻登要三句喻德

四句喻威，五句喻致治，六句喻鋤奸，七句喻抱才，八句喻輔弼。

○自朗州至京戲贈看花 比也。借物以比事也。

紫陌紅塵拂面來，無人不道看花回。玄都觀裏桃千樹，盡是劉郎去後栽。

○再遊玄都觀 比也。

百畝庭中半是苔，桃花淨盡菜花開。種桃道士歸何處，前度劉郎今又來。此二詩俱比也。紫陌二句喻奔走富貴，汨沒塵埃，自謂得志，如春日看花，紅塵滿面也。玄都觀喻朝此桃千樹喻富貴無能者末句謂滿朝新貴皆劉郎去後宰相所栽培也後詩首句喻朝廷無人二句喻前日老成凋謝今日新進柄任三句見前日培植私人今不在矣末句謂吾又立朝窮達壽夭所命於天宰相何苦以私意進退人才哉諷刺時事全用此体

○梅花 比也

衆芳搖落獨暄妍占斷風情向小園踈影横斜水清淺暗香浮動月黄昏霜禽欲下先偷眼粉蝶如知合斷魂幸有微吟可相

狎不須檀板共金樽

此詩首句喻出類二句喻抱才三句喻盛德四句喻榮名五句喻親賢六句喻慕德七句喻知己八句喻饒律小人可遠總喻己之高潔如梅花耐歲寒也

酬郭給事 興也先言他物以引起所詠之辭也 李憕

洞門高閣靄餘暉桃李陰陰柳絮飛禁裏疎鍾官舍晚省中啼鳥吏人稀晨搖玉佩趨金殿夕奉天書拜瑣闈強欲從軍無那老將因臥病解朝衣

此詩首聯布景興起頷聯美給事所居之

戢榮要結句叙情其望給事引援之意隱然在矣

○暮春歸故山草堂　興也　錢仲文

谷口春殘黃鳥稀辛夷花盡杏花飛始憐幽竹山窗下不改清陰待我歸此詩謂謝事歸來惟有竹陰如舊可見物態已非風韻含蓄不落色相

○漢南春望　賦而比也　薛能

獨尋春色上高臺三月皇州駕未回幾處松筠燒後死誰家桃李亂中開姦邪用法

無非法唱和求才不是才自古浮雲蔽白日洗天風雨幾時来前六句見僖宗播迁人物被害由於用法用人不得其當故也後二句望正人立朝屏去奸邪振肅朝綱撫安黎庶如風之屏翳駈雲杲曜懸而天氣清也用意懇惻真足以感動人主故録為式

○彈綿詩　賦而比也

迸破青囊褪玉関竹爐烘匙上弓彈水漂柳絮魚吹暖秋老蘆花雁叫寒雪裡王恭披鶴氅磯頭尚父弄魚竿如今幸喜皇祖

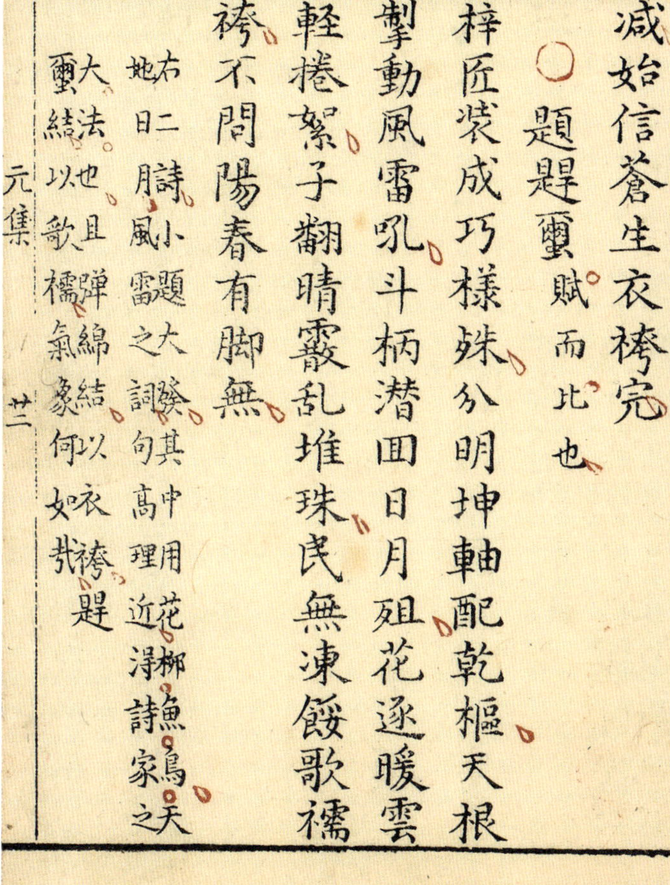

減始信蒼生衣袴完

○題題甕賦而比也

梓匠裝成巧樣姝分明坤軸配乾樞天根掣動風雷吼斗柄潛囬日月殂花逐暖雲輕捲絮子翻晴霰乱堆珠民無凍餒歌襦袴不問陽春有脚無

右二詩小題大發其中用花柳魚鳥天地日月風雷之詞句高理近淂詩家之大法也且彈綿結以衣袴題甕結以歌襦氣象何如哉

元集　廿二

○移家别湖上亭 賦而興也 戎昱

好是春風湖上亭，柳條藤蔓繫離情。黄鸝久住渾相識，欲别頻啼四五聲。

末二句言禽鳥猶知惜别而交情亦見矣

○寄韓鵬 賦而興也 李頎

為政心閑物自閑，朝看飛鳥夜飛還。寄書河上神明宰，羨爾城頭姑射山。

神明宰三字最有意味宰惟神明故心閑而物得其所也神明二字褒之意深

○送元使君自楚移越　賦而興也

露冕行春向若耶野人懷惠欲移家東風

二月淮陰郡惟見棠梨一樹花

此詩形容元公遺愛野人歸心之意濃麗

○峽中覽物　興而賦也

曾為掾吏趨三輔憶在潼關詩興多巫峽

忽如瞻華嶽蜀江猶似見黃河舟中得病

移衾枕關口經春長薜蘿形勝有餘風土

悪幾時回首一高歌此詩在夔州作故有曾爲憶在四字巫峽二句見在夔州猶在華岳舟中二句見夔州景如在華州形勝語結二聯比也末句結起聯與也

○客至與而比也

舍南舍北皆春水但見羣鷗日〻来花徑不曾緣客掃蓬門今始為君開盤飡市遠無兼味尊酒家貧只舊醅肯與隣翁相對飲隔籬呼取盡餘盃此詩首二句先言客至而有如此物與也

三句亦是與四句賦也此聯方見題後四句總一意

○詩有情景虛實實即景情即實

詩之意義雖不一要其歸不過情與景而已情景兼者上也偏到者次之情景兼者如露從今夜白月是故鄉明是也情到者如長擬即見面反致久無書是也景到者如日華川上動風光草際浮是也又如水流心不競雲在意俱遲景中寓情也卷簾

惟白水隱几亦青山情中寓景也感時花濺淚恨別鳥驚心情景相融而不分也白首多年病秋天昨夜涼一句情一句景也若一聯景一聯情亦是或四句六句皆景但以情結之惟情可以全篇言苟無法駐之易入流俗故曰融情於景物之中托思於風雲之表者難之

○同題仙游觀　韓翃

𨻶臺初見五城樓風物淒淒宿雨收山色遥連秦樹晚砧聲近報漢宫秋踈松影落空山浄細草春香小洞幽何用别尋方外去人間亦自有丹丘

錦瑟 重前外剥選 李商隱

錦瑟無端五十絃一絃一柱思華年莊生曉夢迷蝴蝶望帝春心托杜鵑滄海月明珠有淚藍田日暖玉生煙此情可待成追

憶只是當時已惘然此二詩四實詩也謂中四句皆景物而實也華麗典重之間有雍容寬厚之意此其妙也但七言視五言造句差長微有分別七字當為一串不可以五言泛加兩字閑冗大曆多此体稍變然後入於虛間以情思故此体當為衆体之首昧者為之則堆積窒塞寡意味矣

隋宮

紫泉宮殿鎖煙霞欲取蕪城作帝家玉璽不緣歸日角錦帆應是到天涯於今腐草無螢火終古垂楊有暮鴉地下若逢陳后

主豈宜重問後庭花

○馬嵬　李商隱

海外徒聞更九州他生未卜此生休空聞虎旅鳴宵柝無復雞人報曉籌此日六軍同駐馬當時七夕笑牽牛如何四紀為天子不及盧家有莫愁

此二首四虛詩也謂中四句皆情思而虛也然此於五言終是稍近於實而不全虛蓋句長而全虛恐流於柔弱須要於景物之中而情思貫通斯為得矣

長安秋夕　　　　　　趙　嘏

雲物淒凉拂曙流漢家宫闕動高秋殘星幾點鴈横塞長笛一聲人倚樓紫艷半開籬菊淨紅衣落盡渚蓮愁鱸魚正美不歸去空戴南冠學楚囚

陳琳墓　　　　　　温庭筠

曾於青史見遺文今日飄零過古墳詞客有靈應識我霸才無主始憐君石麟埋沒

歲秋草銅雀荒凉起暮雲莫怪臨風倍惆悵欲將書劍學從軍

此二詩前虚後實詩也謂前聯情而虚後聯景而實也實則氣勢雄健虚則態度諧婉輕前重後酌量適均無窒塞輕俗之患大中以後多此体至今宗唐詩尚之然終未及前二体渾厚故以其法居三若夫善者不拘

◎江上逢王將軍　李郢

亂鬢憔悴羽林郎曾入甘泉侍武皇鵰沒夜雲知御苑馬隨春仗識天香五湖歸去

孤舟月六國平來兩鬓霜惟有桓伊江上笛卧吹三弄送斜陽

○春夕旅懐　　崔塗

水流花謝兩無情送盡東風過楚城蝴蝶夢中家萬里杜鵑枝上月三更故園書動經年絶華髪春惟兩鬢生自是不歸ㄟ便得五湖烟景有誰争

此二首前實後虛詩也謂前聯景而實後聯情而虛也前重後輕易流於弱必

得妙句乃不可易蓋發興盡則雜淺後聯稍間以实其廢幾乎

◎詩有明暗例

○雙鷺　鄭谷

雙鷺應憐水滿池，風飄不動頂絲垂。立當青草人先見，行傍白蓮魚未知。一足獨拳寒雨裏，數聲相叫早秋時。林塘得爾須增價，況與詩家物色宜。

○黑鷹　杜甫

黑鷹不省人間有度海疑從北極来正翮摶風超紫塞玄冬幾夜宿陽臺虞羅自覺虛施巧春鴈同歸必見猜萬里寒空只一日金眸玉爪不凡材此二詩首破句就寫出題目字樣使人一見便知其為題雙鷺黑鷹之詩正是明白書事所謂明例也

〇鶺鴒　鄭谷

暖戲煙蕪錦翼齊品流應得近山雞雨昏青草湖邊過花落黃陵廟裏啼遊子乍聞

征袖濕佳人幾唱翠眉低相呼相喚湘江
曲苦竹叢深春日西

○白鷹

雲飛玉立盡清秋不惜奇毛恣遠遊在野
只教心力破千人何事網羅求一生自獵
知無敵百中爭能恥下鞲鵬礙九天須卻
避兎經三窟莫深憂此二詩破句不露題眼只渾融形狀使人見之仔細詳玩了知為題鷓鴣白鷹之詩正是暗暗賦事所謂暗例也

◎詩有拗體

○滁州西澗　　韋應物

獨憐幽草澗邊生上有黄鸝深樹鳴春潮帶雨晚来急野渡無人舟自横

○河邊枯木　　孫佐輔

野火燒枝水洗根數圍枯朽半心存應是無心承雨露却將春色寄苔痕此二詩乃拗体也謂第三句平仄不根第二句故謂之拗然必得奇句特出方可故録此備一体

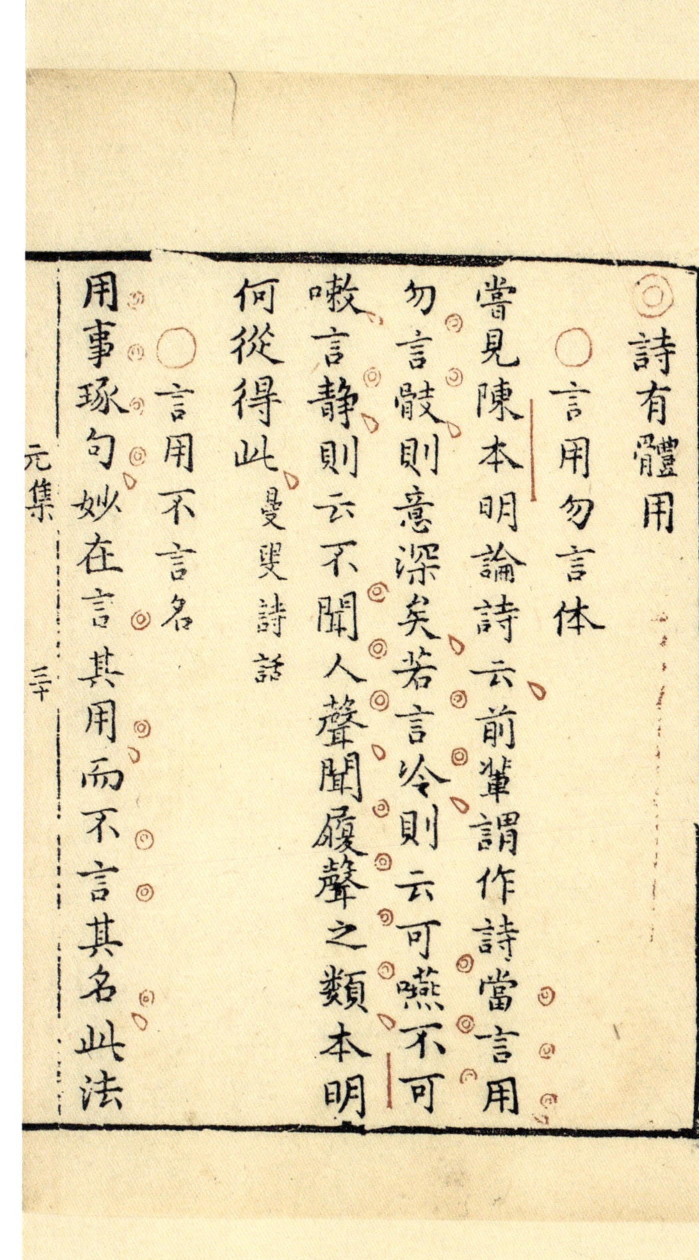

◎詩有體用

○言用勿言体

嘗見陳本明論詩云前輩謂作詩當言用勿言體則意深矣若言冷則云可嚥不可嗽言靜則云不聞人聲聞履聲之類本明何從得此曼叟詩話

○言用不言名

用事琢句妙在言其用而不言其名此法

惟荆公東坡山谷三老知之荆公曰含風
鴨緑鱗〻起弄日鵝黄裊〻垂此言水鳥
之名也東坡答子由詩曰猶勝相逢不相
識形容变盡語音存此用事而不言其名
山谷曰管城子無食肉相孔方兄有絶交
書又曰語言少味無阿堵氷雪相看有此
君又曰眼看人情如格五心知物外等朝
三格五今之蹙融是也後漢註云嘗置人

於險惡處也苕溪漁隱曰荊公詩云繰成白雪桑重綠割盡黃雲稻正青白雪即繰黃雲即麥亦不言其名也

○詩有体志

風韻切暢曰高　被褐出閶闔高步追許由振衣千仞崗濯足萬里流　体格閑放曰逸　左挹浮丘袂右拍洪厓肩　放聲正直曰貞　山峰高無極涇渭揚濁清

臨危不變曰忠　疾風知勁草板蕩識忠
臣　操持不改曰節　馬歩縮如蝟角弓
不可張時危見臣節世亂識忠臣捐軀報
明主身死為國殤　立性不放曰志　習
習籠中鳥舉家觸四隅落〻窮巷士抱影
守空廬　風清耿介曰氣　何當數千丈
為君覆明月　緣景不盡曰情　出入君
懷袖搖動微風發常恐秋節至涼飇奪炎

熱　氣多含蓄曰恩　黄鶴一遠别千里

顧徘徊　詞温而正曰德　南洲實炎德

桂樹陵寒山　檢束防閑曰誠　人生寄

一世奄忽若飈塵何不策高足先據要路

津　性情疎野曰閒　桂棟留夏飈蘭橑

停冬霰青林結冥濛丹巘被葱蒨　心迹

曠誕曰達　服藥求神仙多爲藥所悞不

如飲美酒披服紈與素　傷甚曰悲　臨

宂呼蒼天淚下如綆縻　詞理悽切曰怨
枯桑知天風海水知天寒入門各自媚
誰肯相與言　立言曰意　青〻陵上柏
磊〻澗中石人生天地間忽如遠行客
体裁勁健曰力　詠歌麟趾合蕭管鳳雛
来　神情安寂曰靜　魚戲新荷動鳥散
餘花落非如松風不動林狖未鳴乃謂意
中之靜　相陽遼絶曰遠　非如渺〻望

水杳〻望山乃謂意中之遠

○詩有着題汎説

按着題之詩不觀題但觀詩即知是其題方是着題之詩吟者先觀其題其可泛説其可着題如絶句四句俱要着題者難也或二句着題二句泛過或三句着題一句泛過如鶯梭詩云擲柳遷喬大有情交〻時作弄機聲洛陽三月春如錦多少工夫

織得成此詩第三句乃泛過也雖泛過意
亦在中如花影詩云重〻叠〻上瑶臺幾
度呼童掃不開剛被太陽收拾去却教明
月送将来此詩四句全着題也泛題者只
以題為名如題屏詩云呢喃燕子語梁閒
底事来驚夢裡閑説與傍人渾不解杖藜
携酒看芝山此詩乃言其志也如觀書有
感詩云昨夜江邉春水生蒙衝巨艦一毛

輕向来枉費推移力此日中流自在行此
詩乃得其志也詩類不同學者當詳察之
◎氣象
○一曰翰苑氣
絲綸閣下文章靜鍾鼓樓中刻漏長獨坐
黄昏誰是伴紫薇花對紫薇郎 直中書省
○二曰輦轂氣
高列千峰寶炬森端門方喜翠華臨宸遊

不為三元夜樂事還同萬衆心天上清光
留此夕人間和氣閣春陰要知盡慶華封
祝四十餘年惠愛深上元

○三曰山林氣

傲吏身閑笑五矦西江取竹起高樓南風
不用蒲葵扇紗帽閑眠對水鷗竹樓

○四曰出世氣

方丈翛然竹數椽檻前流水自清漣蒲團

竹几通宵坐掃地焚香白晝眠地窄不容
揮麈客室空那有散花天箇中有句無人
薦不是諸方五味禪 山人方文

○五曰神仙氣

冷烟纏山腰暗水洌石骨欲風松先鳴未
雨苔已滑洞前多琪花洞裏多紫霞高人
得所棲日來蒸胡麻 栖霞亭

○六曰儒先氣

無不落空渾是有有非滯物寂如無要知
冲漠森然處三復濂溪太極圖別福清玉融諸友

○七曰江湖氣

朝回日日典春衣每日江頭盡醉歸酒債
尋常行處有人生七十古来稀穿花蛺蝶
深深見點水蜻蜓款款飛傳語風光共流
轉暫時相賞莫相疑曲江

○八曰閭閻氣

身已龍鍾不出村尚能抱甕灌蔬園瓦盆甚朴常盛漏茅屋雖低可負暄鋤倦扶犁訪鄰叟祭歸聚肉喚諸孫後生記取耆年語世法休思入縣門　老農

○九曰閨壺氣

一片秋空月閨中夜擣衣如何南鴈去不見北書歸　閨怨

○十曰武弁氣

朝辭丹鳳闕暮指玉門關赴國男兒事跨胡談笑間一呼遮右地再鼓奪山陰肯使天驕子仍餘片甲還塞上曲

○總論

大抵作詩隨其所宜臺閣氣象要光明正大山林要古淡閑雅江湖要豪放沉着風月要醞藉秀麗方外要虛曠清楚征戍要奮迅凄凉懷古要慷慨悲惋宮壼閨房要

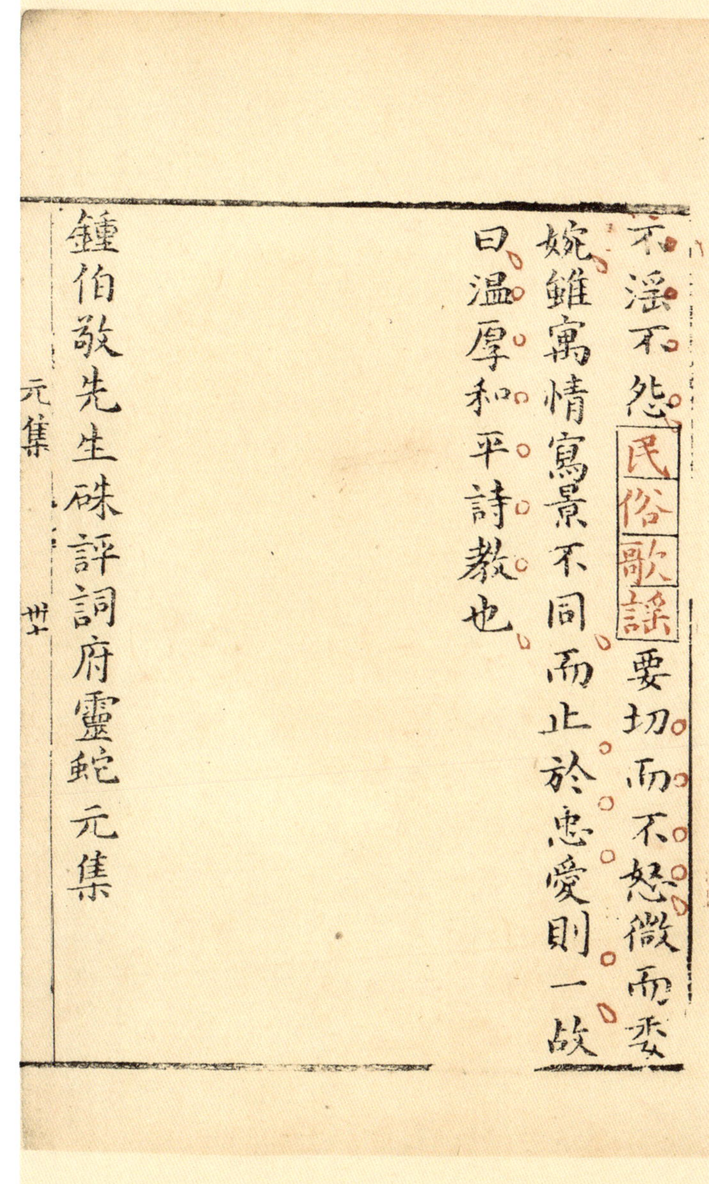

不淫不怨民俗歌謠要切而不怒微而婉雖寓情寫景不同而止於忠愛則一故曰温厚和平詩教也

鍾伯敬先生硃評詞府靈蛇元集

元集　廿七

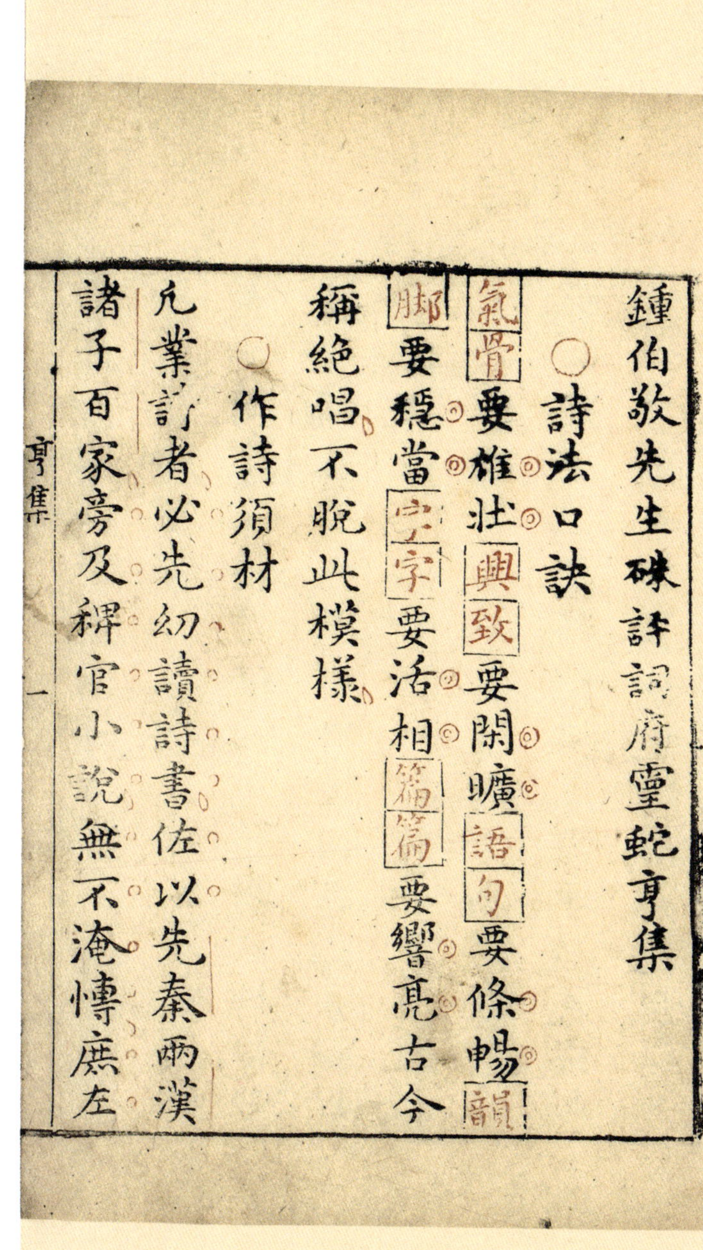
鍾伯敬先生硃評詞府靈蛇亨集

○詩法口訣

氣骨要雄壯，興致要閑曠，語句要條暢，韻脚要穩當，字字要活相，篇篇要響亮，古今稱絶唱，不脱此模樣。

○作詩須材

凡業詩者必先幼讀詩書，佐以先秦兩漢諸子百家，旁及稗官小說，無不淹博，庶左

亨集　一

右逢源不待蒐而自得矣

○詩用淺語

夫詩用淺語提筆便難前輩教人作絶句先令誦三日入厨下洗手作羹湯未諳姑食性先遣小姑嘗　打起黄鶯兒莫教枝上啼ゝ時驚妾夢不得到遼西　歩出城東門遥望江南路前日風雪中故人從此去　盡松一似真松樹待我尋思記得無

嘗在天台山上見石橋南畔第三株皆自肺腑中流出無牽強斧鑿痕迹文莊嘗言眼前景致口頭語便是詩家絕妙詞正謂此也

◎詩戒訕謗 山谷

詩者持也持人之性情也非強爭怨恚怒鄰罵座之資也其人忠信篤敬抱道而居與時乖違遇物悲喜連床而不察竝出而

不聞情之所不能堪因發於呻吟調笑之間胸次洒然而聞者亦有所勸勉比律呂而可歌列干羽而可舞是詩之美者也其發爲訕謗侵凌引援以承戈披襟而快一時之忿者人皆以爲詩之禍是非詩之禍人人之禍詩也

○詩寓規勸 幕府燕閒録

韓魏公初罷相出鎮長安或獻詩云是非

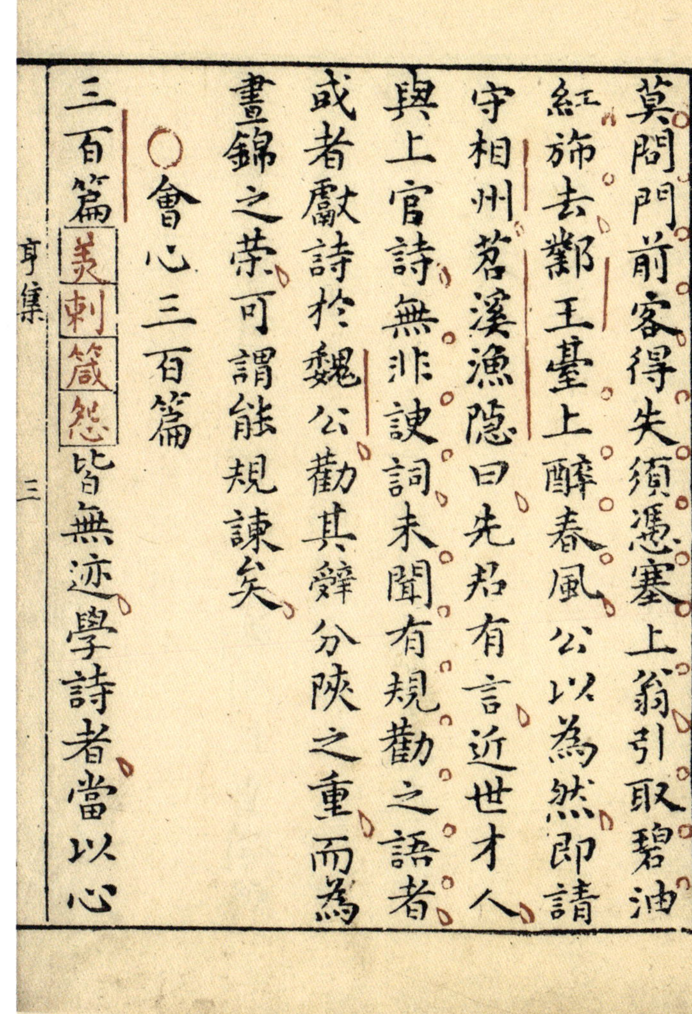
莫問門前客得失須憑塞上翁引取碧油紅旆去鄭王臺上醉春風公以為然即請守相州苕溪漁隱曰先君有言近世才人與上官詩無非諛詞未聞有規勸之語者或者獻詩於魏公勸其辭分陝之重而為晝錦之榮可謂能規諫矣

○會心三百篇

三百篇美刺箴怨皆無迹學詩者當以心

亨集　三

會心無失温柔温厚之意

○詩可以觀 高齋詩話

呂獻可誨嘗云丁謂詩有天門九重開終當掉臂入王元之禹偁讀之曰入公門猶鞠躬如也天門豈可掉臂入乎此人必不忠後果如其言

○作詩要苦心

詩之不工只是不精思耳不思而作雖多

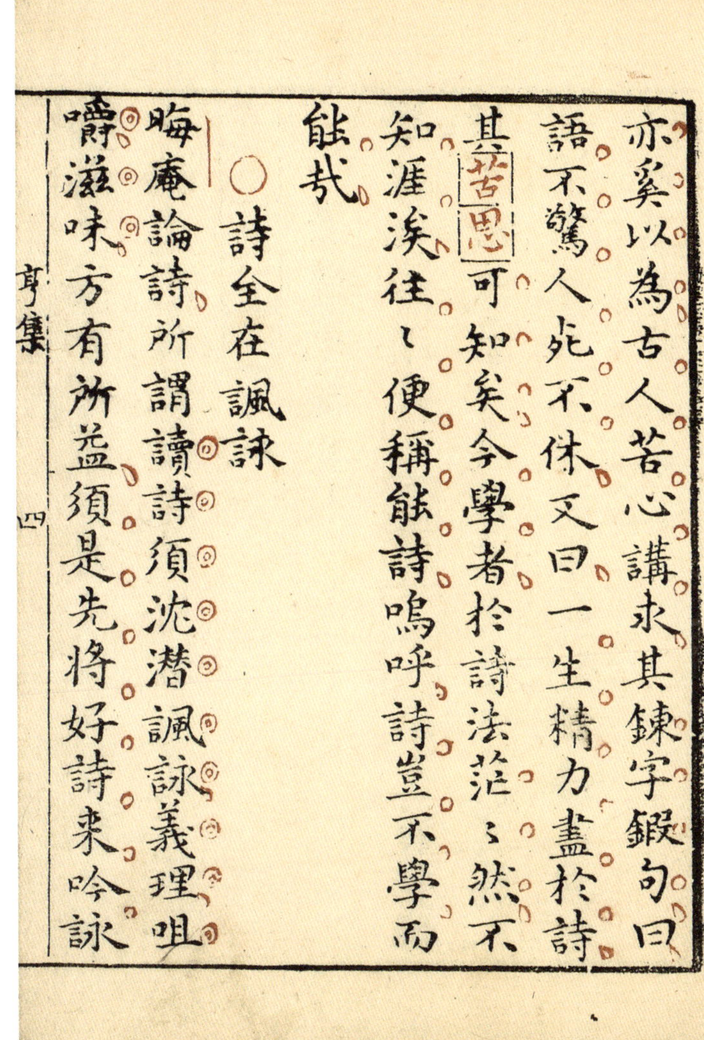
亦奚以為古人苦心講求其錬字鍛句曰語不驚人死不休又曰一生精力盡於詩其苦思可知矣今學者於詩法茫茫然不知涯涘往往便稱能詩嗚呼詩豈不學而能哉

○詩全在諷詠

晦庵論詩所謂讀詩須沈潛諷詠義理咀嚼滋味方有所益須是先將好詩来吟詠

亭集　四

四五十徧方可看註看了註又吟詠三四十徧意思自然融液浹洽方有是處詩令在諷詠之功

○學詩先慕其人

學詩之法須先思慕其為人平生履歷操持實踐氣象然後效其文章不慕其為人是挹末流而不尋其源也如讀釋氏典不必就其言語上窮之

○學詩忌隨人後　宋子京筆記

文章必自名一家然後可以不朽若躰規畫圓準方作矩終為人之臣僕古人譏架屋信然陸机曰謝朝華於一披啓夕秀於未振韓愈曰惟陳言之務去此乃為文之要苕溪漁隱曰學詩亦然若循習陳言模楷舊作不能變化自出新意何以名家魯直詩云隨人作計終後人又云文章最忌

亭集　五

隨人後誠至論也

○要到自得處方是詩漫齋語錄

詩吟詠得到自有得處如畫工生物千花萬草不名一物一態若模勒前人無自得只如世間剪裁諸花見一件樣只做得一件也

○好詩如彈丸

謝朓嘗語沈約曰好詩圓美流轉如彈丸

故東坡荅王鞏云新詩如彈丸及送歐陽弼云中有清圓句銅丸飛柘彈盖謂詩貴圓熟也余以謂圓熟多失之平易老硬多失之乾枯能不失於二者可與作者竝驅

○先組麗而後平淡　韻語陽秋

欲造平淡先自組麗中出如此陶謝不足進矣今之人多作拙易詩而自以為平淡者未嘗不絕倒也梅聖俞和晏相詩公因

今適情性稍欲到平淡苦詞未圓熟刺口劌菱芡言到平淡處甚難也所以贈杜挺之詩有作詩無古今欲造平淡難之句李白云清水出芙蓉天然去雕飾平淡而到天然則善矣

○不可以綺麗害正氣

世俗喜綺麗知文者能輕之後生好風花老大郎厭之然文章論當理與不當理苟

當於理則綺麗風花同入於妙苟不當理則一切皆為長語上自齊梁諸公下至劉夢得溫飛卿輩往往以綺麗風花累其正氣其過在認理不真而詞累之也李杜云綠垂風折筍紅綻雨肥梅岸花飛送客檣燕語留人亦極綺麗其模寫景物意自親切所以妙絶古今至於言春容閑適則有穿花蛺蝶深深見點水蜻蜓款款飛落花

遊絲白日静鳴鳩乳燕青春深言秋景則有藍水遠從千澗落玉山高竝兩峯寒無邊落木蕭〻下不盡長江滚〻来其富貴之詞則有香飄合殿春風轉花覆千官淑景移麒麟不動爐烟轉孔雀徐開扇影還其吊古則有映堦碧草自春色隔葉黃鸝空好音竹送清溪月苔移玉座春皆出於風花然皆窮盡性理移奪造化又云絕壁

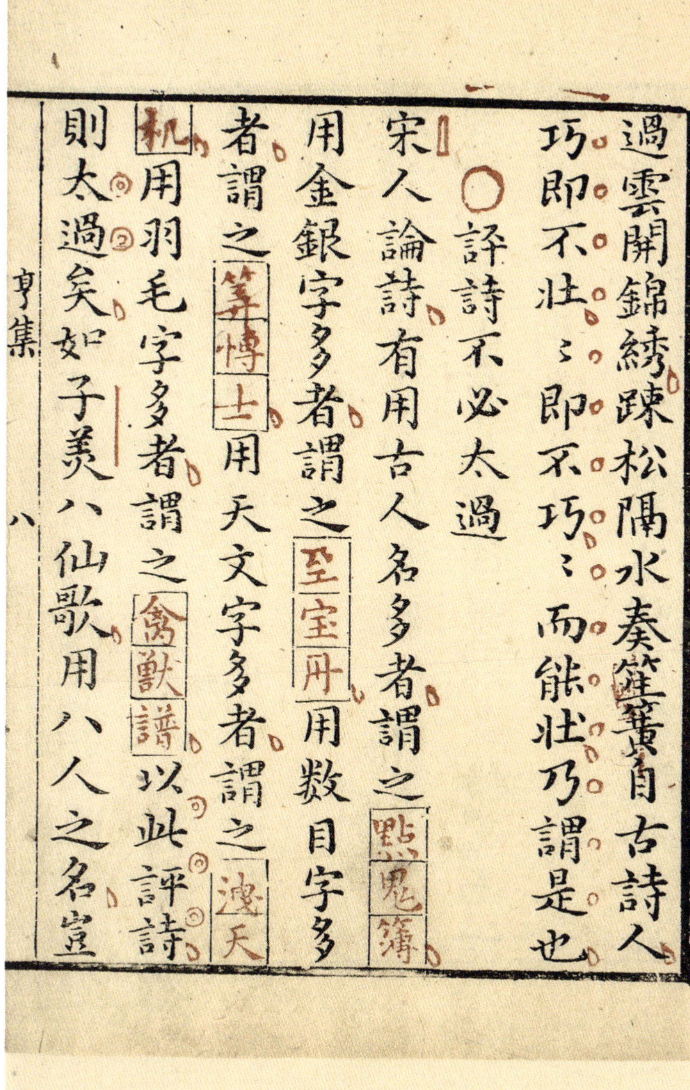
過雲開錦綉蹺松隔水奏笙簧自古詩人巧即不壯〻即不巧〻而能壯乃謂是也

○評詩不必太過

宋人論詩有用古人名多者謂之點鬼簿用金銀字多者謂之至寶丹用數目字多者謂之算博士用天文字多者謂之渾天机用羽毛字多者謂之禽獸譜以此評詩則太過矣如子美八仙歌用八人之名豈

亨集　八

點鬼簿乎如兩人對酌山花開一盃一盃復一盃又云一鞭一笠一簑衣短笛横吹牛倒騎此等詩亦数目字也豈盡非乎餘可類推

學詩須先識古今体製雅俗向皆更洗盡腸胃間宿生葷血然後可以去纖濁而一芳潤由是而清真矣

詩要有天趣不可鑿空強作待境而生自

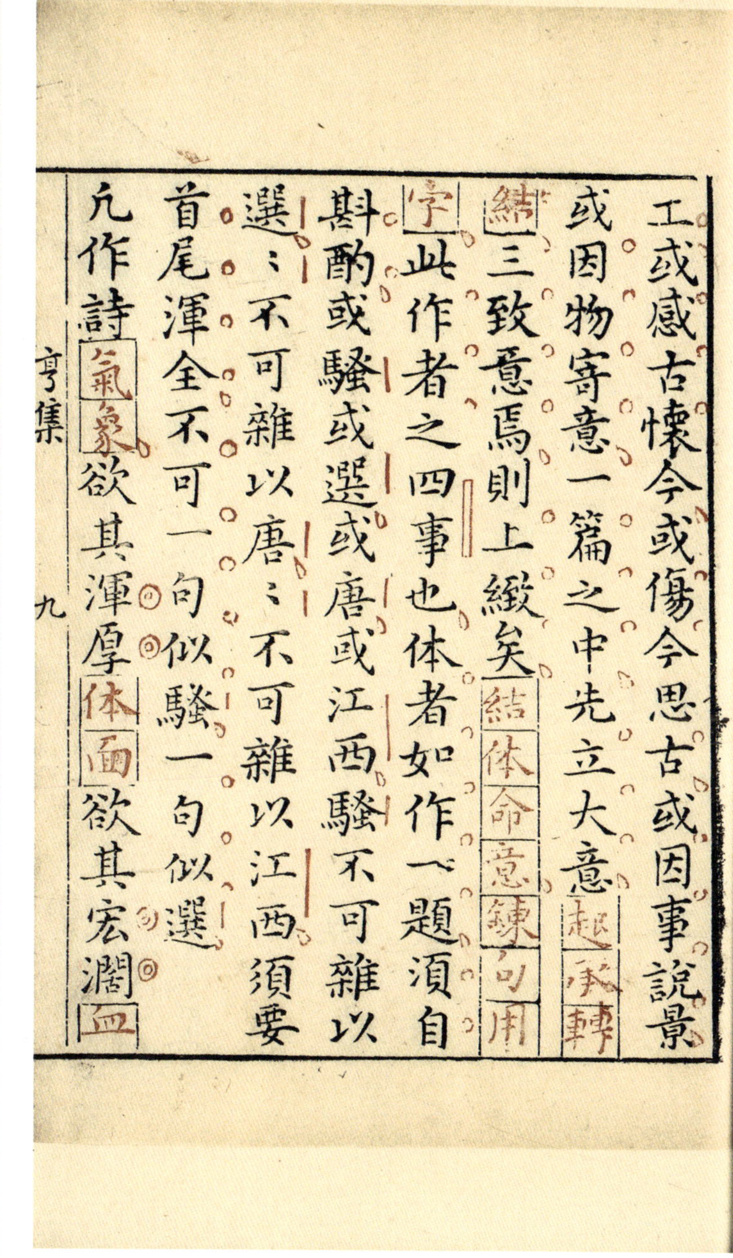
工或感古懷今或傷今思古或因事說景或因物寄意一篇之中先立大意起承轉結三致意焉則上綴矣結体命意鍊句用字此作者之四事也体者如作一題須自斟酌或騷或選或唐或江西騷不可雜以選〻不可雜以唐〻不可雜以江西須要首尾渾全不可一句似騷一句似選

凡作詩氣象欲其渾厚体面欲其宏濶血

亨集　九

脉欲其貫串**風度**欲其飄逸**音韻**欲其鏗鏘若雕刻傷氣敷演露骨此涵養之未至也當克以學

詩要**首尾相應**多見人中間一聯儘有奇拙全篇輳合如出二手便不家數此一句一字必須着意聯合也大槩要沉着痛快優游不迫而已

長律妙在鋪叙時將一聯挑轉又平平説

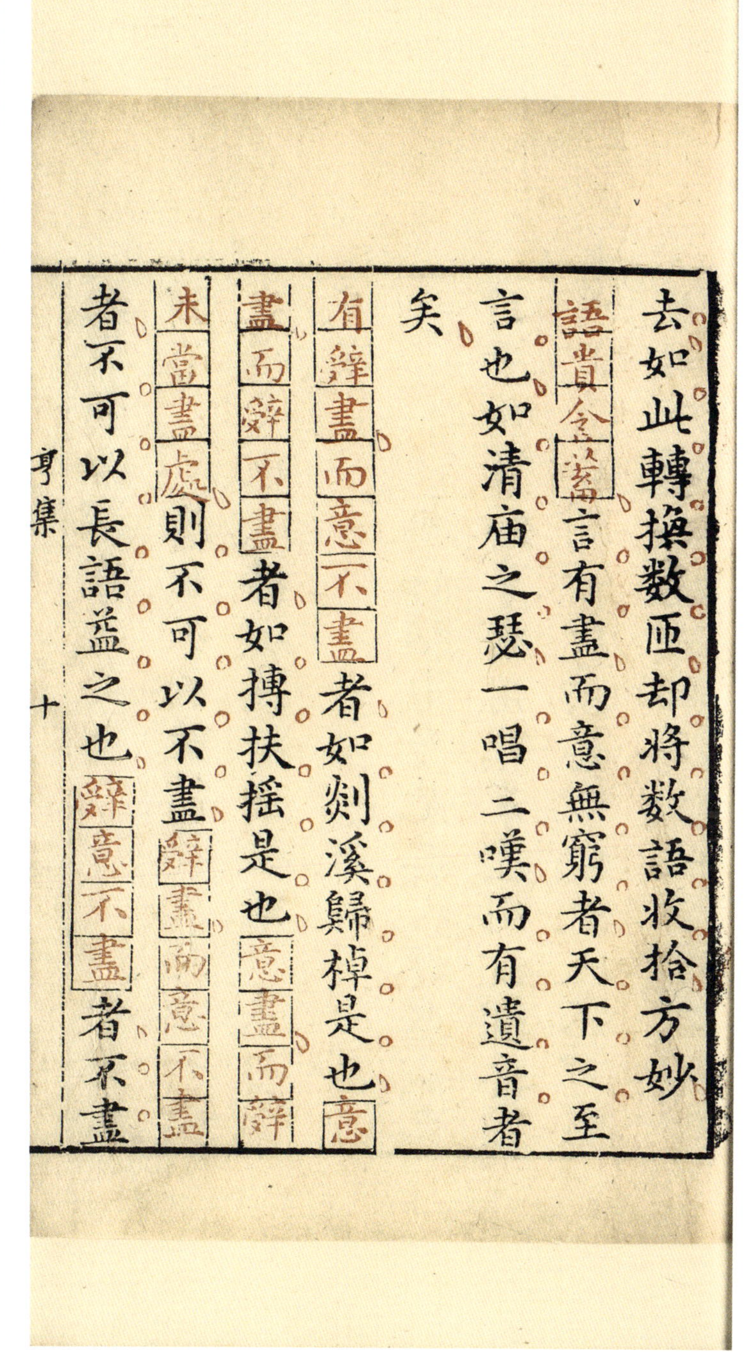

去如此轉換数匝却将数語收拾方妙

語貴含蓄言有盡而意無窮者天下之至言也如清庿之瑟一唱二嘆而有遺音者矣

有辭盡而意不盡者如剡溪歸棹是也意盡而辭不盡者如摶扶揺是也意盡而辭未當盡處則不可以不盡辭盡而意不盡者不可以長語益之也辭意不盡者不盡

亨集　十

之中固以深盡之矣

詩有**意格**意出於格先得格也格出於意先得意也意格欲高句法欲響只求句字末矣

詩結尤難無好結句可見其人終無成也

詩中用事僻事實用熟事虛用說理要簡易說意要圓活說景要微妙訊人不可露使人不覺

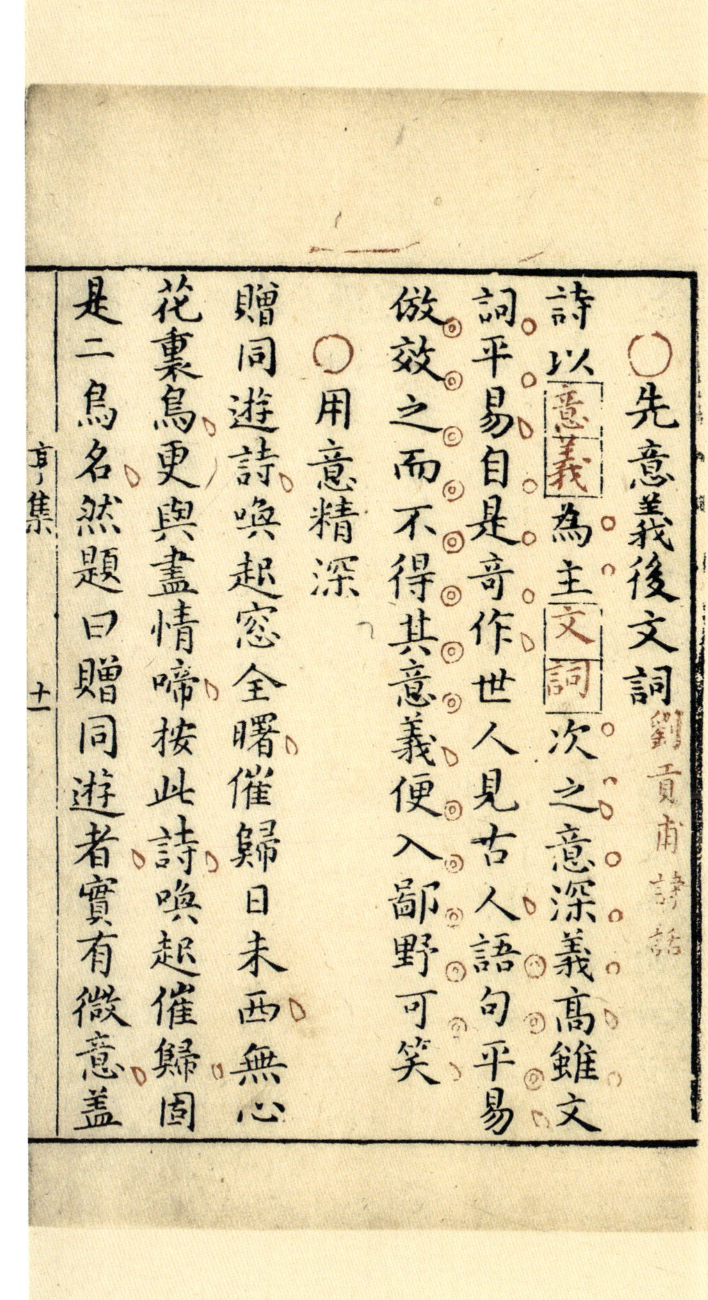

○先意義後文詞 劉貢甫詩話

詩以意義爲主文詞次之意深義高雖文詞平易自是奇作世人見古人語句平易倣效之而不得其意義便入鄙野可笑

○用意精深

贈同遊詩喚起窻全曙催歸日未西無心花裏鳥更與盡情啼按此詩喚起催歸固是二鳥名然題曰贈同遊者實有微意蓋

亨集 十一

窗已全曙鳥方喚起何其遲也日猶未西鳥已催歸何其蚤也豈二鳥無心不知同遊者之意乎更與我盡情而啼早喚起而遲催歸可也

○篇句命意 詩眼

詩有一篇命意有句中命意如老杜上巢見素詩布置如此是一篇命意也至其道遲〻不忍去之意則曰尚憐終南山回首

清渭濱其遺欲與見素別則曰常擬報一飯況懷辟大臣此句中命意也蓋如此然後頓挫高雅

○句外之意楊誠齋語

詩有句中無其詞而句外有其意者巷伯之詩蘇公刺暴公之譖已而曰二人同行誰為此禍杜云遺人向市賒香秔喚婦出房親自饌上言其力貧故曰賒下言其無

享集　十三

使令故曰覩又東歸貧路自覺難欲別上馬身無力上言相干之意而不言下言恋別之意而不忍又朋酒日歡會老夫今始知嘲其獨遺已而不招也又夏日不赴而云野雪與難乘此不熱而反言之也

○詩意貴開闔

凡作詩使人讀第一句知有第二句讀第二句知有第三句次第終篇方爲至妙如

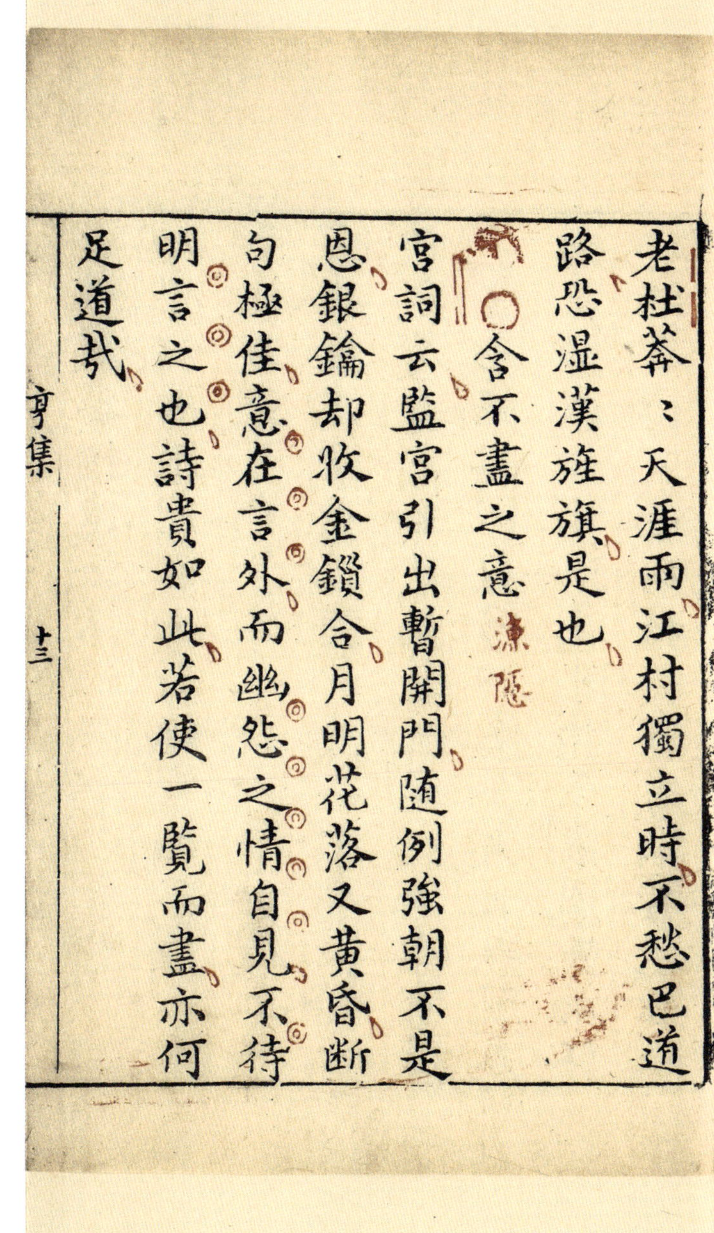
老杜莽莽天涯雨江村獨立時不愁巴道路恐濕漢旌旗是也含不盡之意

宮詞云監宮引出暫開門隨例強朝不是恩銀鑰却收金鎖合月明花落又黄昏斷句極佳意在言外而幽怨之情自見不待明言之也詩貴如此若使一覽而盡亦何足道哉

亨集　十三

○誠齋論造語法

初學詩者須用古人好語或兩字或三字如山谷猩〻毛筆平生幾兩屐身後五車書平生二字出論語身後二字晉張翰云使我有身後名幾兩屐阮孚語五車書莊子言惠施此四句乃四處合来又春風春雨花經眼江北江南水拍天春風春雨江北江南詩家常用杜云且看欲盡花經眼

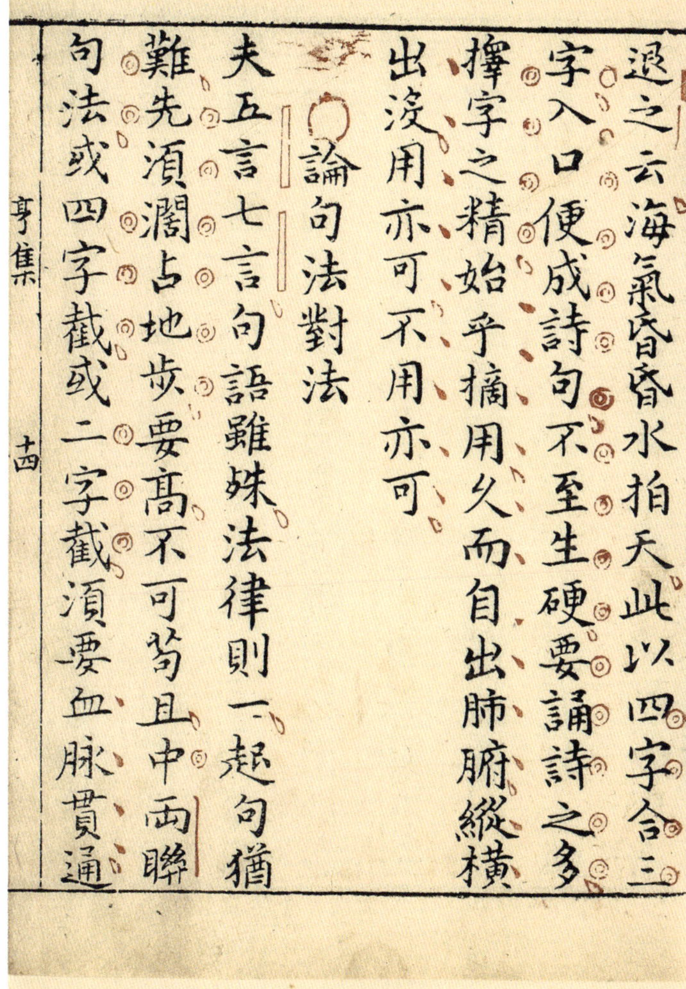
退之云海氣昏昏水拍天此以四字合三字入口便成詩句不至生硬要誦詩之多擇字之精始乎摘用久而自出肺腑縱橫出沒用亦可不用亦可

○論句法對法

夫五言七言句語雖殊法律則一起句猶難先須闊占地步要高不可苟且中兩聯句法或四字截或二字截須要血脉貫通

音韻相應對偶相停上下相稱有兩句共一意者有各意者若上聯共意則下聯須各意前聯詠狀則後聯須說人事兩句最忌相併兩聯最忌同律隔聯字忌相似頸聯轉意須要变化多下實字自然響亮而句健矣其尾聯要開一步别運生意結之亦有合起意者亦妙故古人講求句法雖杜少陵亦曰語不驚人死不休所以學者

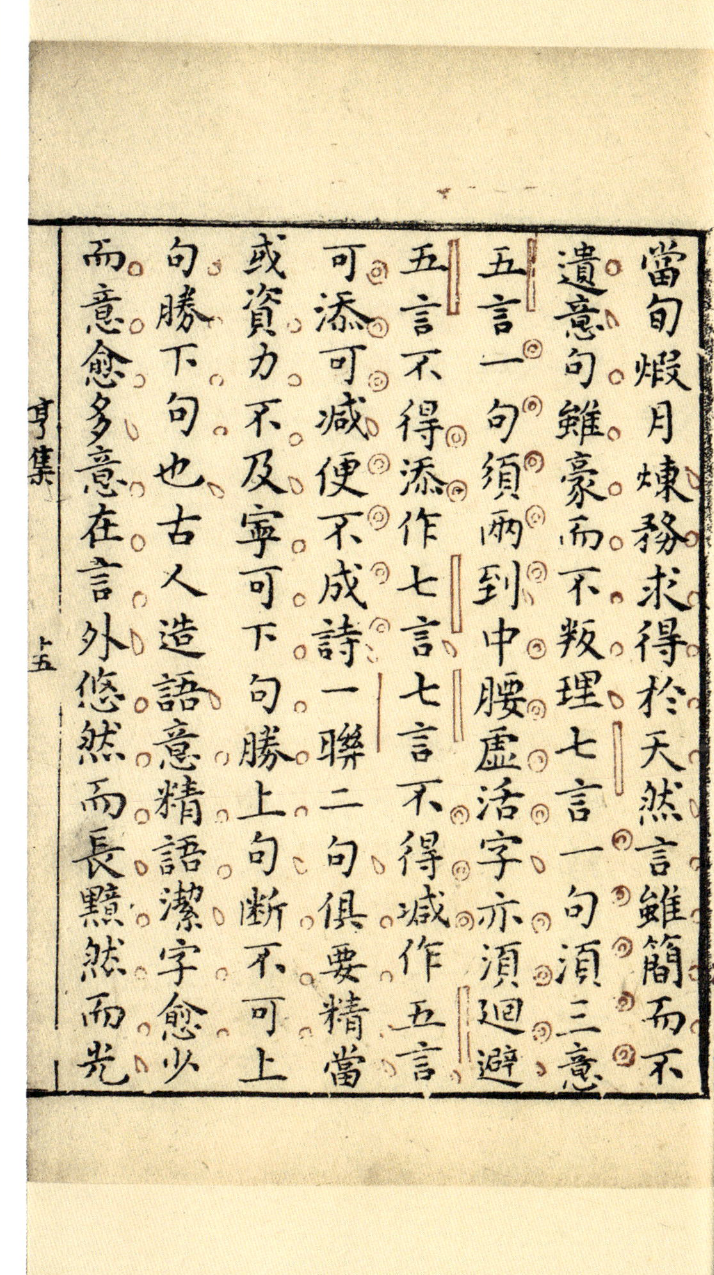

當句煆月煉務求得於天然言雖簡而不遺意句雖豪而不叛理七言一句須三意五言一句須兩到中腰虛活字亦須迴避五言不得添作七言七言不得減作五言可添可減便不成詩一聯二句俱要精當或資力不及寧可下句勝上句斷不可上句勝下句也古人造語意精語潔字愈少而意愈多意在言外悠然而長黯然而光

亨集　十五

雖非後學所及，却當以此為宗

○句法問答

誰其獲者婦與姑　向日東歸花發時

○當對

白狐跳梁黃狐立　婦女行泣夫走藏

○上三下三

鳳凰樂奏鈞天曲　烏鵲橋通織女河

○上四下三

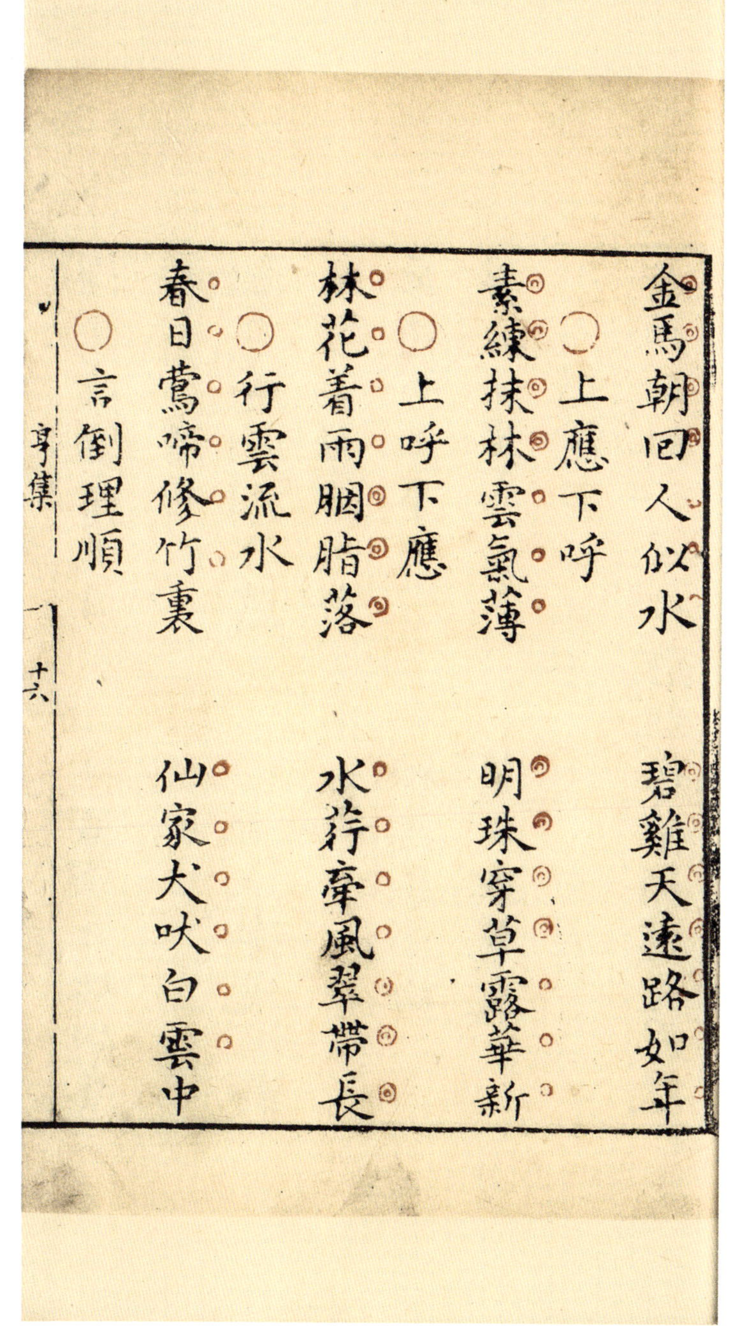

金馬朝回人似水　碧雞天遠路如年
○上應下呼
素練抹林雲氣薄　明珠穿草露華新
○上呼下應
林花着雨胭脂落　水荇牽風翠帶長
○行雲流水
春日鶯啼修竹裏　仙家犬吠白雲中
○言倒理順

亨集　十六

海崖夜深當見日　寒岩四月始知春

○直書句

鄭縣亭子澗之濱　一去三年竟不歸

○兩句成一句

屢將心上事　相與夢中論

蕭〻千里馬　箇〻五花文

○錯綜句法

老杜云紅稻啄殘鸚鵡粒碧梧棲老鳳凰

枝舒王云繰成白雪桑重緑割盡黃雲稻正青鄭谷云林下聽經秋苑鹿江邊埽葉夕陽生以事不錯綜則不成文章若平敘則曰鸚鵡啄殘紅稻粒鳳凰棲老碧梧枝也言繰成則知白雪為絲言割盡則知黃雲為麥也秦少游得其意特發奇語其作睡足軒則曰長平憂患百端慵開斥僧坊頗有功地徹蔽虧僧界靜人除荒穢玉奩

空青天併入揮毫裏白鳥時来隱几中寂是人間佳絶處夢殘風鐵響丁東

○影畧句法

鄭谷詠落葉未嘗及彫零飄墜之意人一見之自然知爲落葉詩曰返蟻難尋穴歸禽易見窠滿廊僧不厭一箇俗嫌多

○用經史語

大率詩語出入經史自然有力然須是看

多傚多使自家机杼風骨先力然後使得経史中全語作一体也如是自出語弱却使経史中全語則頭尾不相勾副如兩村夫拼一枝畫梁自覺経史中語不入眼矣

○點化古語

徐陵鴛鴦賦云山雞映水那相得孤鸞照鏡不成雙天下真成長會合無勝比翼兩鴛鴦黄魯直題畫睡鴨曰山雞照影空自

愛孤鸞舞鏡不作雙天下真成長會合兩鳧相倚睡秋江全用徐陵語點化之末句尤工

○陵陽論下字法 室中語

僕嘗請益曰下字之法當何如公曰正如奕碁三百六十路都有好着顧臨時如何耳僕復請曰有二字同意而用此字則穩用彼字則不穩豈牽於平仄聲律乎公曰

固有二字一意而聲且同可用此而不可用彼若選詩云庭皐木葉下雲中辨烟樹還可作庭皐樹葉下雲中辨烟木至此惟可黙曉未可言傳

○東坡下字 唐子西語録

東坡作病鶴詩嘗寫三尺長脛瘦軀闕其一字使任德翁輩下之凢数字東坡隨出其藁蓋闕字也此字既出儼然如見病鶴

矣東坡詩叙事言簡而意盡惠州有潭潭有潛蛟人未之信也虎飲水其上蛟尾而食之餓而浮胥水上人方知之東坡以十字道盡云潛鱗有飢蛟掉尾取渴虎言渴則知虎以飲水而㸔災言飢則蛟食其肉矣

○練字

詩要練字字者眼也如老杜詩飛星過水

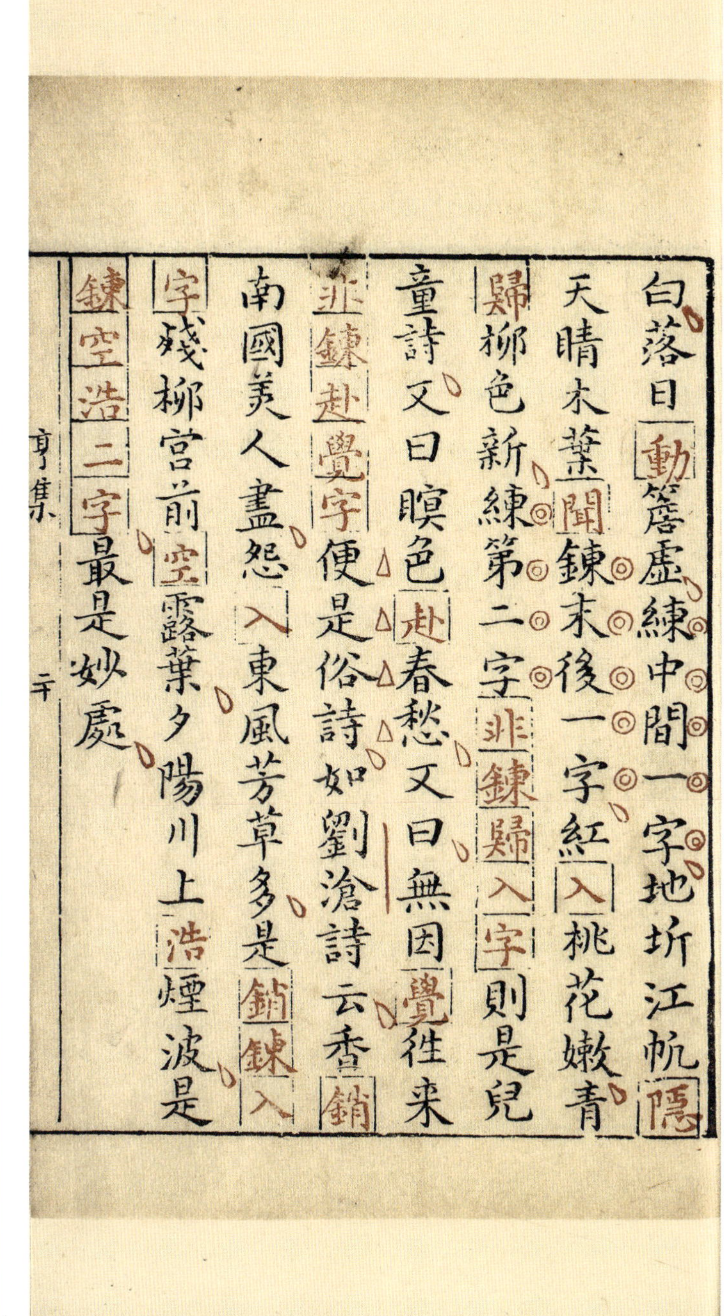
白落日動簷虛練中間一字地圻江帆隱
天晴木葉聞鍊末後一字紅入桃花嫩青
歸柳色新練第二字非鍊歸入字則是兒
童詩又曰瞑色赴春愁又曰無因覺往来
非鍊赴覺字便是俗詩如劉滄詩云香銷
南國美人盡怨入東風芳草多是銷鍊入
字殘柳宮前空露葉夕陽川上浩煙波是
鍊空浩二字最是妙處

〇一字之工

詩句以一字為工自然顈異不凡如靈丹一粒點鐵成金也浩然云微雲淡河漢踈雨滴梧桐上句之工在一淡字下句之工在一滴字若非此兩字烏得為佳句也哉如陳舍人從易偶得杜集舊本文多脫誤至送蔡都尉云身輕一鳥其下脫一字陳公因與數客各用一字補之或云疾或云

落或云獨或云下莫能定其後得一善本乃是身輕一鳥過陳公嘆服余謂陳公所補四字不工而老杜字一過字為工也如鍾山語錄云瞑色赴春愁下得赴字最好若下起字便是小兒語也無人覺來往下得覺字大好足見吟詩要一兩字工夫觀此則知余之所論非鑿空而言也

◯一字師　陳輔之詩語

蕭楚才知溧陽縣張乖崖作牧一日召食見公几案有一絶云獨恨太平無一事江南閑殺老尚書蕭改恨作幸字公出視藁曰誰改吾詩左右以實對蕭曰與公全身公功高位重姦人側目之秋且天下一統公獨恨太平何也公曰蕭第一字之師也

○妙於用事　侯鯖録

元祐中元夕　上御樓觀燈有御製詩時

王禹玉蔡持正為左右相持正叩禹玉云應制上元詩如何使故事禹玉曰鼇山鳳輦外不可使章子厚笑曰誰不知後兩日登對　上獨賞禹玉詩［喜於使事］詩云雪消華月滿僊臺萬燭當樓寶扇開雙鳳雲中扶輦下六鼇海上駕山來鎬京春酒沾周宴汾水秋風陋漢才一曲昇平人盡樂君王又進紫霞杯是夕以高麗進樂又添

一杯

○反用其事藝苑雌黄

文人用故事有直用其事者有反其意而用之者李義山詩可憐半夜虛前席不問蒼生問鬼神雖說賈誼然反其意而用之矣林和靖詩茂陵他日求遺藁猶喜曾無封禪書雖說相如亦反其意而用之矣直用其事人皆能之反其意而用之者非事

葉高人超越尋常拘攣之見不規〻然蹈襲前人陳迹者何以臻此

○用事精切　王直方詩話

苕溪漁隱曰上元戲貢甫詩云不知太乙遊何處定把青藜獨照公此詩用事亦精切劉向校書天祿閣夜有老人着黃衣植青藜杖叩閣而進向請問姓名乃曰我是太乙之精太帝聞卯金之子有愽學者下

亨集　廿三

而觀焉乃出懷中竹牒授之見王子年拾遺此事既與貢甫同姓又貢甫時在館閣也

○用事要無迹西清詩話

杜少陵云作詩用事要如禪家語水中着鹽飲水乃知鹽味此説詩家秘密藏也如五更鼓角聲悲壯三峽星河影動摇人徒見凌轢造化之工不知乃用事也禰衡傳

過漁陽摻聲悲壯漢武故事星辰動搖東方朔謂民勞之應則善用事者如繫風捕影豈有迹耶

○用事天然 曼叟詩話

東坡最善用事既顯而易讀又切當若招持服人遊湖不赴云却憶呼盧袁彥道難邀罵坐灌將軍柳氏求字答云君家自有元和脚莫厭家雞更問人天然奇特

亨集 茜

◯叙事盡詳

熈寧元年有司言日當食四月朔　上為撤膳避正殿方徹雨明日不見日食百官入賀是日有皇子之慶蔡持正為樞副獻詩前四句昨夜薰風入舜韶君王端御正衙朝陽輝已得前星助陰沴潛隨夜雨消其時四月一日避正殿皇子慶誕雲陰不見日食四句盡之當時無能過之者

○詩韻當熟

詩中押韻先要看詩韻精熟須認其字在某韻至若東冬江岡清青頻平之類要字字熟記當吟之際則用一韻諸韻在其左右矣韻若生疎雖有好興亦凝滯不達無佳句矣是吟家之一坑塹也

○音節宜審

馬御史云東夷西戎南蠻北狄四方偏氣

之語不相通曉互相憎惡惟中原漢音四方可以通行四方之人皆喜於習説盖中原天地之中得氣之正聲音散佈各能相入是以詩中宜用中原之韻則便官樣不凡押韻不可用啞韻如五支二十四鹽啞韻也

○工於押韻古今詩話

寇萊公延僧惠崇於池亭分題為詩公探

得池上柳青字韻崇探得池鷺明字韻自午至晡崇忽點頭曰得之矣此篇功在明字凡五壓不到公曰試口占曰雨歇方塘溢遲田不復鷺暴翎沙日煖引步鳥風清照水千尋迥棲煙一點明主人池上鳳見尔憶蓬瀛公笑曰五柳之功在青字而四壓不到不如且已

○巧於押韻 許彥周詩話

作詩押韻是一巧中秋夜月詩押尖字数首之後一婦人云蚌胎光透殼犀角暈盈尖

○古今詩用韻　李林新編

字有通作他聲押韻者泛引詩及文選古詩為証殊不知蔡寬夫詩話嘗云秦漢以前字書未備既多假借而音無反切平側皆通用自齊梁後既拘以四聲又限以音

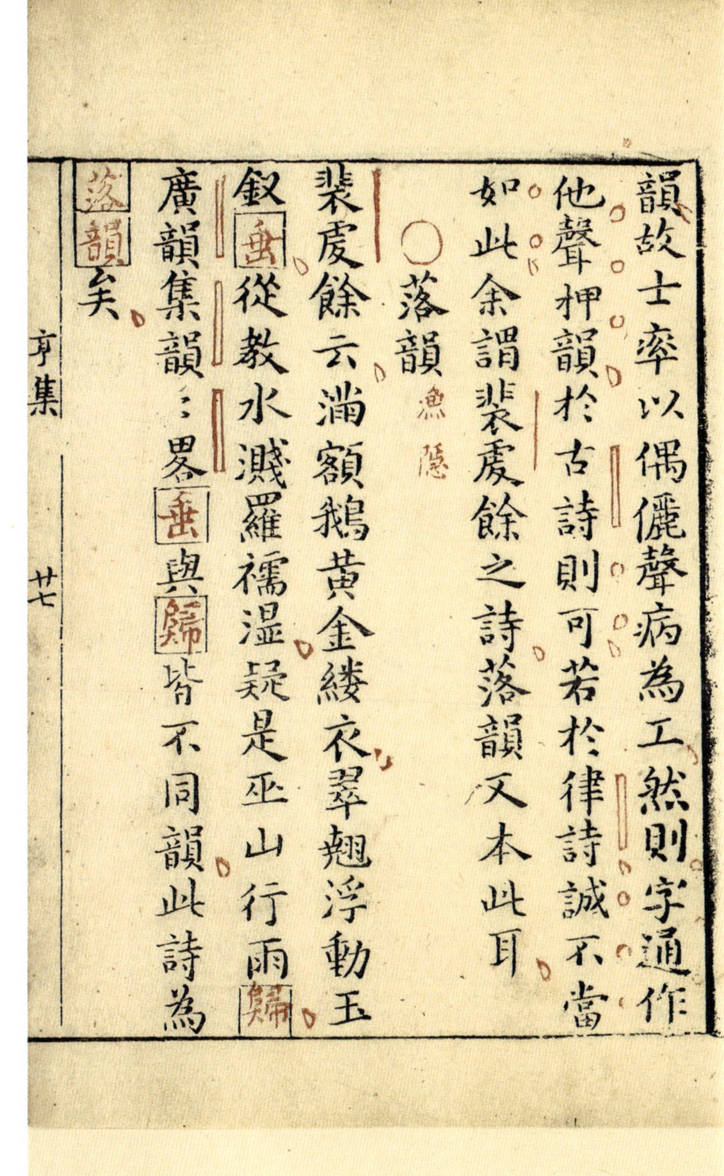

韻故士率以偶儷聲病為工然則字通作他聲押韻於古詩則可若於律詩誠不當如此余謂裴虔餘之詩落韻又本此耳

○落韻 漁隱

裴虔餘云滿額鵝黃金縷衣翠翹浮動玉釵垂從教水濺羅襦濕疑是巫山行雨歸廣韻集韻〻累垂與歸皆不同韻此詩為落韻矣

亨集 廿七

○次韻

次韻依他人所押韻和詩〻家寖為害事始於元白極於東坡諸古人不如此但和其意為詩耳如杜和賈至早朝諸作是也

○重押韻 孔毅夫襍記

退之詩好押狹韻累句以示工而不知重疊用韻之為病也雙鳥詩押兩頭字杏花詩押兩花字苕溪漁隱曰讀皇甫湜公安

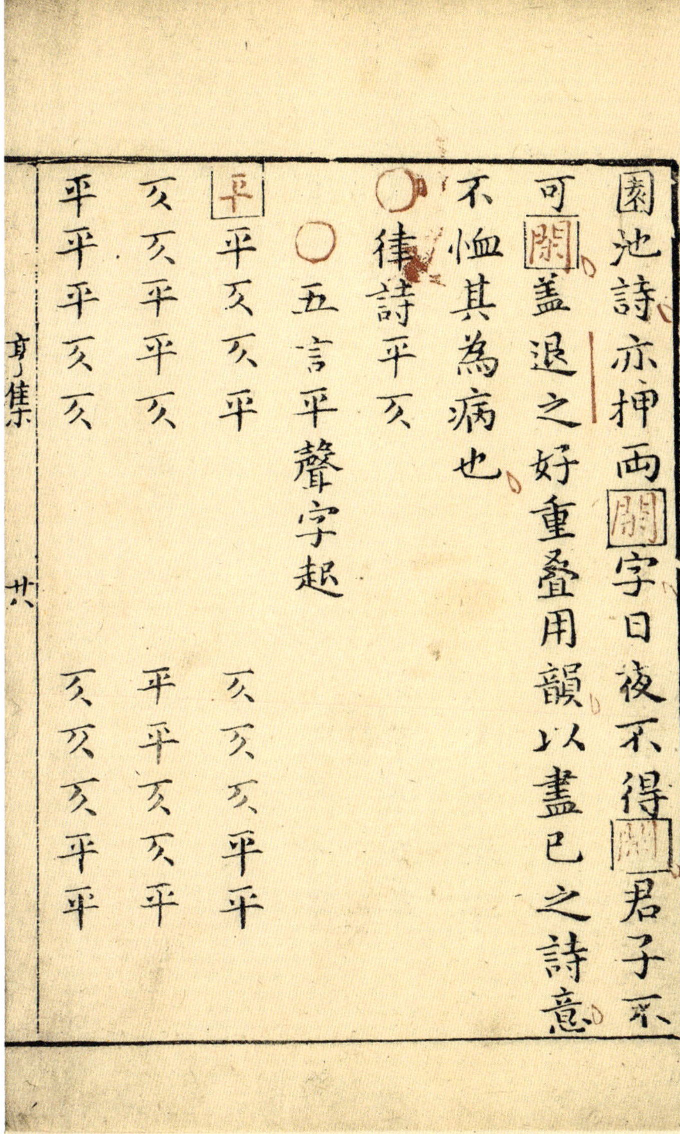
園池詩亦押兩閑字日夜不得閑君子不可閑蓋退之好重疊用韻以盡己之詩意不恤其為病也

○律詩平仄

○五言平聲字起

平平仄仄平　仄仄仄平平

仄仄平平仄　平平仄仄平

平平平仄仄　仄仄仄平平

亨集　廿六

仄仄平平仄　平平仄仄平

○五言仄聲字起

仄

仄仄平平　平平仄仄平

平平平仄仄　仄仄仄平平

仄仄平平仄　平平仄仄平

平平平仄仄　仄仄仄平平

○七言平聲字起

平

平仄仄仄平平　仄仄平平仄仄平

仄仄平平平仄仄

平平仄仄平平仄

仄仄平平平仄仄

○七言仄聲字起

仄仄平平仄仄平

平平仄仄平平仄

仄仄平平平仄仄

平平仄仄平平仄

平平仄仄仄平平

仄仄平平仄仄平

平平仄仄仄平平

平平仄仄仄平平

仄仄平平仄仄平

平平仄仄仄平平

仄仄平平仄仄平

○絶句五七言平仄

夫平仄之式定不可易然考之唐詩句中一三五字多不盡合平仄者又有所謂一三五不論二四六分明之說蓋詩句中第一字與第三第五字或當用平而用仄亦可或當用仄而用平亦可不必太拘至於第二字與第四第六字當用平者一定用平當用仄者一定用仄也

○詩重音節

詩之音節在練句而音節之樞紐則在各句之第一字協平仄而順用之昔人所謂

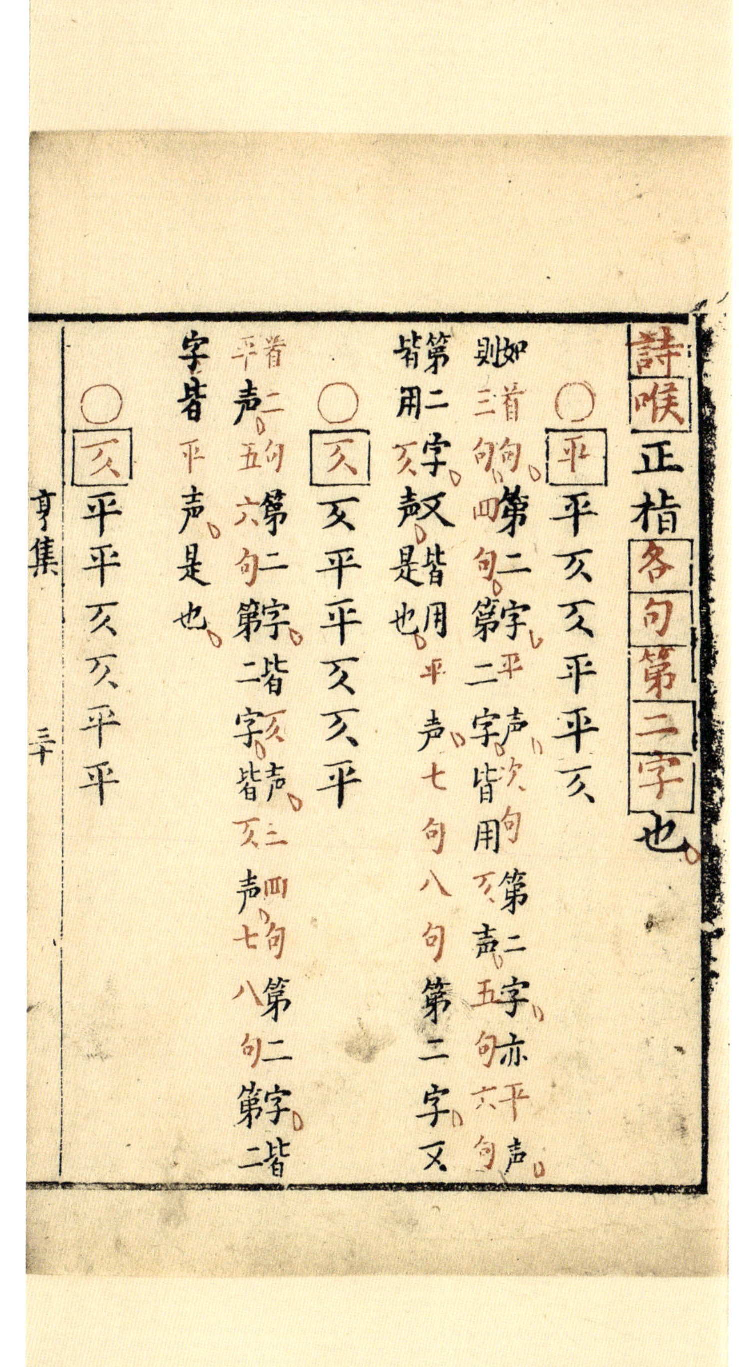
詩喉正指各句第二字也

○平　平仄仄平平仄（如首句第二字平声，次句第二字亦平声，則三句四句第二字皆用仄声，五句六句第二字又皆用平声，七句八句第二字又皆用仄声是也。）

○仄　仄平平仄仄平（首二句第二字皆仄声，三四句第二字皆平声，五六句第二字皆仄声，七八句第二字皆平声是也。）

○仄　平平仄仄平平

亨集　三十

首一句第二字仄声次句第二字平声三句第二字平声四句第二字仄声五句第二字仄声六句第二字平声十句第二字平声八句第二字仄声是也

○平仄仄平平仄仄

首句第二字平声次句第二字仄声三句第二字仄声四句第二字平声五句第二字平声六句第二字仄声七句第二字仄声八句第二字平声是也

○古詩十九首 古名氏

行行重行行與君生別離相去萬餘里各在天一涯道路阻且長會面安可期胡馬

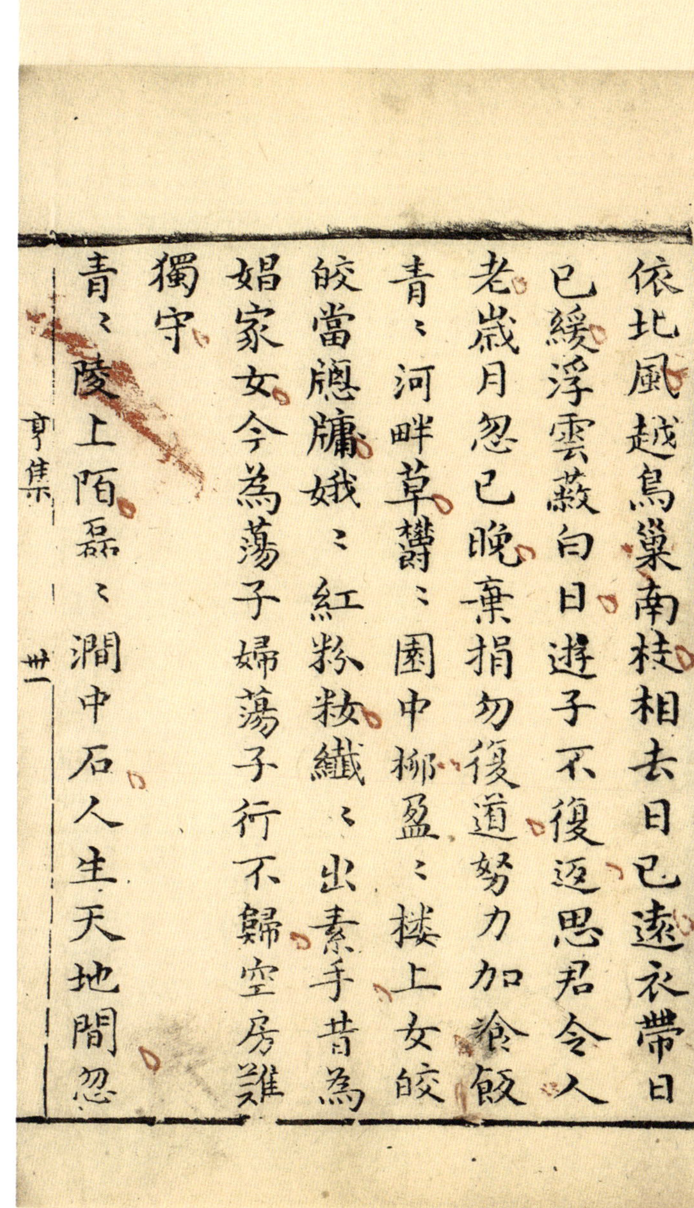

依北風越鳥巢南枝相去日已遠衣帶日已緩浮雲蔽白日遊子不復返思君令人老歲月忽已晚棄捐勿復道努力加飡飯

青〻河畔草鬱〻園中柳盈〻樓上女皎〻當窻牖娥〻紅粉粧纖〻出素手昔為娼家女今為蕩子婦蕩子行不歸空房難獨守

青〻陵上栢磊〻澗中石人生天地間忽

亨集　卌一

若遠行客斗酒相娛樂聊厚不為薄驅車
策駑馬游戲宛與洛〻中何鬱〻冠帶自
相索長衢羅夾巷王侯多第宅兩宮遙相
望雙闕百餘尺極宴娛心意戚〻何所迫
今日良宴會歡樂難具陳彈箏奮逸響新
聲妙入神令德唱高言識曲听其真齊心
同所願含意俱未伸人生寄一世奄忽若
飈塵何不策高足先據要路津無為守窮

賤轗軻長苦辛

西北有高樓上與浮雲齊交疏結綺牕阿閣三重階上有絃歌聲音響一何悲誰能為此曲無那杞梁妻清商隨風發中曲正徘徊一彈再三嘆慷慨有餘哀不惜歌者苦但傷知音稀願為雙鴻鵠奮翅起高飛

涉江采芙蓉蘭澤多芳草采之欲遺誰所思在遠道還顧望舊鄉長路漫浩浩同心

而離居憂傷以終老
明月皎夜光促織鳴東壁玉衡指孟冬衆
星何歷〻白露沾野草時節忽復易秋蟬
鳴樹間玄鳥逝安適昔我同門友高舉振
六翮不念攜手好弃我如遺跡南箕北有
斗牽牛不負軛良無盤石固虛名復何益
冉〻孤生竹結根泰山阿與君爲新婚兔
絲附女蘿兔絲生有時夫婦會有宜千里

遠結婚悠〻隔山陂思君令人老軒車来
何遲傷彼蕙蘭花含英揚光輝過時而不
采將隨秋草萎諒君執高節賤妾亦何為

庭中有奇樹緑葉發華滋攀條折其榮將
以遺所思馨香盈懷袖路遠莫致之此物
何足貴但感別經時

迢〻牽牛星皎〻河漢女纖〻擢素手札
札弄机杼終日不成章涕泣零如雨河漢

清且淺相去復幾許盈盈一水間默默不
得語
迴車駕言邁悠悠涉長道四顧何茫茫東
風搖百草所遇無故物焉得不速老盛衰
各有時立身苦不早人生非金石豈能長
壽考奄忽隨物化榮名以爲寶
東城高且長逶迤自相屬迴風動地起秋
草萋已綠四時更變化歲暮一何速晨風

懷苦心蟋蟀傷局促蕩滌放情志何為自
而來燕趙多佳人美者顏如玉被服羅裳
衣當戶理清曲音響一何悲絃急知柱促
馳情整巾帶沉吟聊躑躅思為雙飛燕銜
泥巢君屋
驅車上東門遙望郭北墓白楊何蕭蕭松
柏夾廣路下有陳死人杳杳即長暮潛寐
黃泉下千載永不寤浩浩陰陽移年命如

朝露人生忽如寄壽無金石固萬歲更相
送聖賢莫能度服食求神仙多為藥所誤
不如飲美酒被服紈與素
去者日以疎來者日以親出郭門直視但
見丘與墳古墓犂為田松栢摧為新白楊
多悲風蕭蕭愁殺人思還故里閭欲歸道
無因
生年不滿百常懷千歲憂晝短苦夜長何

不秉燭遊為樂當及時何能待来茲愚者愛惜費但為塵世嗤仙人王子喬難可與同期

凜凜歲云暮螻蛄夕鳴悲凉風率已厲遊子寒無衣錦衾遺洛浦同袍與我違獨宿累長夜夢想見容輝良人惟古歡枉駕惠前綏願得長巧笑攜手同車歸既来不須臾又不處重闈亮無晨風翼焉能凌風飛

眄睞以適意引領遥相睎徙倚懷感傷垂
淚沾雙扉
孟冬寒氣至北風何慘慄愁多知夜長仰
觀衆星列三五明月滿四五蟾兔缺客從
遠方来遺我一書札上言長相思下言久
離別置書懷袖中三歲字不滅一心抱區
區懼君不識察
客從遠方来遺我一端綺相去萬餘里故

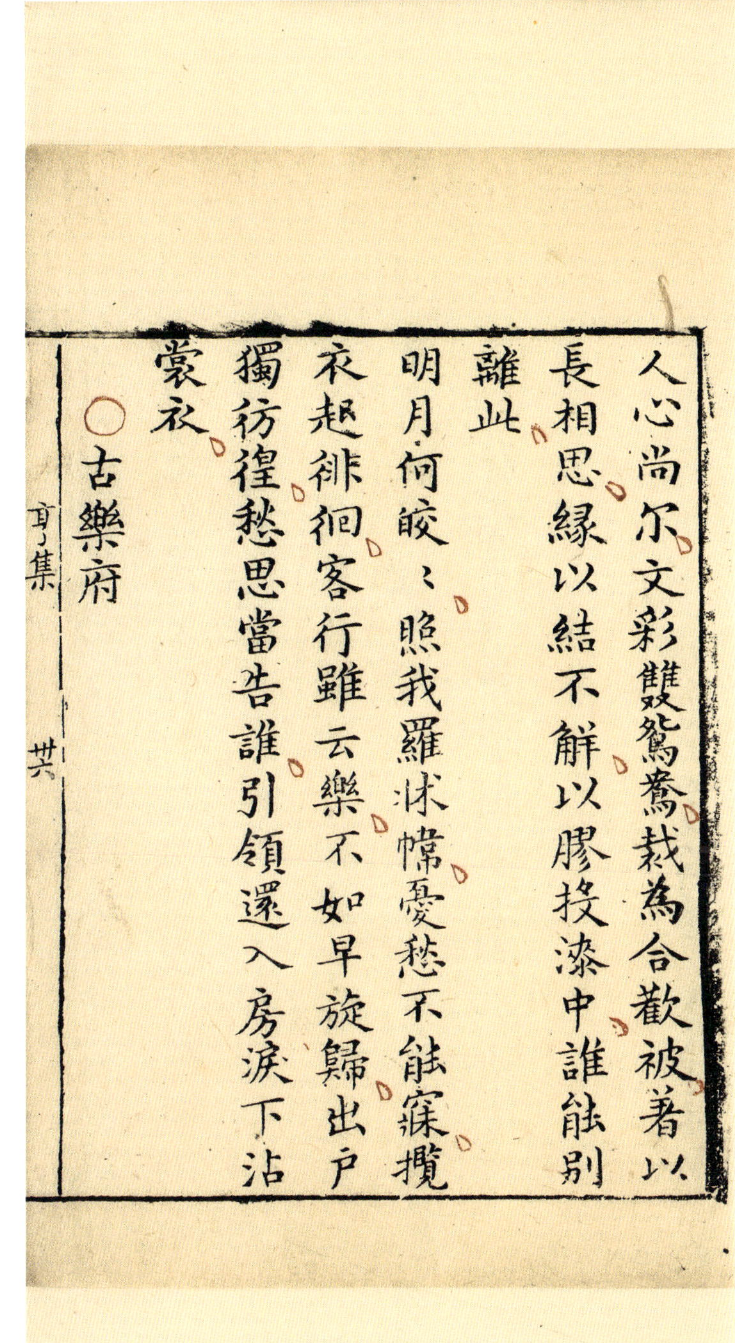
人心尚尔文彩雙鴛鴦裁爲合歡被著以
長相思緣以結不解以膠投漆中誰能別
離此
明月何皎皎照我羅牀幃憂愁不能寐攬
衣起徘徊客行雖云樂不如早旋歸出戶
獨彷徨愁思當告誰引領還入房淚下沾
裳衣
○古樂府

亨集　廿六

青〻河畔草綿〻思遠道遠道不可思夙
昔夢見之夢見在我傍忽覺在他鄉他鄉
各異縣輾轉不可見枯桑知天風海水知
天寒入門各自媚誰肯相與言客從遠方
来遺我雙鯉魚呼童烹鯉魚中有尺素書
長跪讀素書〻中竟何如上有加飡食下
有長相思

○君子行

君子防未然不處嫌疑間瓜田不納履李下不整冠嫂叔不親授長幼不比肩勞謙得其柄和光甚獨難周公下白屋吐哺不及飧一沐三握髮後世稱聖賢

○傷歌行

昭昭素明月輝光燭我床憂人不能寐耿耿夜何長微風吹閨闥羅幃自飄颺攬衣曳長袂屣履下高堂東西安所之徘徊以

彷徨春鳥翻南飛翩翩獨翱翔悲聲命儔
侶哀鳴傷我腸感物懷所思涕泣忽沾裳
佇立吐高吟舒憤訴穹蒼

○長歌行

青青園中葵朝露待日晞陽春佈德澤萬
物生光輝常恐秋節至焜黃華葉衰百川
東到海何時復西歸少壯不努力老大徒
傷悲

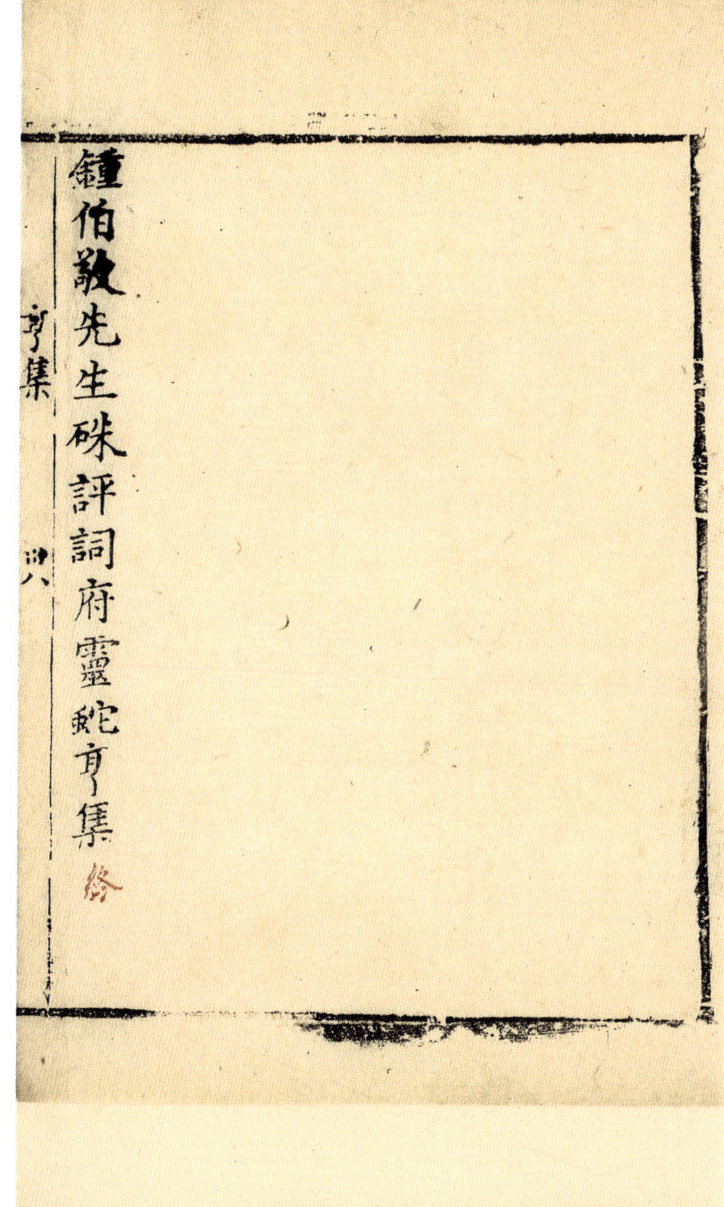
鍾伯敬先生硃評詞府靈蛇二集

鍾伯敬先生硃評詞府靈蛇利集

○詩家一指 元范梈字德机清江人

乾坤之清氣性情之流溢也有氣則有物有事斯有理必先養其浩然存其真宰彌綸六合圓攝太虛觸處成真而道生於詩矣詩有禪宗具摩醯眼一視而萬境歸元一舉而群魔蕩跡超言象之表得造化之先夫如是始有觀詩分觀詩要知身命落

處與夫神情變化意境周流亘天地以無窮妙古今而獨往者則未有不得其所以然由是可以明十科達四則該二十四品觀之不已而至於道夫求於古者必法於今求於今者必失於古蓋古之時古之人而其詩如之故學者欲疏鑿情塵陶汰氣質遺其迹矣而反其清真未有不如是而得其所以為詩者學下手處先須明徹古

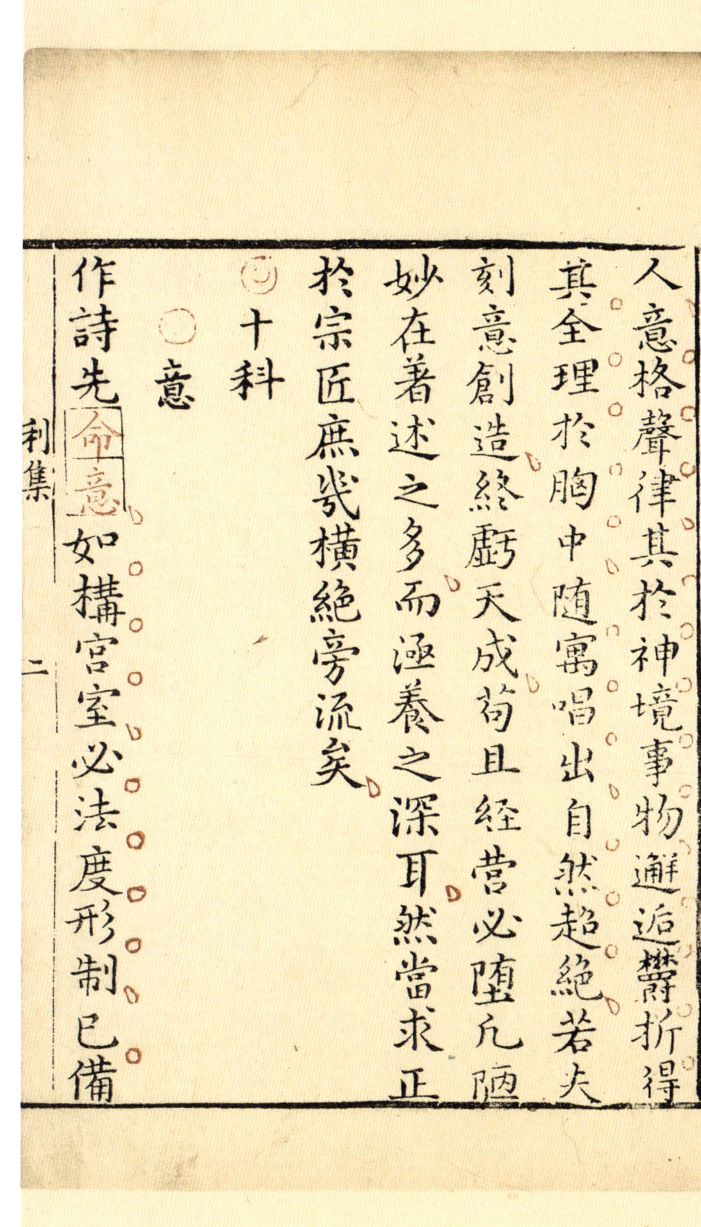

人意格聲律其於神境事物邂逅欝折得其全理於胸中隨寓唱出自然超絶若夫刻意創造終虧天成苟且經營必墮凡陋妙在著述之多而涵養之深耳然當求正於宗匠庶幾横絶旁流矣

◎十科

◎意

作詩先命意如構宫室必法度形制已備

利集　二

於胸中始施斤鋏此以實驗取譬則風之於空春之於世雖蹔有其迹而無能得之於物者是以造化超詣变化易成立意畢凡情真愈遠

◎趣

意之所不盡而有餘者之謂趣是猶聽鐘而得其希微乗月而思遊汗漫宵然真用將與造化同流趣也

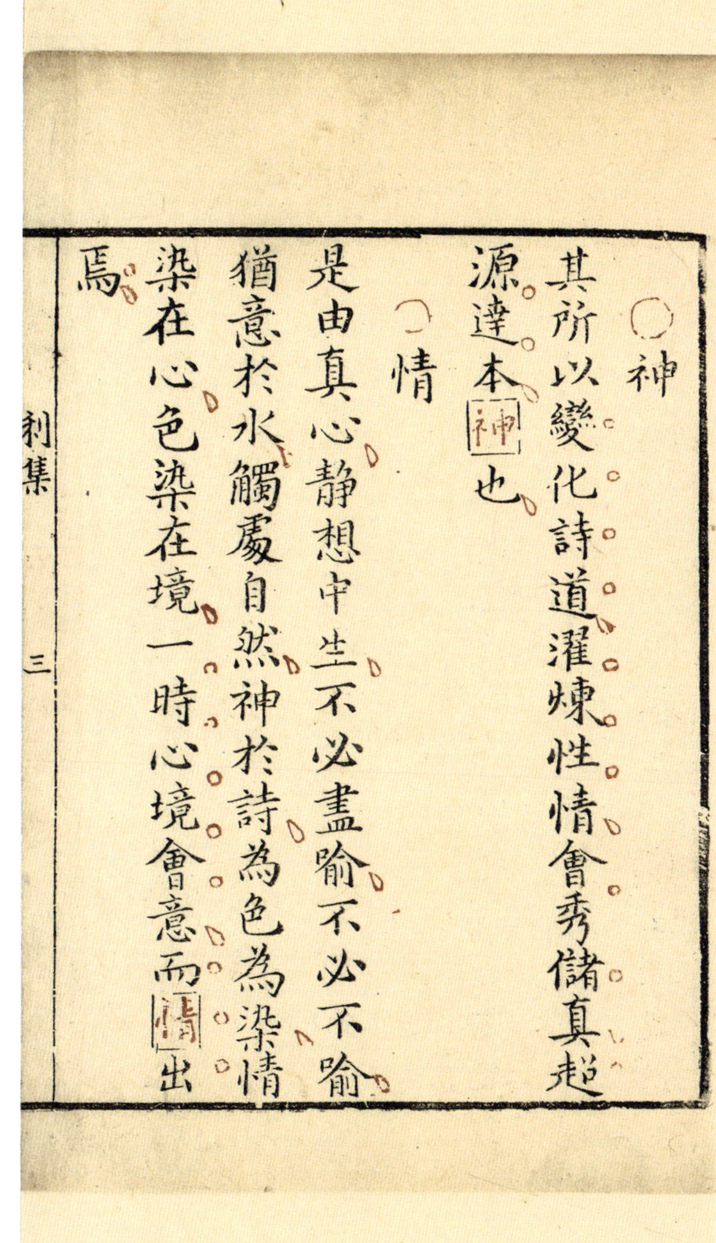

〇神

其所以變化詩道濯煉性情會秀儲真超源達本神也

〇情

是由真心靜想中生不必盡喻不必不喻猶意於水觸處自然神於詩為色為染情染在心色染在境一時心境會意而情出焉

利集　三

○氣

其於條達為清明滯著為昏濁貴乎流通虛徃無礙盛大等乎空量熹微藹如春和然非果有所自而生之者愈不可知

○理

有所興起而言也故凡一事之感一物之悟皆興起也而其悲歡通塞總屬自然非有造設惟不盡所以盡之與猶王家之疆

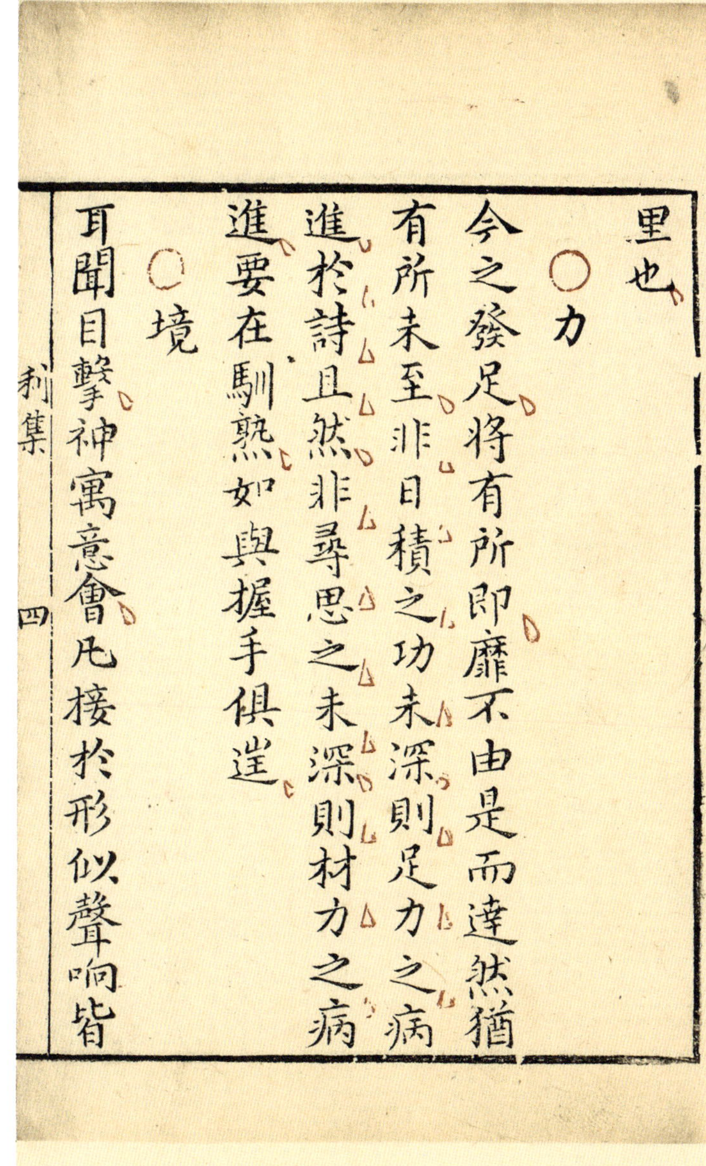
里也○力
今之發足將有所即靡不由是而達然猶有所未至非日積之功未深則足力之病進於詩且然非尋思之未深則材力之病進要在馴熟如與握手俱嶵○境
耳聞目擊神寓意會凡接於形似聲响皆

利集　四

境

也然達其幽深玄虛發為佳言遇其淺深陳腐積為俗慮心之於境如境之取象境之於心如燈之取影亦各因其虛明淨妙而實悟自然故於情想經營如在圖画不著一字窅乎神生

○物

凡引證當渾成無牵合如膠青塩味形趣泯合神造自如

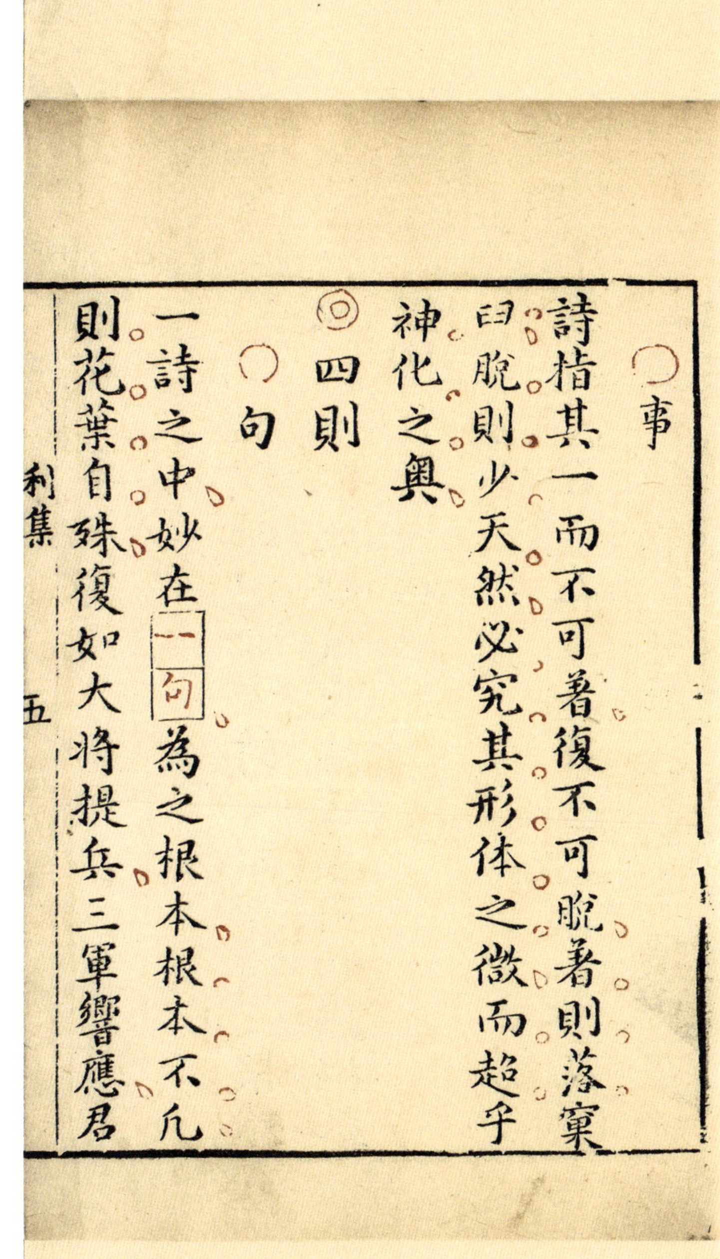
○事
詩猶其一而不可着復不可脫著則落窠臼脫則少天然必究其形体之微而超乎神化之奥

◎四則

○句
一詩之中妙在一句為之根本根本不凡則花葉自殊復如大將提兵三軍響應君

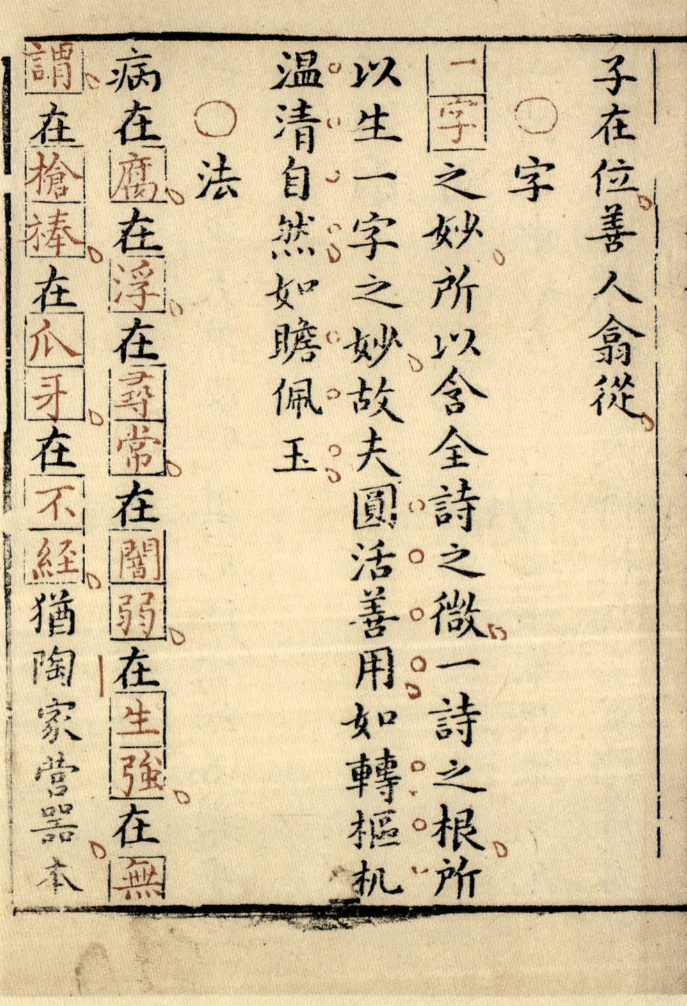

子在位善人翕從

○字

一字之妙所以含全詩之微一詩之根所以生一字之妙故夫圓活善用如轉樞机溫清自然如瞻佩玉

○法

病在腐在浮在尋常在闒弱在生强在無謂在槍棒在爪牙在不經猶陶家營器本

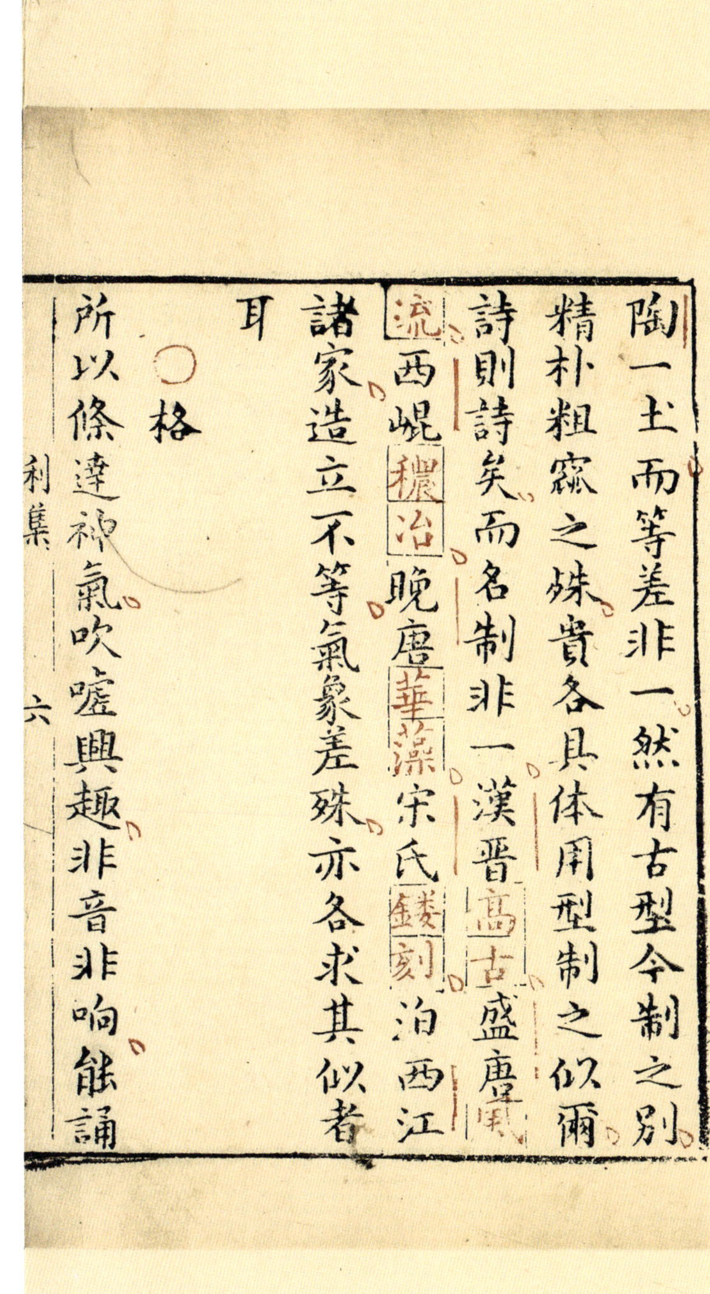
陶一土而等差非一然有古型今制之别精朴粗寙之殊貴各具体用型制之似爾詩則詩矣而名制非一漢晋高古盛唐風流西崐穠治晚唐華藻宋氏鏤刻泊西江諸家造立不等氣象差殊亦各求其似者耳

○格

所以條達神氣吹噓興趣非音非响能誦

利集　六

而得之猶清風徘徊於幽林遇之可愛微徑縈紆於遥翠求之愈深

◎二十四品

○雄渾 杜少陵

大用外腓真体内充返虚入渾積健為雄具備萬物横絶太空荒荒油雲寥寥長風超以象外得其環中持之匪強来之無窮

○冲淡 孟浩然

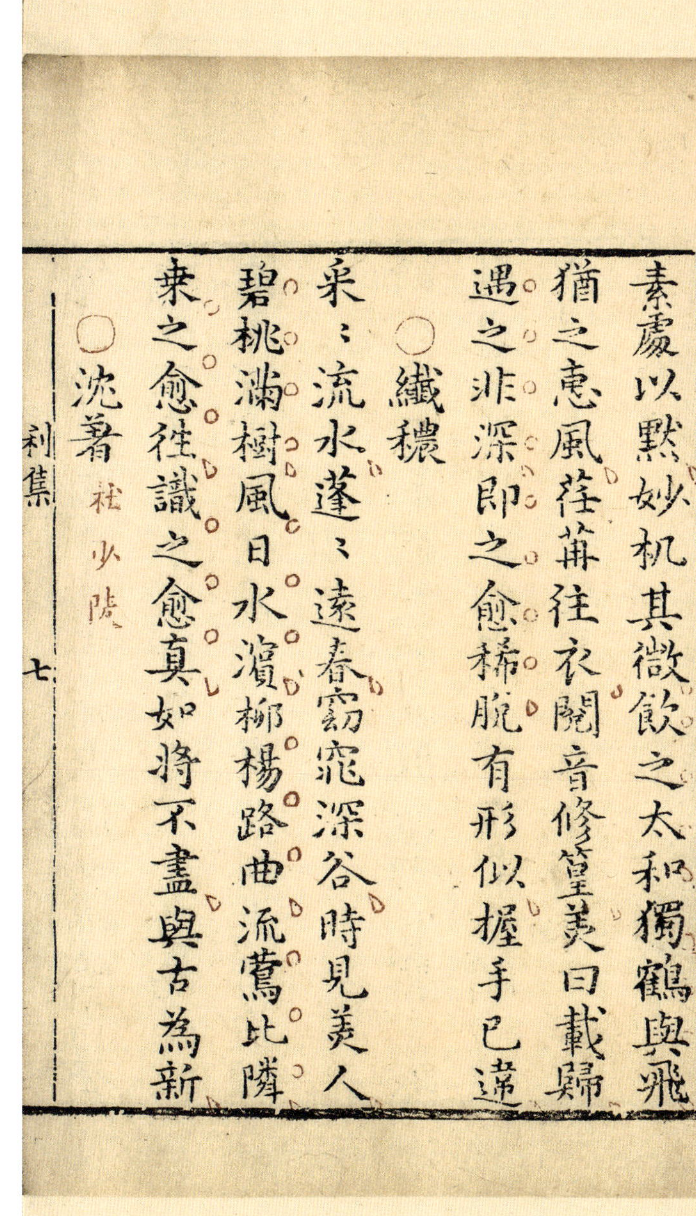

素處以默妙机其微飲之太和獨鶴與飛猶之惠風荏苒往衣閱音修篁美曰載歸遇之非深即之愈稀脫有形似握手已違

○纖穠

采〻流水蓬〻遠春窈窕深谷時見美人碧桃滿樹風日水濱柳楊路曲流鶯比隣乘之愈往識之愈真如將不盡與古為新

○沈著 杜少陵

利集 七

緑杉野屋，落日氣清。脱巾獨步，時聞鳥聲。
鴻雁不來，之子遠行。所思不遠，若爲平生。
海風碧雲，夜渚月明。如有佳語，大河前横。

◯高古　杜少陵

畸人乘真，手把芙蓉。汎彼浩刼，窅然空蹤。
月出東斗，好風相從。太華夜碧，人聞清鐘。
虛竚神素，脱然畦封。黄唐在獨，落落玄宗。

◯典雅　揭曼碩

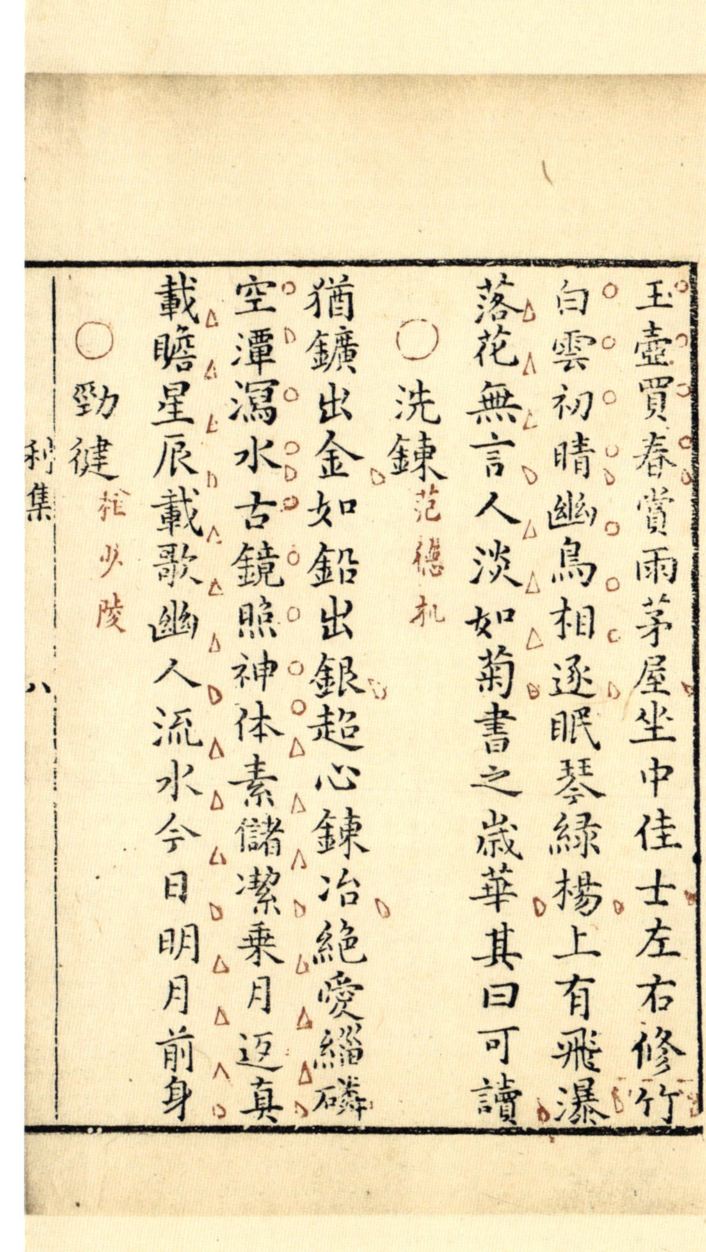
玉壺買春賞雨茅屋坐中佳士左右修竹白雲初晴幽鳥相逐眠琴緑楊上有飛瀑落花無言人淡如菊書之歲華其曰可讀

○洗鍊　范德机

猶鑛出金如鉛出銀超心鍊冶絶愛緇磷空潭瀉水古鏡照神体素儲潔乘月返真載瞻星辰載歌幽人流水今日明月前身

○勁健　崔少陵

行神如空行氣如虹巫峽千尋走雲連風
飲真茹強蓄素守中喻彼行健是謂存雄
天地與立神化攸同期之以實御之以終

○綺麗 趙松雲

神存富貴始輕黄金濃盡必枯淺者屢深
露餘山青紅杏在林月明華屋畫橋碧陰
金尊酒滿伴客彈琴取之自足良殫美襟

○自然 孟浩然

俯拾即是不取諸鄰俱道適往著手成春如逢花開如瞻歲新真予不奪強得易貧幽人空山過雨采蘋薄言情悟悠悠天鈞

○含蓄 孟郊

不著一字盡得風流語不涉難已不堪憂是有真宰與之沉浮如渌滿酒花時返秋悠悠空塵忽忽海漚淺深聚散萬取一收

○豪放

觀花匪禁吞吐大荒由道返氣處得以強
天風浪浪海山蒼蒼真力彌滿萬象在旁
前招三辰後引鳳凰曉看六鼇濯足扶桑

精神

欲反不盡相期與來明漪絕底奇花初胎
青春鸚鵡楊柳樓臺碧山人來清酒深杯
生氣遠出不着死灰妙造自然伊誰與裁

縝密

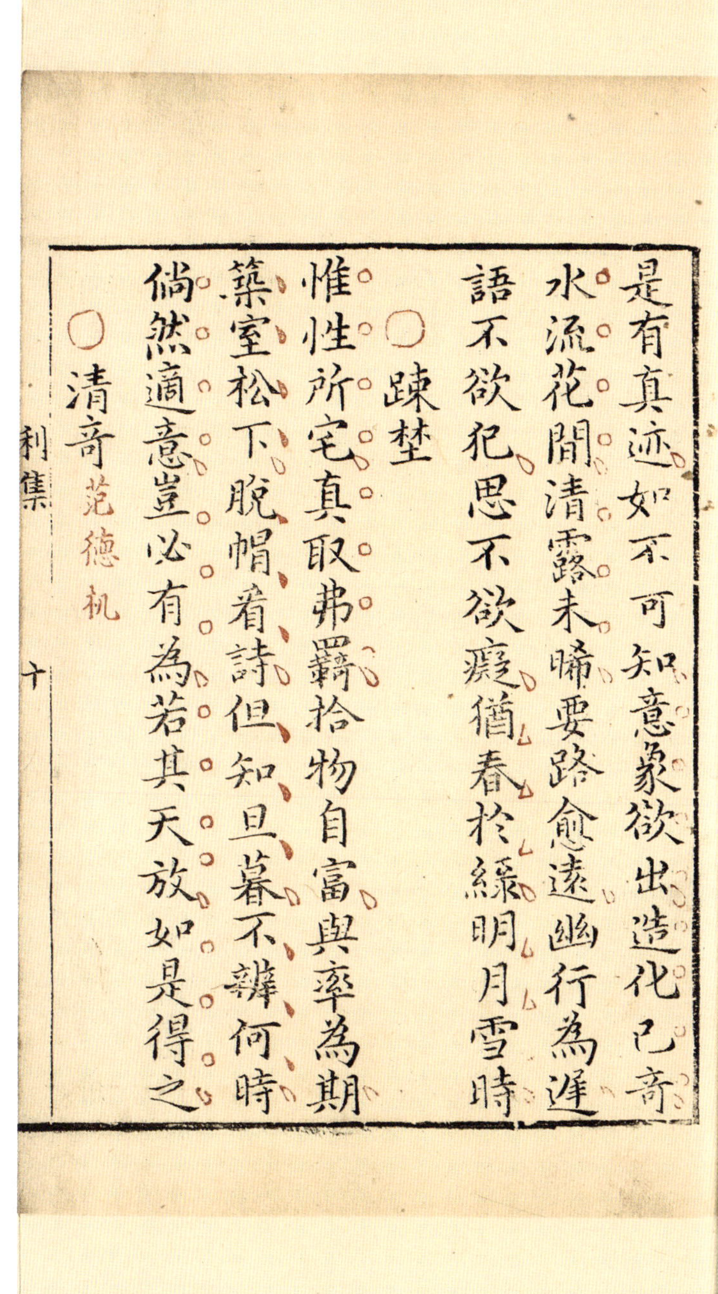
是有真迹如不可知意象欲出造化已奇
水流花閒清露未晞要路愈遠幽行為遲
語不欲犯思不欲癡猶春於綠明月雪時
○踈埜
惟性所宅真取弗羈拾物自富與率為期
築室松下脫帽看詩但知旦暮不辨何時
倘然適意豈必有為若其天放如是得之
○清奇　范德机

利集　十

娟娟群松下有漪流晴雪滿竹隔溪漁舟可人如玉步屧尋幽載瞻載止空碧悠悠如月之曙如氣之秋

○委曲

登彼太行翠遶羊腸杳靄流玉悠悠花香力之於時聲之於羌似性已迴如幽匪藏水理漩洑鵬風翱翔道不自器與之圓方

○實境

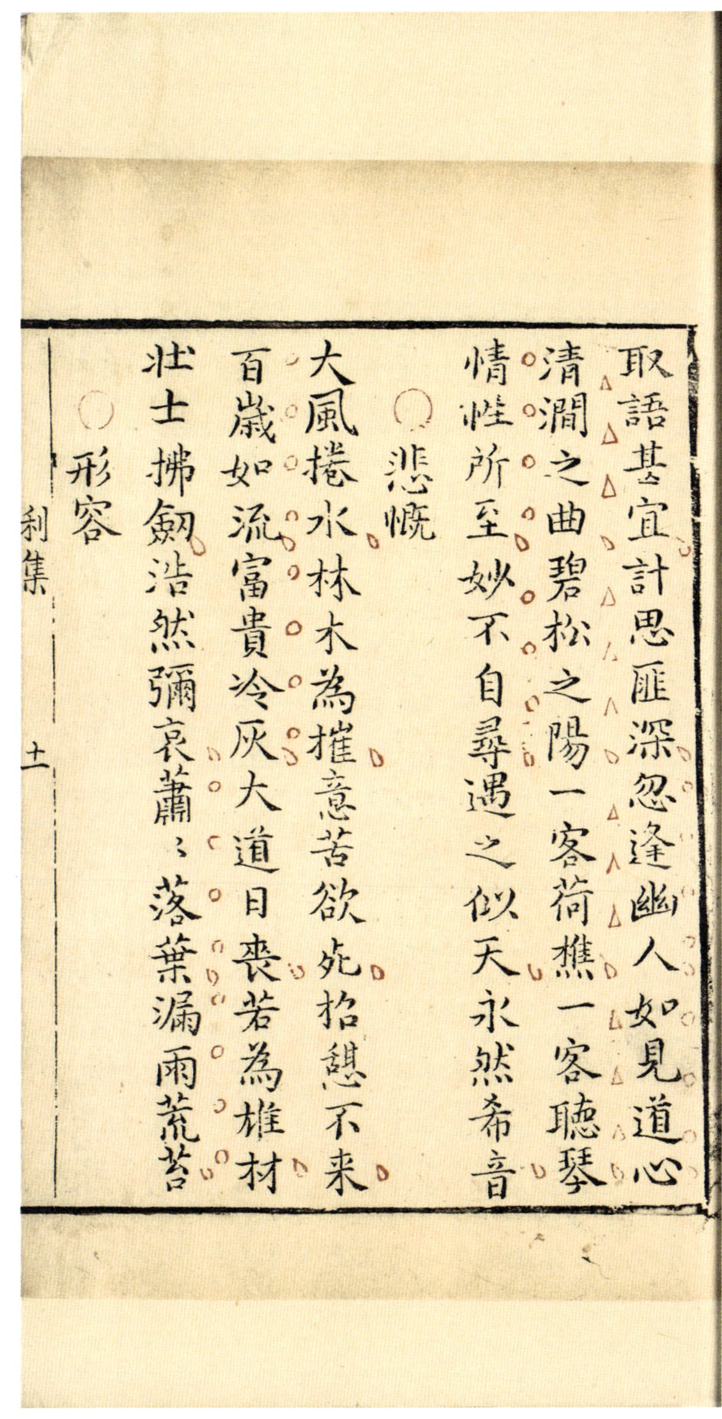
取語甚宜計思匪深忽逢幽人如見道心清澗之曲碧松之陽一客荷樵一客聽琴情性所至妙不自尋遇之似天永然希音

○悲慨

大風捲水林木為摧意苦欲死招憩不来百歲如流富貴冷灰大道日喪若為雄材壯士拂劍浩然彌哀蕭〻落葉漏雨蒼苔

○形容

剎集　十

絶佇靈素少迴清真如覓水影如寫陽春風雲變態花草精神海之波瀾山之嶙峋俱似大道妙契同塵離形得似庶幾斯人

○超詣

匪神之靈匪幾之微如將白雲清風與歸遠引莫至臨之已非少有道氣終與俗違亂山喬木碧苔芳暉誦之思之其聲愈稀

○飄逸

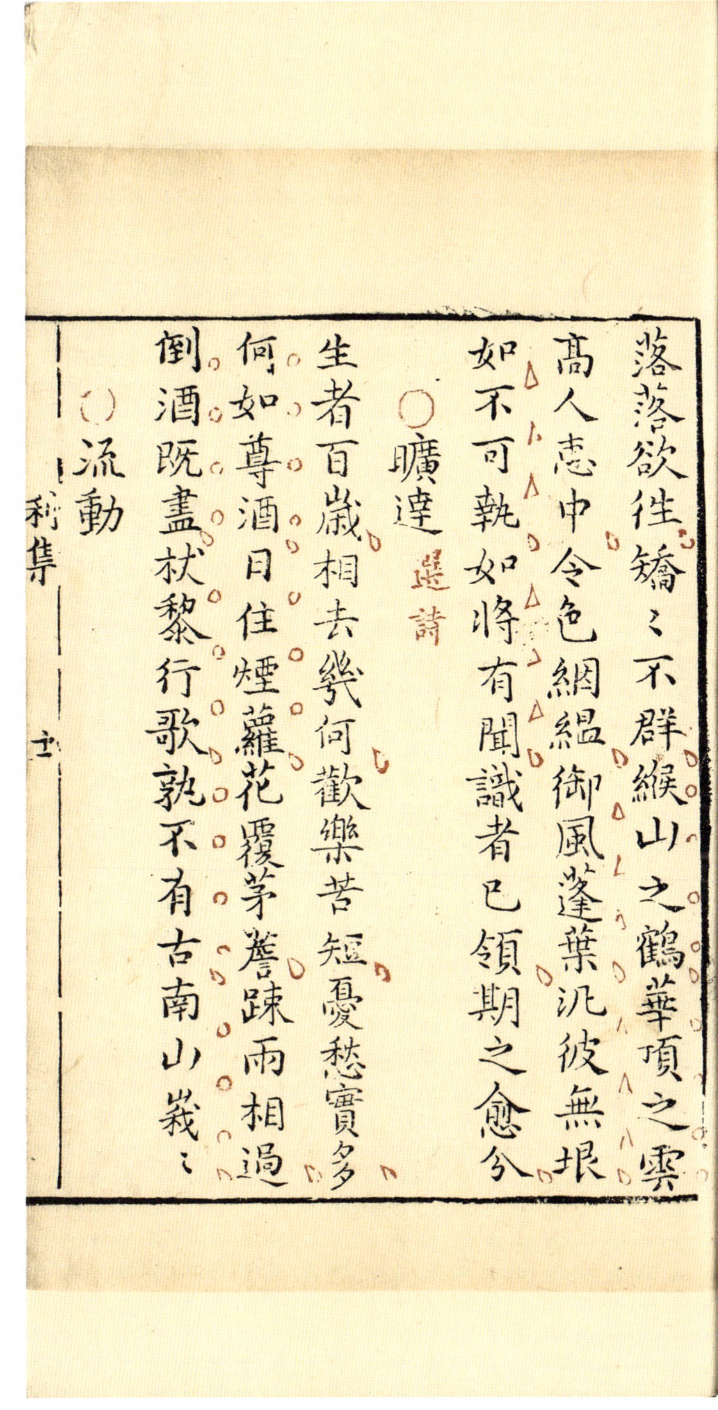

落落欲往矯矯不群緱山之鶴華頂之雲
高人惠中令色絪緼御風蓬葉汎彼無垠
如不可執如將有聞識者已領期之愈分

○曠達　選詩

生者百歲相去幾何歡樂苦短憂愁實多
何如尊酒日往煙蘿花覆茅簷疎雨相過
倒酒既盡杖藜行歌孰不有古南山峩峩

○流動

若納水輨如轉丸珠夫豈可道假体遺愚
荒〻坤軸悠〻天樞載要其端載同其符
超〻神明反之冥無来往千載是之謂乎
○三造○關鍵○細義○体系
詩貴入門之正行有未至可加心力路頭
一差愈騖愈遠故曰學其上僅得其中學
其中斯為下矣凡三百篇以降經史諸書
韻語楚辭古詩樂府李陵蘇武漢魏晉人

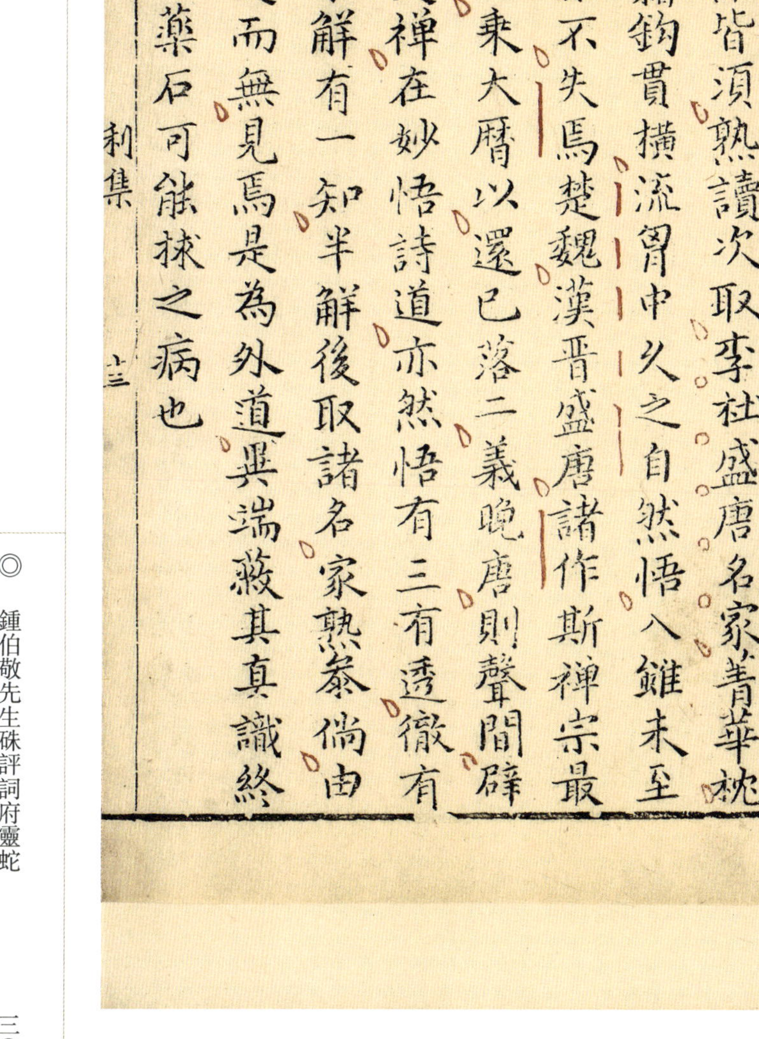

語皆須熟讀次取李杜盛唐名家菁華枕
籍鈎貫橫流胷中久之自然悟入雖未至
亦不失爲楚魏漢晋盛唐諸作斯禪宗最
上乘大曆以還已落二義晚唐則聲聞辟
支禪在妙悟詩道亦然悟有三有透徹有
分解有一知半解後取諸名家熟參僞由
是而無見焉是爲外道異端蔽其真識終
非藥石可能捄之病也

利集　十三

詩情性也羚羊角無迹可求所以妙處瑩徹玲瓏不可湊泊水中之月鏡中之象萬折東流千燈一空言有盡而意無窮由思惟而非思惟者也近代之作奇特解會往往以才學文字議論為之夫豈不工而於古人情性愈遠矣嗚呼詩之道湮亦久矣諧會五音清便宛轉宮商迭奏金石相宣謂之聲律摹寫景物巧奪天真探索微妙

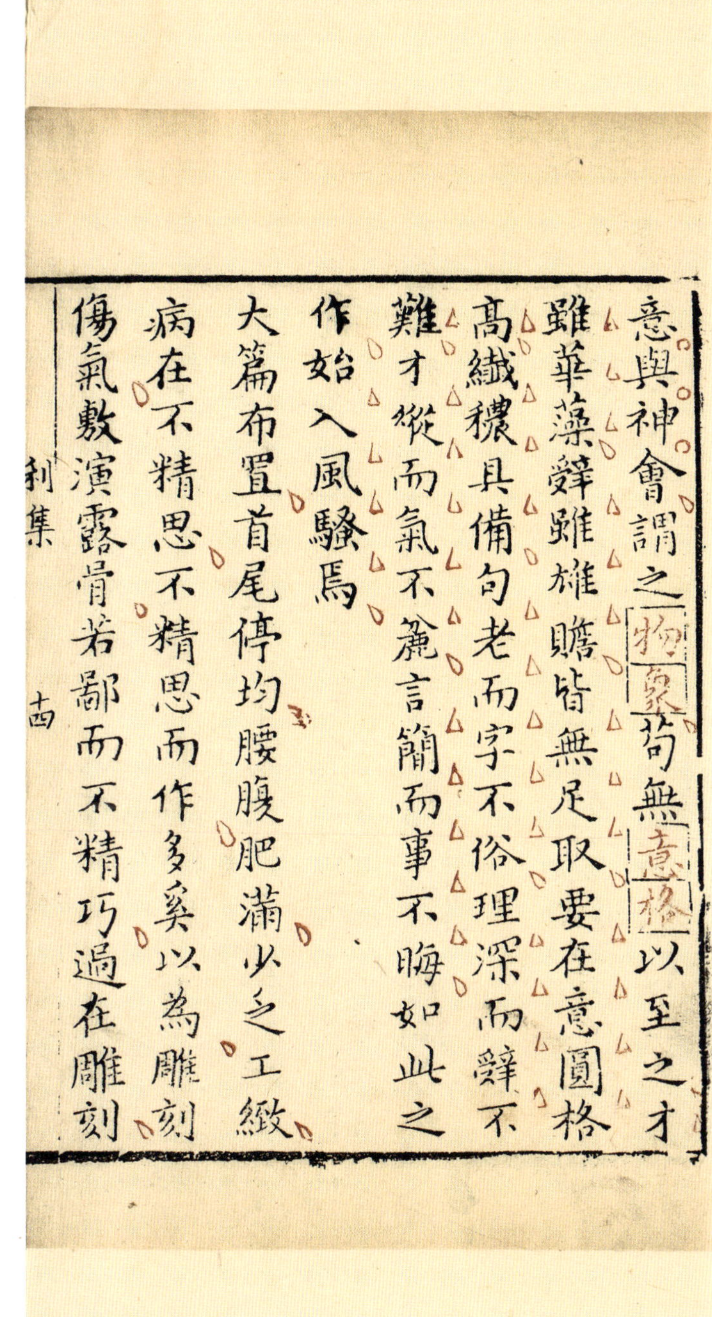

意與神會謂之物象苟無意格以至之才
雖華藻辭雖雄贍皆無足取要在意圓格
高識穠具備句老而字不俗理深而辭不
難才從而氣不麤言簡而事不晦如此之
作始入風騷焉
大篇布置首尾停均腰腹肥滿必之工緻
病在不精思不精思而作多奚以為雕刻
傷氣敷演露骨若鄙而不精巧過在雕刻

利集　十四

拙而無委曲過在不敷衍人所明言者寡之難言者易之自然不俗難處一語而盡易處莫便放過僻事實用熟事虛用理要簡易事要圓活景要微妙多看自知多作自好小句精深短章蘊藉大篇開闔乃為妙也

學有餘約以用之意有餘約以盡之意中有景々中有意思有窒碍涵養未至也當

益以學問歲寒知松栢難處見作手波瀾起伏如在江湖一波未平一波又作亦猶出入變化不可紀極而法度不亂文以文而工不以文而妙舍文無妙聖處自悟意出格外格出意先得意如印印泥止乎義理涵養意格欲高句法欲響始於意格成於句法字意欲深遠句調欲清古和暢每家自有風味如樂各有聲韻乃是歸宿處

倣者似而失之
大曆以來高者尚失盛唐下者已入晚唐
晚唐而下已有宋氣也唐與宋未論工拙
直是氣象不同蓋不知病何由能作不觀
諸法何由知病諸名家亦各有一病大醇
小疵差可耳學竟無方作無畧子結成陰
花自落聲律為竅氣象為骨意格為髓須
先立大意長篇曲折須三致意方可成章

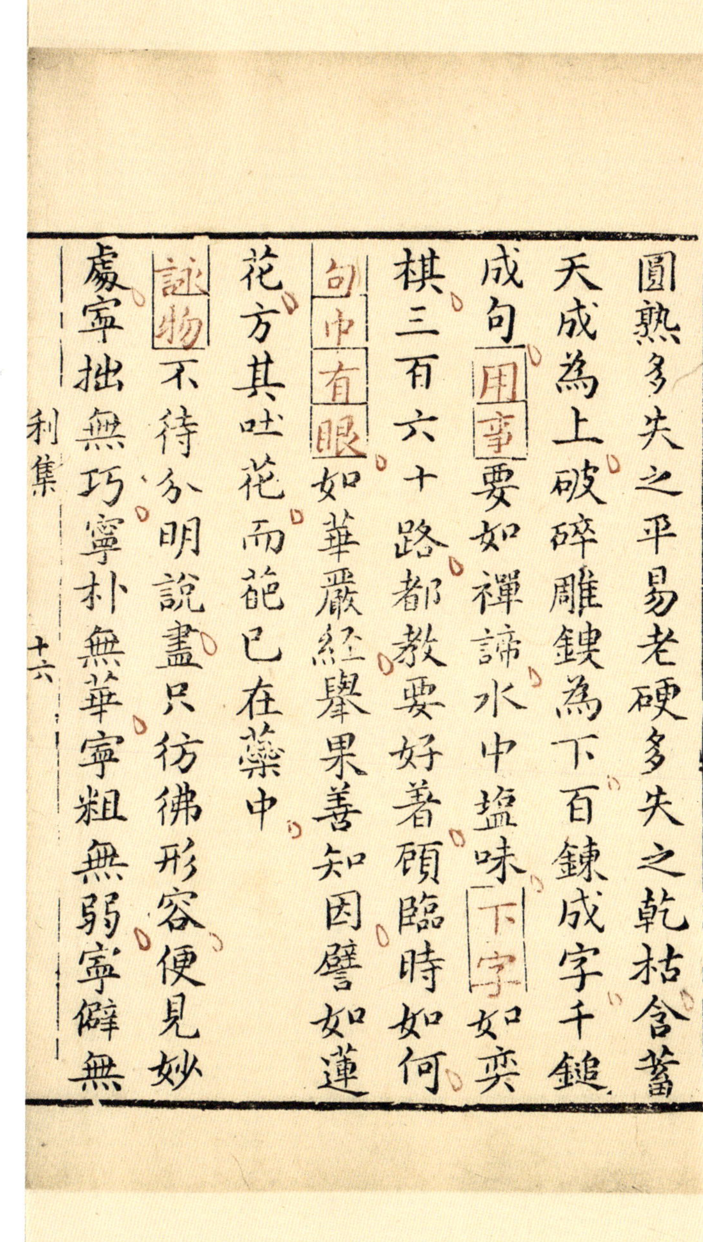

圓熟多失之平易老硬多失之乾枯含蓄天成爲上破碎雕鎪爲下百鍊成字千鎚成句用事要如禪諦水中鹽味下字如奕棋三百六十路都教要好着顧臨時如何

句中有眼如華嚴經舉果善知因譬如蓮花方其吐花而菂已在藥中

詠物不待分明說盡只彷彿形容便見妙處寧拙無巧寧朴無華寧粗無弱寧僻無

利集　十六

俗切忌大過鍊句脉則意不足語工意劣格力必弱立片言以居要乃一篇之警策茲要論也

為詩要有野意蓋非文不腴非質不枯然始腴而中枯無中邊之殊意味自足寫難狀之景如在目前含不盡之意見於言外學者必先命意意正則思生然後擇韻而用如驅奴隷故首尾有序

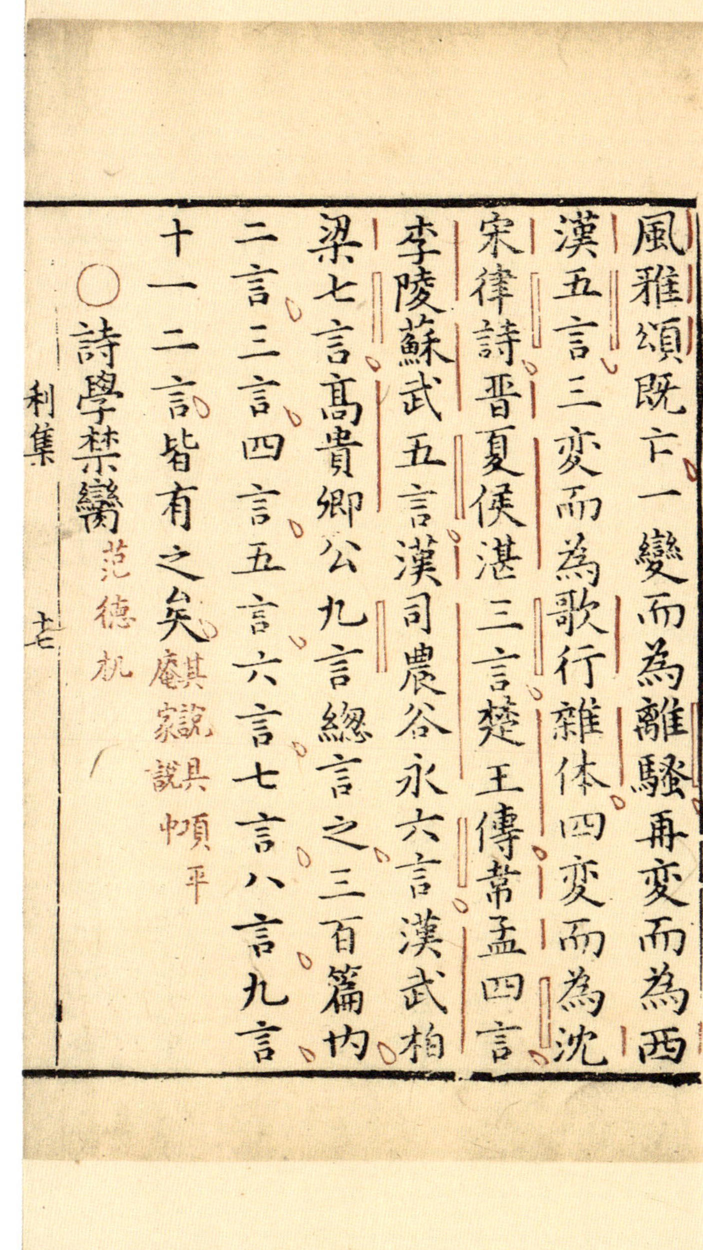

風雅頌既亡一變而為離騷再变而為西漢五言三变而為歌行雜体四变而為沈宋律詩晋夏侯湛三言楚王傅韋孟四言李陵蘇武五言漢司農谷永六言漢武柏梁七言高貴鄉公九言總言之三百篇内二言三言四言五言六言七言八言九言十一二言皆有之矣其說具項平庵家說中

○詩學禁臠 范德机

利集 十七

德機以詩名天下編集唐人之詩具為格式其若公輸子之規矩師曠之六律乎學詩者詳味此編庶可造唐人閫奥矣

○頌中有諷格

星斗踈明禁漏殘紫泥封後獨凭欄露和玉屑金盤冷月射珠光貝闕寒天襯樓臺籠苑外風鳴絃管下雲端長卿只解長門賦未識君臣際會難

幸温泉宮第一聯上句言宮中之景下句自叙玉堂夜直此詩方畢第二聯言宮中之景應第二句第三聯序已之榮遇寥迩以應第二句第四聯言陳后廢處長門聞相如善賦以千金買賦以諷天子武帝悟后得賜还起聯宿歸在此以見今日之榮遇長卿知其一而未知其二也兼有諷意

○羡刺格

四朝憂國鬢成絲龍馬精神海鶴姿賦上句下句比天上玉書傳詔夜陣前金甲受降時曾經庾亮三更月下盡羊曇一局棋惆悵舊

堂扃緑野夕陽無限鳥飛遲上裴晋公第二聯上句叙任隆下句叙勳偉皆應第一聯二句第三聯上句亦是應第一句第四聯是刺朝廷不用老臣下句見唐衰氣象

○問答格

江南風景復如何聞道新涼更可過處處藝蘭春浦緑萋萋芳草遠山多壺觴須就陶彭澤風俗猶傳晋永和更使輕橈隨轉去微風落日水增波三月三日汎舟初聯上句言江南之烟景

是一篇主意後如何問詞閒道答詞次聯第一句正寫烟景三聯應第二句末聯結上歡樂無窮更有俯仰興懷之意

○感懷格

憶遊天台到赤城幾朝仙籟耳邊生雲龍出水風悲急海鶴鳴皋日色清石筍半山移步險桂花當澗拂衣輕今來盡是人間夢劉阮茫茫何處行

憶遊天台寄道流初聯上句是起下五句意下句及次聯二句三聯二句形容

天台景結尾上句是憶之意下句指道流言

〇一句造意格

看山酌酒君思我，聽鼓離城我訪君。臘雪已添橋下水，齋鐘不散檻前雲。陰陰松柏濃還淡，歌雜漁樵斷更聞。亦擬城南買烟舍，子孫相約事耕耘。子初郊墅初聯上句以興下句而下句乃第一句之主意第三句四句皆言郊墅之景末聯結句健羨郊墅美有悠然源泉之意此乃詩家妙机也

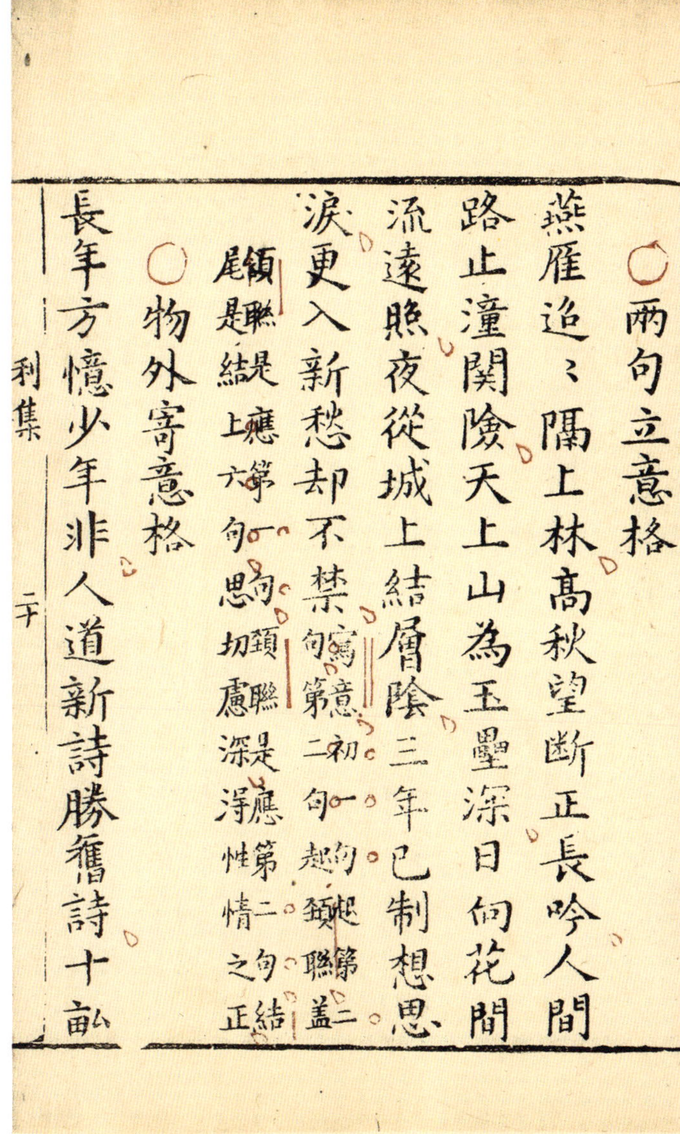

○兩句立意格

燕雁迢迢隔上林高秋望斷正長吟人間路止潼關險天上山為玉壘深日向花間流遠照夜從城上結層陰三年已制想思淚更入新愁却不禁寫意初一句起第二句第二句起頷聯盖頷聯是應第一句頸聯是應第二句結尾聯是結上六句思切處深得性情之正

○物外寄意格

長年方憶少年非人道新詩勝舊詩十畒

利集　二十

野塘晋客釣一軒風雨共僧棊花間醉任黄鸝語池上吟從白鷺窺大造不將鑪冶去有心重立太平基感事初聯首言是非之悟以詩為言則他事可知此唐人一種玄解次聯言似與上聯若散緩然詩之進退正在裏許頸聯言閑中自得與物忘机真相度也結尾言進退在君任者不可不重句々皆妙於言外

○雅意詠物格

草玄山巷少塵埃丞相清晨送馬来初入

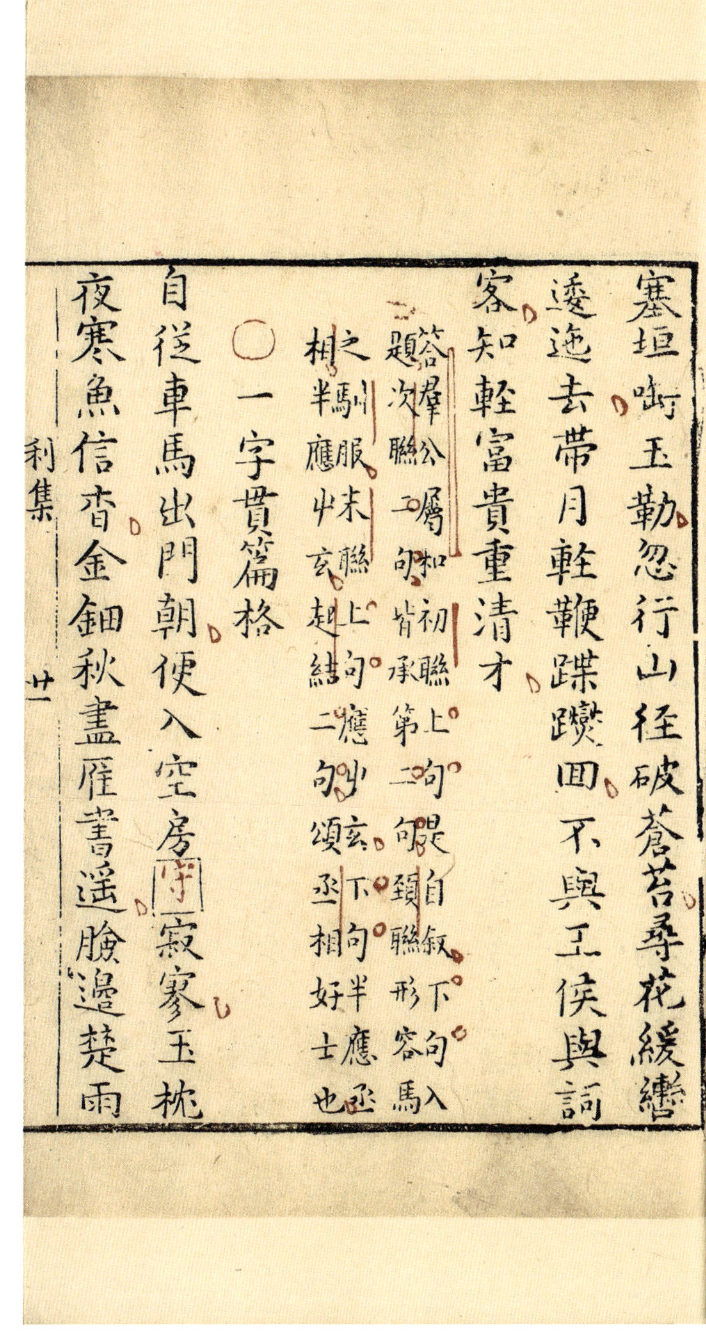
塞垣啣玉勒忽行山徑破蒼苔尋花緩轡逶迤去帶月輊鞭躞蹀回不與王侯與詞客知輕富貴重清才

答羣公屬知初聯上句提自叙下句入題次聯二句皆承第二句頸聯形容馬之駟服末聯上句應中玄下句半應丞相半應中玄起結二句頌丞相好士也

○一字貫篇格

自從車馬出門朝便入空房守寂寥玉枕夜寒魚信杳金鈿秋盡雁書遙臉邉楚雨

利集　廿一

臨風落頭上秦雲向日銷芳草又衰還不

至碧天霜冷轉無聊思外初聯守字貫篇次聯頸聯思之切寂之甚淚落髮銷守功情至落聯撫時已遙望車音之不至與君臣會合之難為何如也

○起聯應照格

一道潺湲濺短蓑年々惆悵是春過莫言

行路听如此流入深宮恨更多橋畔月来

清見底柳邊風去緑生波從愁滿眼添歸

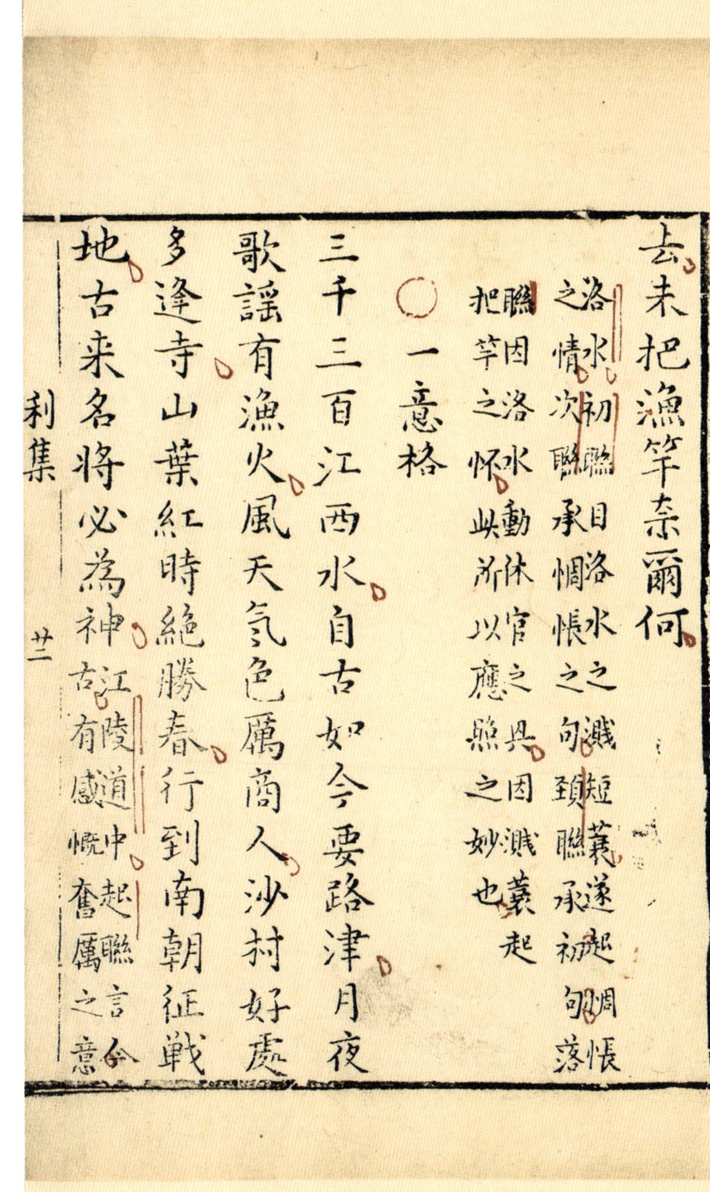

去未把漁竿柰爾何

洛水初聯目洛水之濺短蓑遂起惆悵之情次聯承惆悵之句頸聯承初句落聯因洛水動休官之興因濺蓑起把竿之懷此所以應照之妙也

○一意格

三千三百江西水自古如今要路津月夜歌謡有漁火風天氣色厲商人沙村好處多逢寺山葉紅時絶勝春行到南朝征戰地古来名將必為神

江陵道中起聯言今古有感慨奮厲之意

利集　廿二

次聯言景物頸聯言勝槩無窮落聯言神廟見古之名臣隨世立功而廟食嘆今人何如哉一句生一句而全篇旨趣如貫珠

○雄偉不常格

赤墀賜對使臣殊方恩重烏臺紫綬光玉節在舩清海怪金函開詔拜夷王雪晴漸覺山川異風便寧知道路長誰得似君將雨露海東萬里灑扶桑

送元源中丞赴新羅題初句以殊方指新羅也只起句說盡題目第二句以中丞而奉使無復遺闕此是妙手頷聯應第

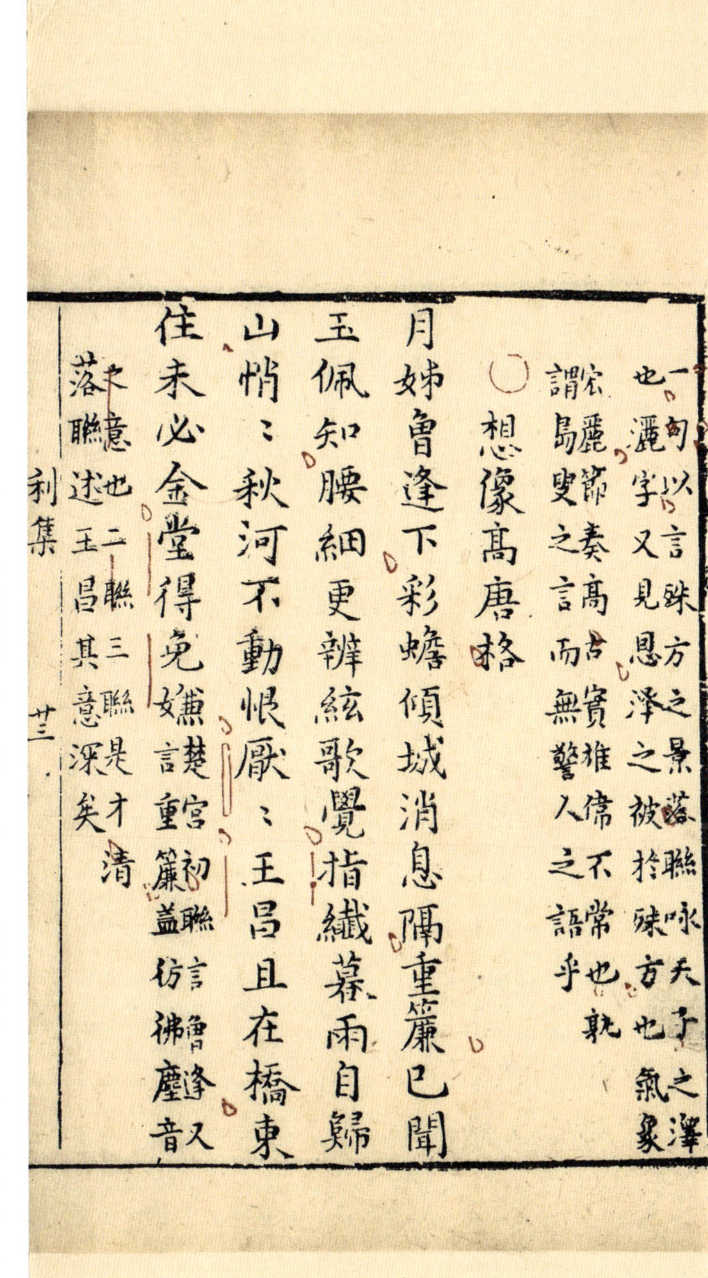

一句以言殊方之景落聯咏天子之澤也灑字又見恩澤之被於殊方也氣象宏麗節奏高古實雅偉不常也孰謂島叟之言而無警人之語乎

想像高唐格

月姊曾逢下彩蟾傾城消息隔重簾已聞玉佩知腰細更辨絃歌覺指纖暮雨自歸山悄悄秋河不動恨厭厭王昌且在橋東住未必金堂得免嫌楚宮初聯言曾逢入言重簾蓋彷彿塵音之意也二聯三聯是才清落聯述王昌其意深矣

利集　廿三

○撫景寓嘆格

惜春連日醉昏昏，醒後衣裳見酒痕。細水漾花歸別浦，斷雲含雨入孤村。人間易得芳時恨，地迥難招自古魂。慚愧流鶯相厚意，清晨猶為到西園。

惜春初聯痛惜韶華以自遣頷聯有歸入二字乃句中之眼詳味無窮頸聯上句言芳時一去不可再得下句言古人往矣不可再見作詩必如此方為警策方為妙手末聯上句托物起興以鳥猶有意復至何人情炎涼勢去則散翟公

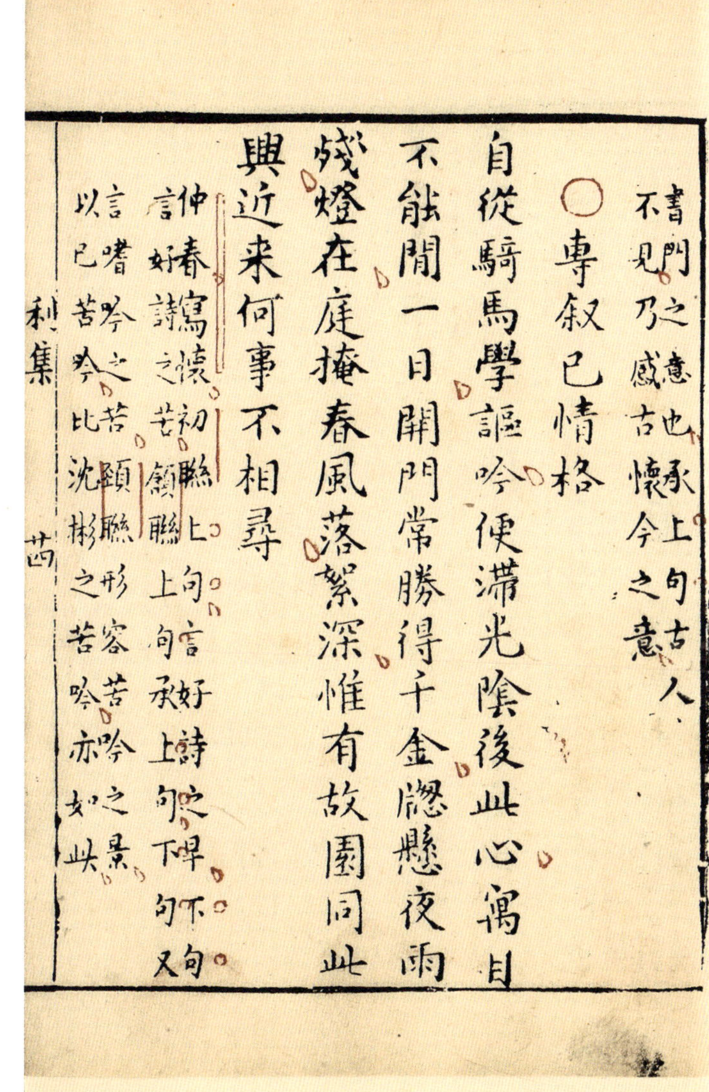

書門之意也承上句古人不見乃感古懷今之意

○專叙己情格

自從騎馬學謳吟便滯光陰後此心寓目不能閒一日開門常勝得千金總懸夜雨殘燈在庭掩春風落絮深惟有故園同此興近来何事不相尋

仲春寫懷初聯上句言好詩之早下句言好詩之苦頷聯上句承上句下句又言嗜吟之苦頸聯形容苦吟之景以己苦吟比沈彬之苦吟亦如此

利集　廿四

○詩法　嚴滄浪

學詩先除五俗一曰俗體二曰俗意三曰俗句四曰俗字五曰俗韻　有語忌　有語病　語病易除語忌難変語病古人有之惟語忌不可有　須是本色須是當行　對句好可得結句好難得　發端忌作舉止收拾貴有出場　不必太着題不在多使事押韻不必有出處用字不必拘來歷　意貴透徹不可隔

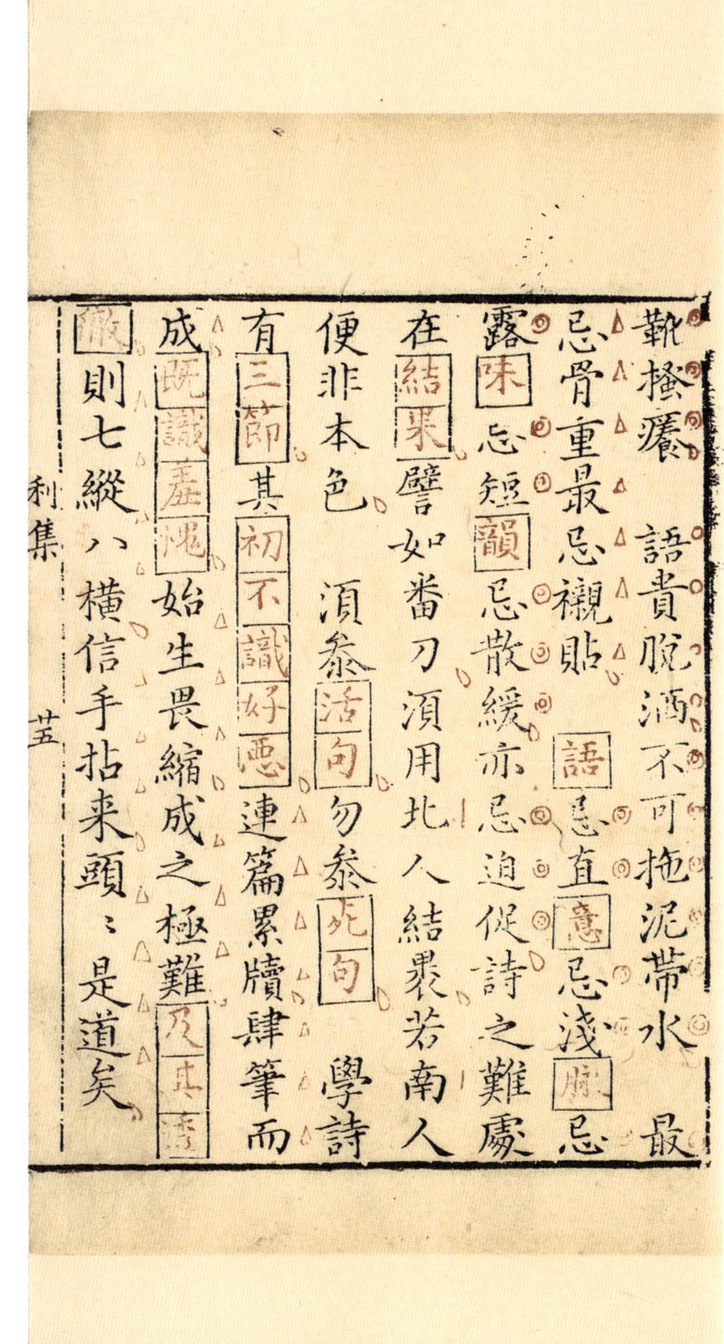
靴搔癢　語貴脫灑，不可拖泥帶水。最忌骨重，最忌襯貼。語忌直，意忌淺，脉忌露，味忌短，韻忌散緩，亦忌迫促。詩之難處在結果，譬如番刀，須用北人結裹，若南人便非本色。須參活句，勿參死句。學詩有三節：其初不識好惡，連篇累牘，肆筆而成；既識羞愧，始生畏縮，成之極難；及其透徹，則七縱八橫，信手拈來，頭頭是道矣。

利集　廿五

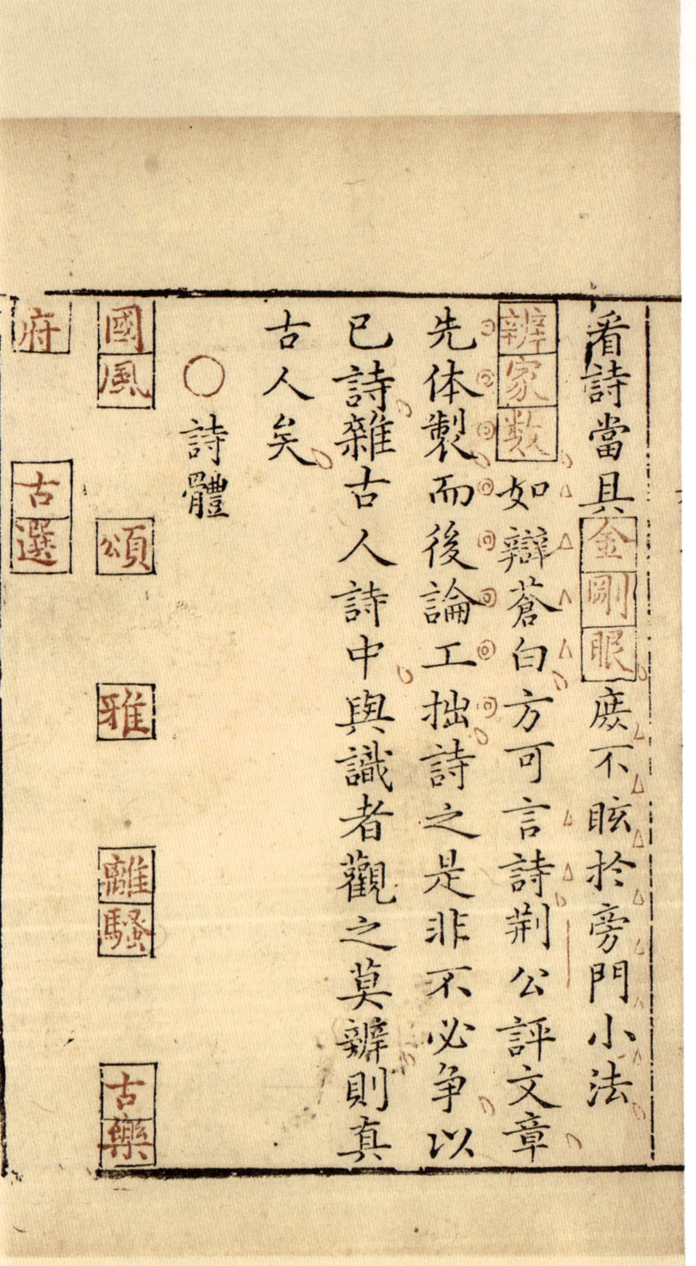
看詩當具金剛眼庶不眩於旁門小法辨家數如辯蒼白方可言詩荆公評文章先体製而後論工拙詩之是非不必争以己詩雜古人詩中與識者觀之莫辨則真古人矣

○詩體

國風　頌　雅　離騷　古樂府　古選

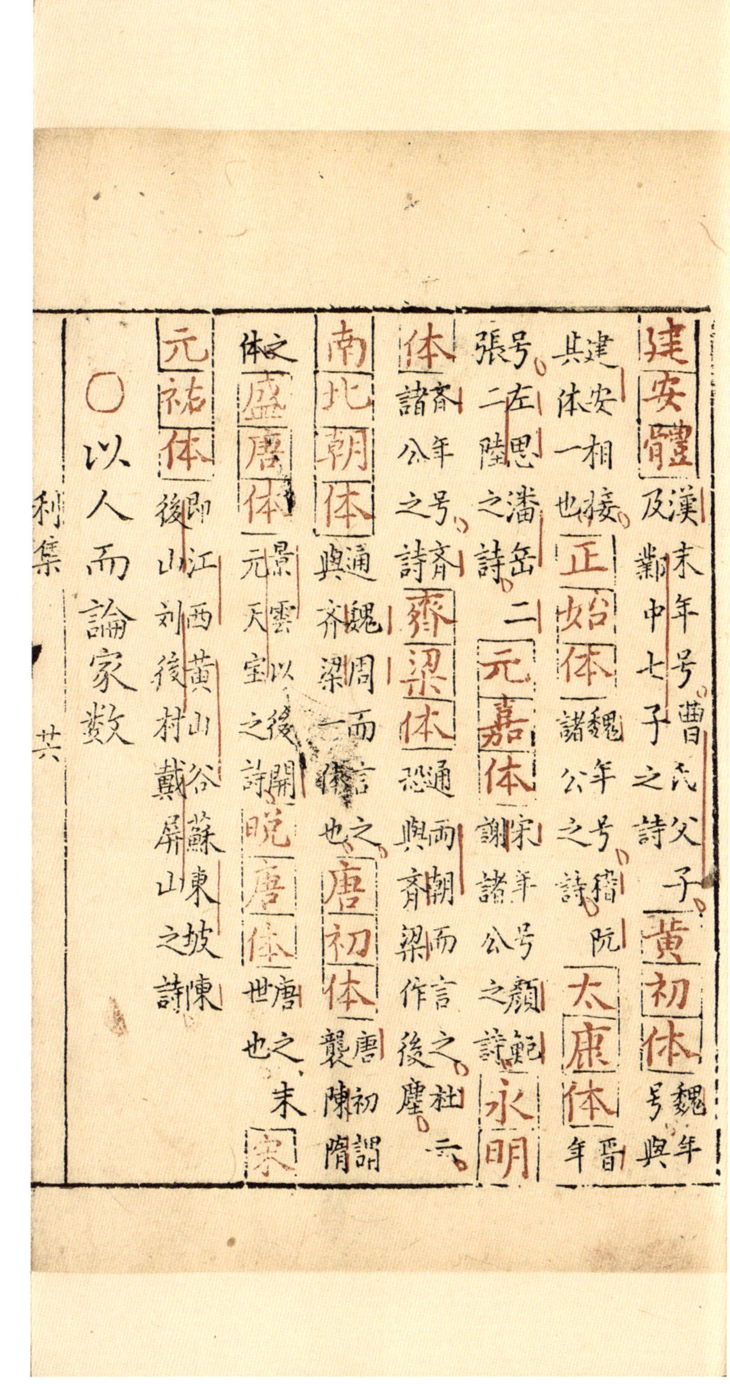

建安體漢末年号曹氏父子及鄴中七子之詩

黃初体魏年号與建安相接其体一也

正始体魏年号稽阮諸公之詩

太康体晋年号左思潘岳張二陸之詩二

元嘉体宋年号顔鮑謝諸公之詩

永明体斉年号斉諸公之詩

齊梁体通両朝而言之杜恐與斉梁作後塵云

南北朝体通魏周而言之與齐梁一体也

唐初体唐初謂襲陳隋之体

盛唐体景雲以後開元天宝之詩

晩唐体唐之末世也

宋

元祐体即江西黃山谷蘇東坡陳後山刘後村戴屏山之詩

○以人而論家数

利集　廿六

李杜陶韋韓柳正派 王楊盧駱弱体 岑參豪放 李長吉別派且淨 張籍王建樂府正派 孟郊正派但苦澁耳 元白体容易叙事二公之詩則妙 高達夫郎士元盧綸正派 但綺麗耳 李商隱詠物正派詠物嚴縝密又在商隱之上 陰何 蘇黃体卑下 玉臺体玉臺集乃徐陵所叙漢魏六朝之詩或云穠治為玉臺非也 西昆体即商隱溫廷筠及刘楊諸公之詩 香奩体唐韓渥詩皆裾誇胭脂語名香奩集 近体即八句律詩 古詩即五言七言不甚对散篇也 排句杜韓二集多是首尾对 集句聚集古人詩句為一篇

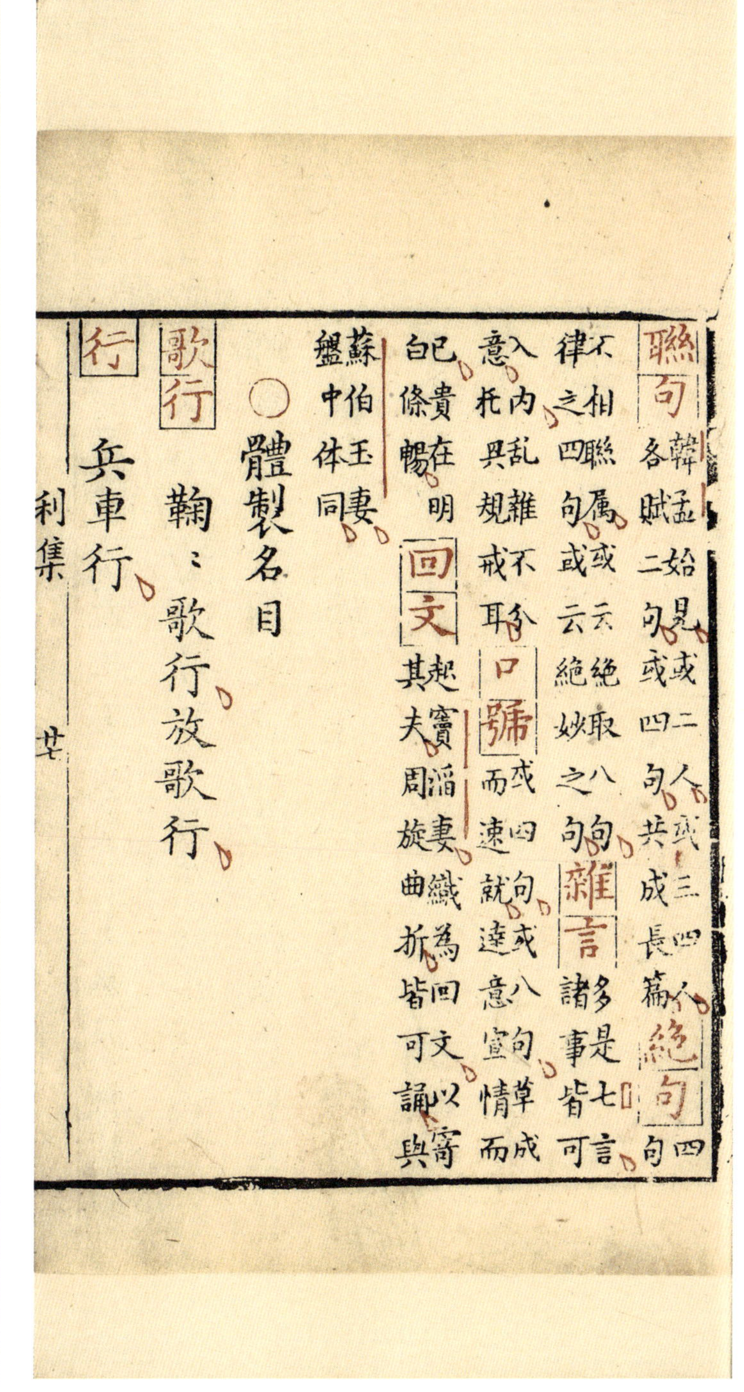

聯句 韓孟始見或二人或三四人各賦二句或四句共成長篇

絕句 四句不相聯屬或云絕取八句律之四句或云絕妙之句

雜言 多是七言諸事皆可入內亂雜不分意托興規戒耳

口號 或四句或八句草成而速就速意宣情而已貴在明白條暢

回文 起竇滔妻織為回文以寄其夫周旋曲折皆可誦與蘇伯玉妻盤中体同

○體製名目

歌行 鞠〻歌行 放歌行

行 兵車行

歌

長恨歌古五子歌段干木歌擊壤歌彈歌賡歌塗山歌夏人歌夢歌采葛婦歌卿雲歌穗歌周之僑歌黃鵠歌麥秀歌箕山歌王子思歸歌採薇歌鶬鴰歌蟪蛄歌孤鵰歌原壤歌成人歌野人歌烏鵲歌飯牛歌萊人歌齊人歌彈鋏歌松柏歌狐裘歌龍蛇歌暇豫歌河激歌鄴民歌優孟歌忼慨歌被衣歌楊朱歌引聲歌若何歌河

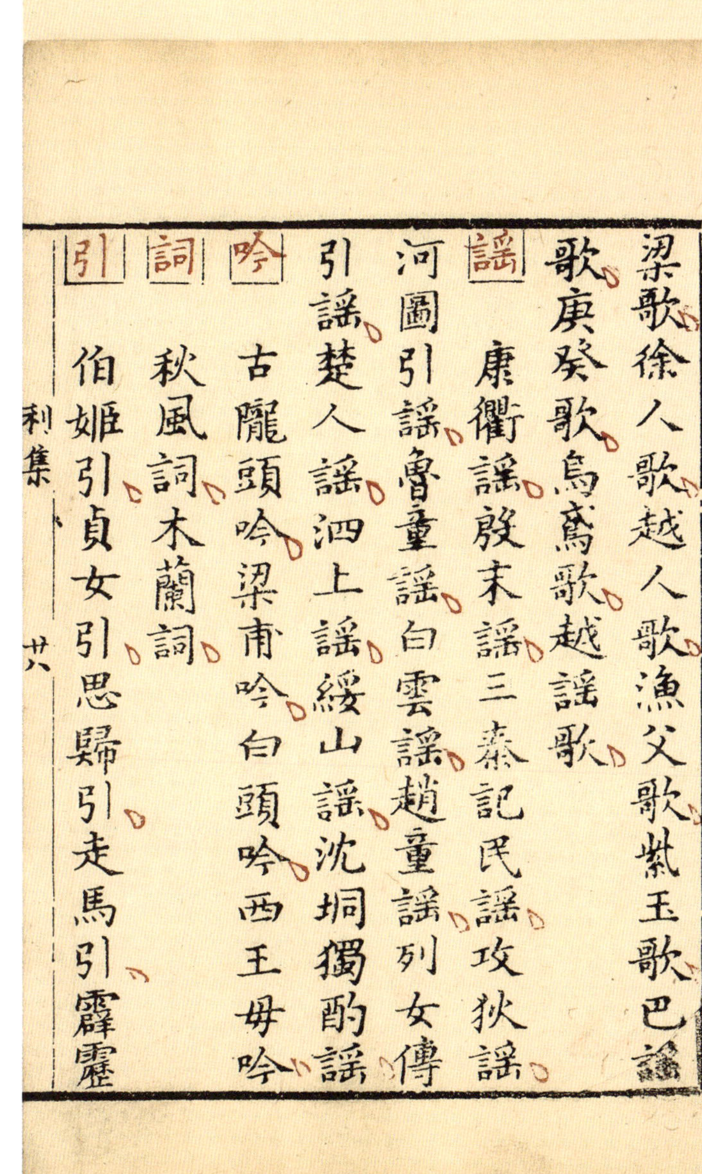

梁歌徐人歌越人歌漁父歌紫玉歌巴謠
歌庚癸歌烏鳶歌越謠歌
謠
康衢謠敎末謠三秦記民謠攻狄謠
河圖引謠會童謠白雲謠趙童謠列女傳
引謠楚人謠泗上謠緩山謠沈垌獨酌謠
吟
古隴頭吟梁甫吟白頭吟西王母吟
詞
秋風詞木蘭詞
引
伯姬引貞女引思歸引走馬引霹靂

利集　廿六

引
飛龍引

曲
大堤曲　梁簡文烏棲曲　窮刼之曲

操
南風操　神人操　水仙操　思親操　南風歌操　雉朝飛操　襄陵操　箕子操　岐山操　槃操　拘幽操　文王操　别鶴操　克商操　亀山操　猗蘭操　神鳳操　將歸操　履霜操

咏
五言咏　儲光羲群鵰咏

篇
名都篇　京洛篇　白馬篇

唱 弄 嘆 怨 哀 愁 思 樂

明帝氣出唱

樂府江南弄

古楚妃嘆明妃嘆

選四怨古樂府獨步怨

仲宣七哀少陵八哀哀江頭

寒夜愁玉階愁

太白靜夜思長相思應物莫相思

估客樂來藏賈古城樂

利集　廿九

無家别　新婚别　垂老别

右二十品名類不等者皆依聲韻立造此即樂中絲竹腔調自沈宋以来已絶其法後人不過因其所存文字而效之耳其實與古韻漠然也

○詩評

盛唐人有似粗而非粗似拙而非拙處盛唐人詩亦有一二濫觴晚唐者晚唐人詩

亦有一二可入盛唐者要當論其大槩耳

或問唐詩何以勝我朝唐人以詩取士故多專門之學我朝之詩所以不及也詩有

詞理意興

本朝人尚理而病于意興唐人尚意興而理在其中漢魏之詩詞理意興無迹可尋漢魏古詩氣象渾厚混沌難以句摘晉以還方有佳句如陶淵明採菊東籬下悠然見南山謝靈運池塘生春草之

句謝所以不及陶者康樂之詩精工淵明之詩質而自然耳靈運無一字不佳黄初之後惟阮籍詠懷之作極為高古有建安風骨晋人舍陶淵明阮嗣宗外惟左太冲高出一時陸士衡獨在諸公之下建安之作全在氣象不可尋枝摘葉靈運之詩已是徹首尾成對句矣是以不及建安也李杜二家正不當優劣太白飄逸子美沉欝

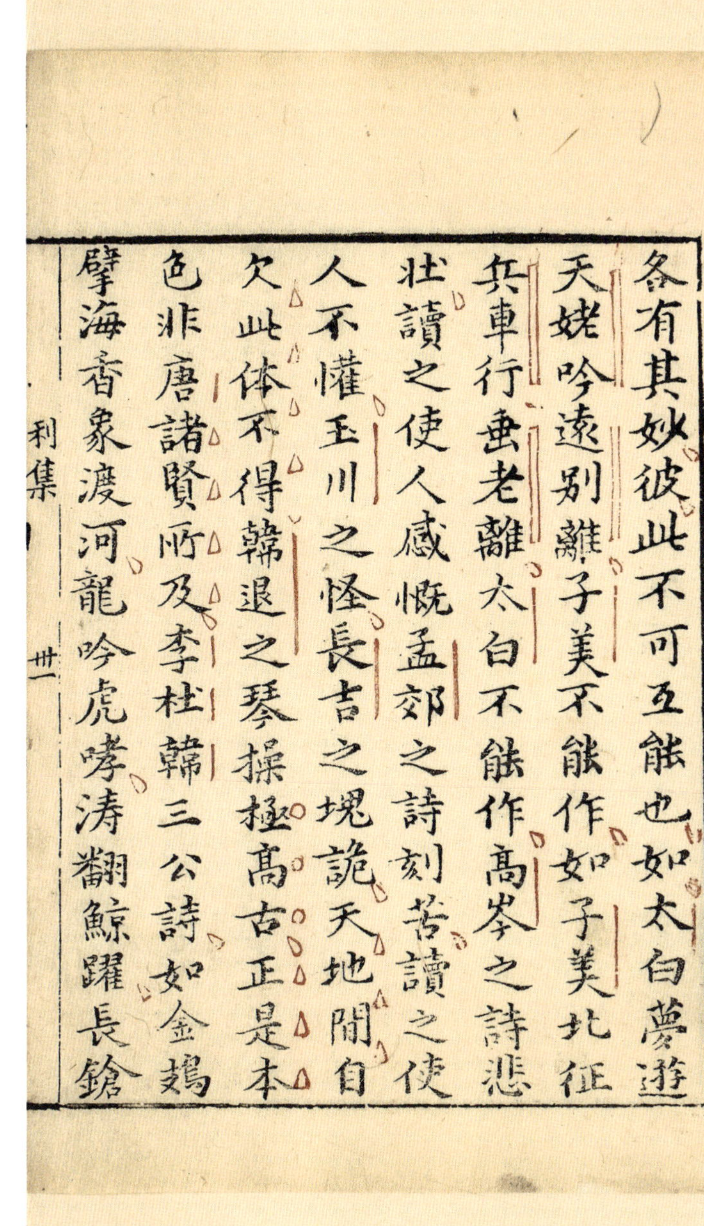
各有其妙彼此不可互能也如太白夢遊天姥吟遠別離子美不能作如子美北征兵車行垂老離太白不能作高岑之詩悲壯讀之使人感慨孟郊之詩刻苦讀之使人不懽玉川之怪長吉之塊詭天地間自欠此体不得韓退之琴操極高古正是本色非唐諸賢所及李杜韓三公詩如金鳷擘海香象渡河龍吟虎嘯濤翻鯨躍長鎗

利集　卅一

大劍九五行邊氣象自別集句惟荊公最長胡笳十八拍混然天成絕無痕迹如蔡文姬肝肺間流出擬古惟江文通最長擬淵明似淵明擬康樂似康樂擬左思似左思擬郭璞似郭璞獨擬李都尉一首不似西漢耳唐人七言律詩當以崔顥黃鶴樓為第一唐人好詩多是征戍迁謫行旅離别之作往往尤能感動人意蘇子卿詩章

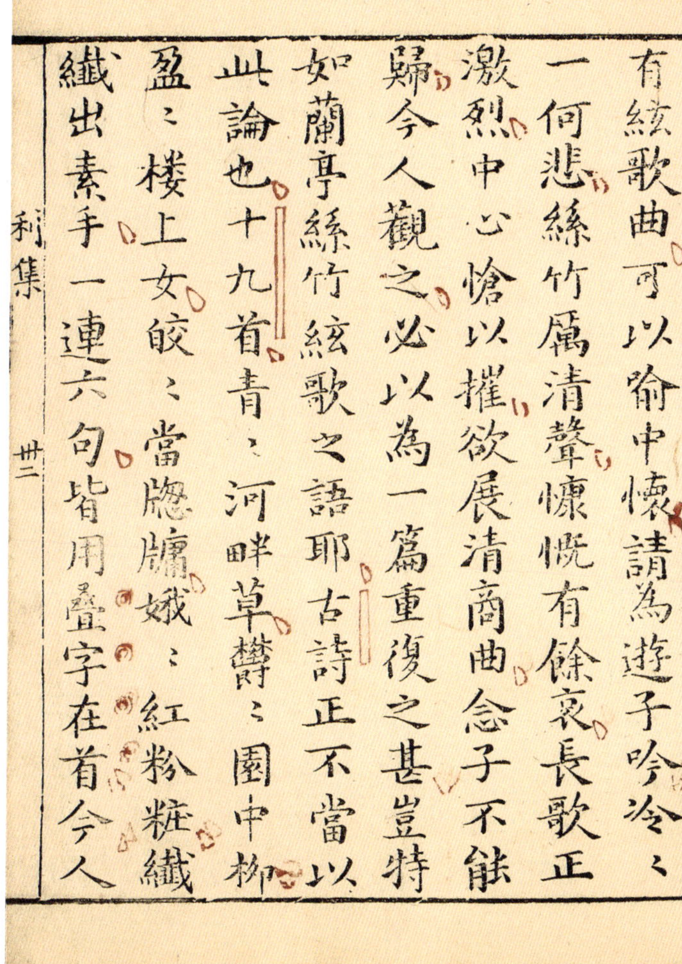

有絃歌曲可以諭中懷請為遊子吟泠〻一何悲絲竹厲清聲慷慨有餘哀長歌正激烈中心愴以摧欲展清商曲念子不能歸今人觀之必以為一篇重復之甚豈特如蘭亭絲竹絃歌之語耶古詩正不當以此論也十九首青〻河畔草鬱〻園中柳盈〻樓上女皎〻當牕牖娥〻紅粉粧纖〻出素手一連六句皆用疊字在首今人

利集　廿二

必以句法重復之甚古詩正不當以此論也古人贈答多相勉之詞蘇子卿云願君崇令德隨時愛景光李少卿云努力崇明德皓首以為期劉公幹云勉哉修令德北面自寵珍杜子美云君若登台輔臨危莫愛身往往是此意高達夫贈王徹云吾知十年後季子多黃金金多何足道又甚於以名位期人者此達夫偶然漏逗處也

○金鍼集白樂天

唐元和中白居易有詩友數十人更相唱酧獨得詩之深者劉夢得元徽故當時人多號元白又號曰劉元白劉元白之詩人人播傳莫非騷雅夢得相寄云沉舟側畔千帆過病樹前頭萬木春雪裹高山頭早白海中仙菓子生遲此二聯神助之句即能詩者鮮到後居易貶江州司馬酷愛於

詩有閒吟云自從苦學空門法銷盡平生種〻心惟有詩魔降未得每逢風月一閑吟自此味其詩理撮其體要因曰金鍼集喻其詩病而得鍼醫其病自除詩病最多能知其病詩格自全也金鍼列為門類示後猶指南識路也

○内外意

内意　欲盡其理（理謂義理須美箴規之類是也）外意　欲盡

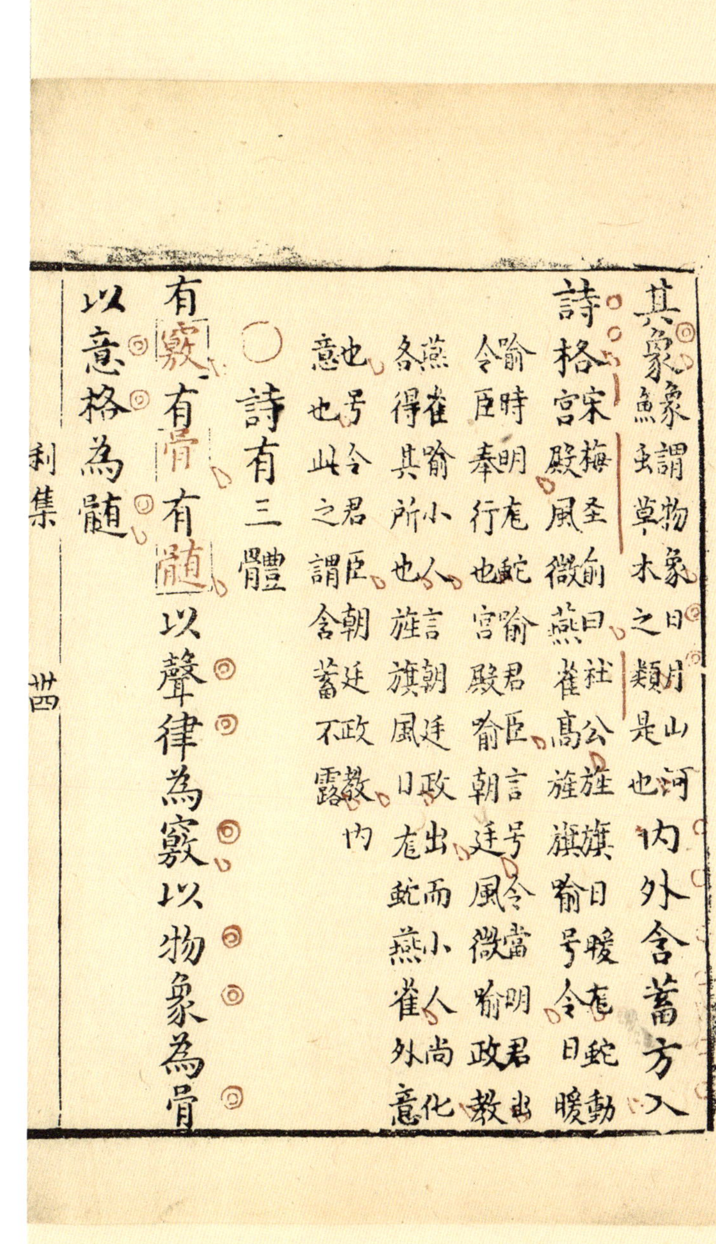

其象（象謂物象日月山河魚虫草木之類是也）內外含蓄方入

詩格（宋梅聖俞曰社公旌旗日暖尨蛇動宮殿風微燕雀高旌旗喻号令日暖喻時明尨蛇喻君臣言号令當明君出令臣奉行也宮殿喻朝廷風微喻政教燕雀喻小人言朝廷政出而小人尚化各得其所也旌旗風日尨蛇燕雀外意也号令君臣朝廷政教內意也此之謂含蓄不露）

○詩有三體

有竅有骨有髓以聲律為竅以物象為骨以意格為髓

利集　廿四

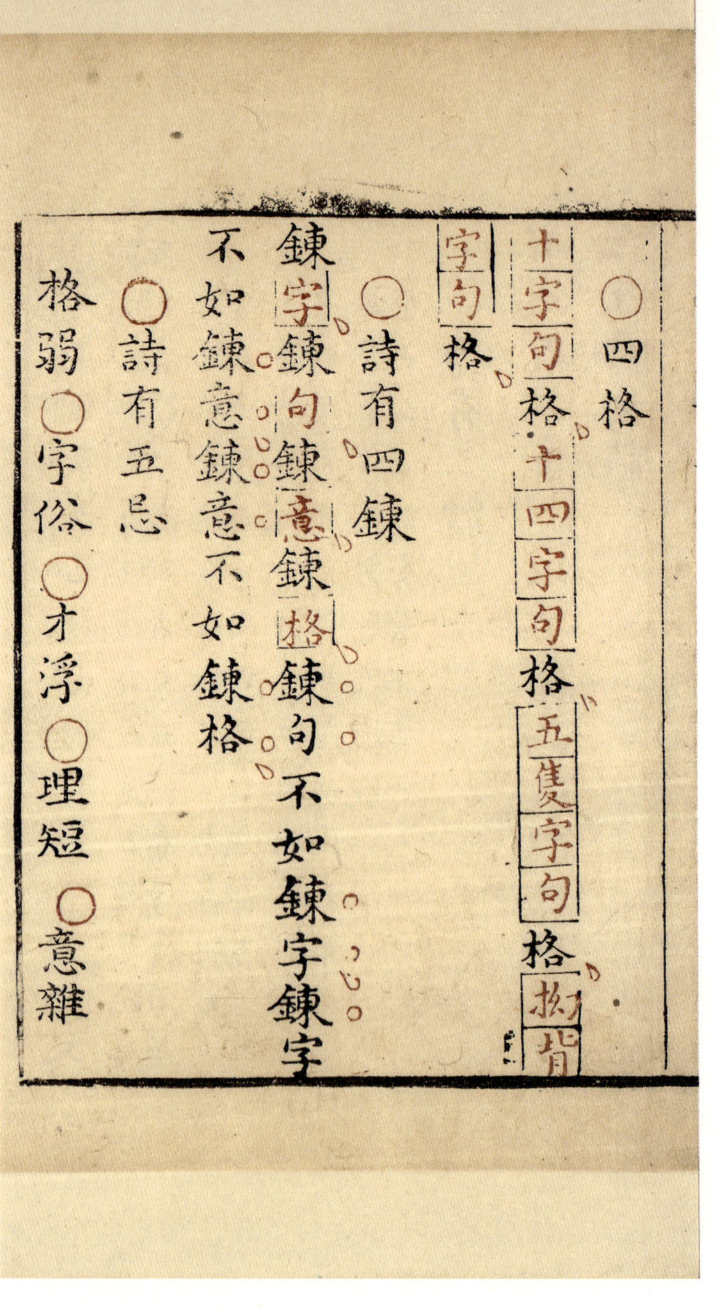
○四格

十字句格。十四字句格五隻字句格拗背字句格

○詩有四鍊

鍊字鍊句鍊意鍊格鍊句不如鍊字鍊字不如鍊意鍊意不如鍊格

○詩有五忌

格弱○字俗○才浮○理短○意雜

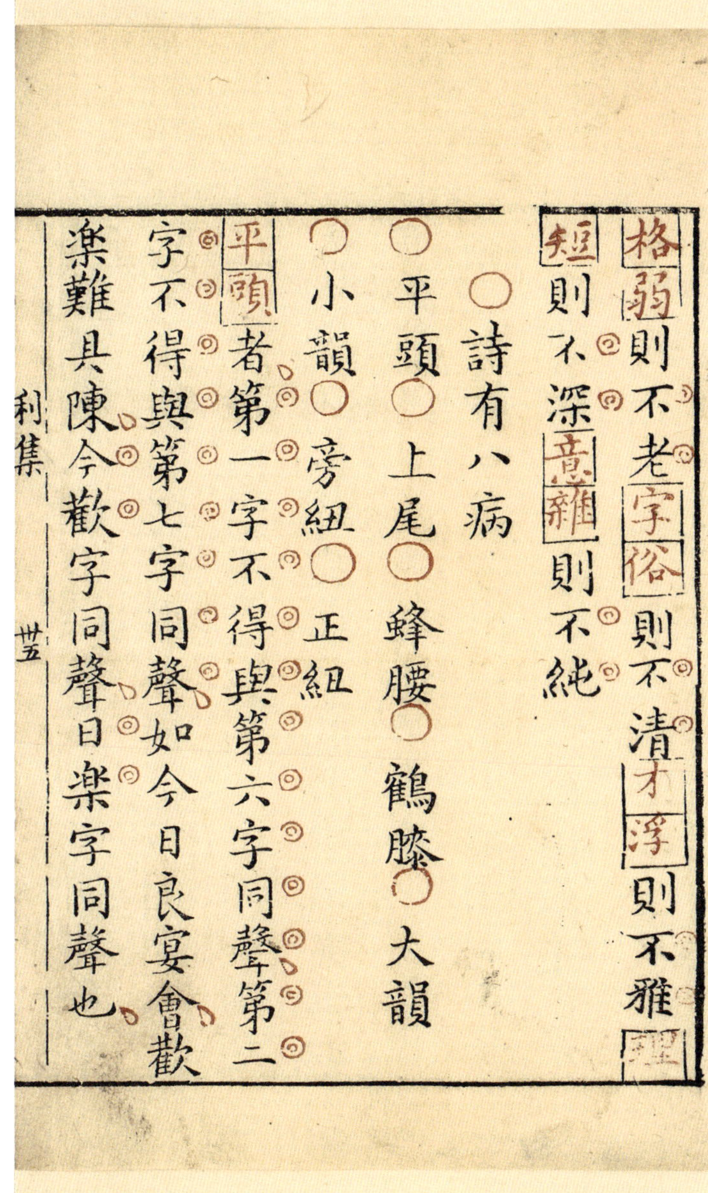

格弱則不老字俗則不清才浮則不雅理短則不深意雜則不純

○詩有八病

○平頭○上尾○蜂腰○鶴膝○大韻○小韻○旁紐○正紐

平頭者第一字不得與第六字同聲第二字不得與第七字同聲如今日良宴會歡樂難具陳今歡字同聲日樂字同聲也

利集　廿五

【上尾】者第五字不得與第十字同声如西北有高楼上與浮雲齊樓齊字同声也【蜂腰】者第二字不得與第五字同声兩頭大中心細似蜂腰也如聞君愛我甘切欲自修飾君甘平声欲飾皆入声【鶴膝】者第五字不得與第十五字同声所以兩頭細中心麤如鶴膝也如客從遠方来遺我一書札上言長相思下言久離别

来思皆平聲也若一句舉其法首尾須避之第三字不得與第五字相犯第五字不得與第七字相犯

大韻者重疊相犯如五言詩以新字為韻者九字内若用津人字為大韻如胡姬年十五春日正當罏同聲也

小韻者除本韻外九字中不得有兩字同韻如客子已乖離那宜遠相送即是大韻

利集　卌六

子與巳同聲離與宜同声小韻居五字内
最急九字内較緩
旁紐者五言詩一句中有月字更不可用
元阮願字此是雙聲即旁紐也五字中急
十字中稍緩旁紐者縁声而来相忤也然
字從連韻而紐故相參也若今錦禁急與
陰飲邑是連韻紐之也若今與飲陰與錦
此旁會與之相參如丈人且安坐梁陳将

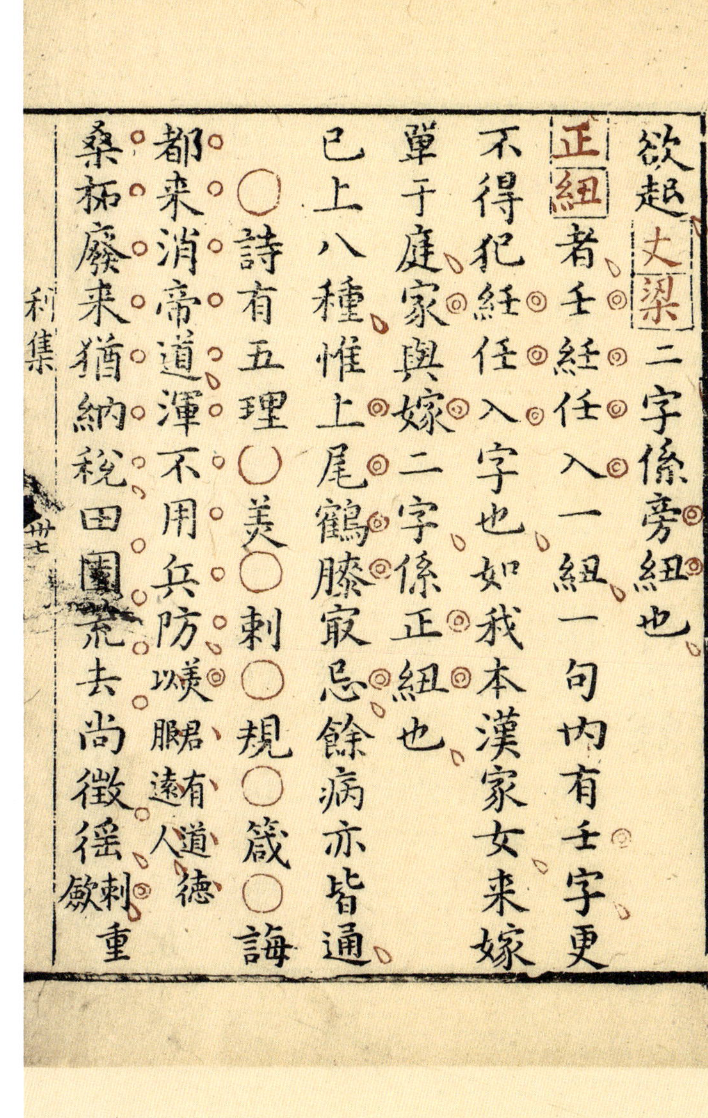
欲起丈梁二字係旁紐也
正紐者壬紝任入一紐一句內有壬字更不得犯紝任入字也如我本漢家女来嫁單于庭家與嫁二字係正紐也
已上八種惟上尾鶴膝最忌餘病亦皆通
○詩有五理○美○刺○規○箴○誨
都来消帝道渾不用兵防美君有道德以服遠人
桑柘廢来猶納稅田園荒去尚徵徭刺重歛
利集　卅七

幸無偏照處，剛有不平時。規聖人行号令有不明時

日暮碧雲合，佳人期不来。箴佞人進而使夫人未仕也

明河川上沒，芳草露中衰。論明時草澤中夫人不得用也

◯詩有三体格　◯頌　◯雅　◯風

明堂坐天子，月朔朝諸侯。頌也明時太平也

繞分天地色，便禁虎狼心。雅也君臣父子和正

宮中誰第一，飛燕在昭陽。風也君不用正人

◯詩有喜怒哀樂四得之辭

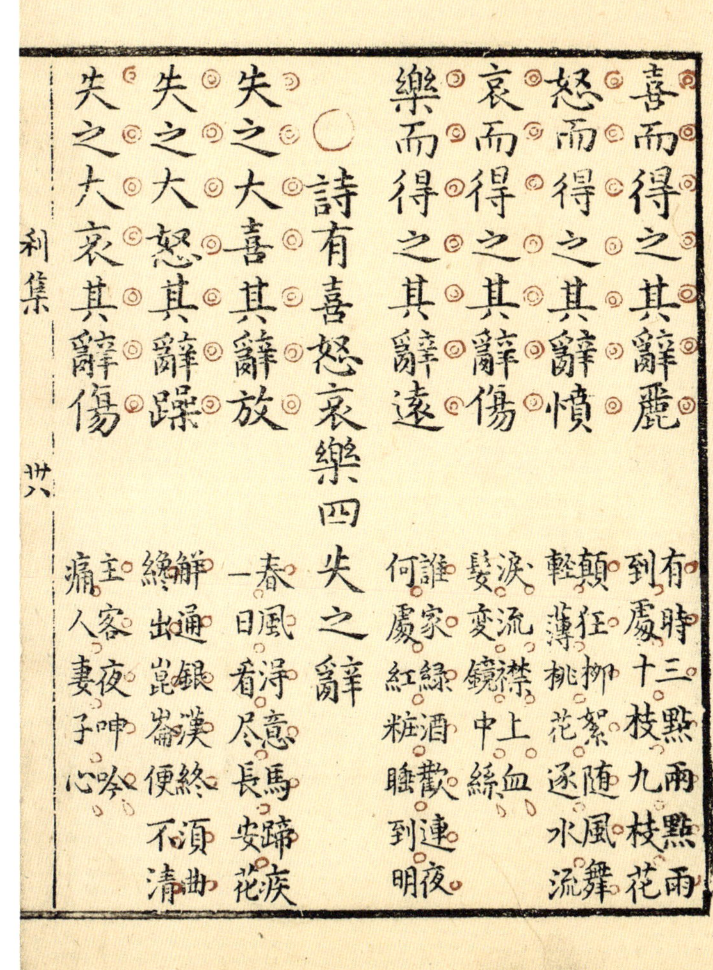

喜而得之其辭麗　有時三點兩點雨　到處十枝九枝花

怒而得之其辭憤　顛狂柳絮隨風舞　輕薄桃花逐水流

哀而得之其辭傷　淚流襟上血　髮變鏡中絲

樂而得之其辭遠　誰家綠酒歡連夜　何處紅粧睡到明

○詩有喜怒哀樂四失之辭

失之大喜其辭放　春風得意馬蹄疾　一日看盡長安花

失之大怒其辭躁　解通銀漢終須曲　纔出崑崙便不清

失之大哀其辭傷　主客夜呻吟　痛人妻子心

失之大樂其辭蕩

驟然始散東城下
倏忽还逢南陌頭

○詩有上中下

純而歸正者上

凡帝延堯舜
軒轅立禹湯

淡中有味者中

閒倚太湖石
醉臥洞庭秋

華而不浮者下

山花插石髻
石竹繡羅衣

○詩有四不入格

輕重不等用意太過指事不實用意偏枯

○詩有四齋梁格

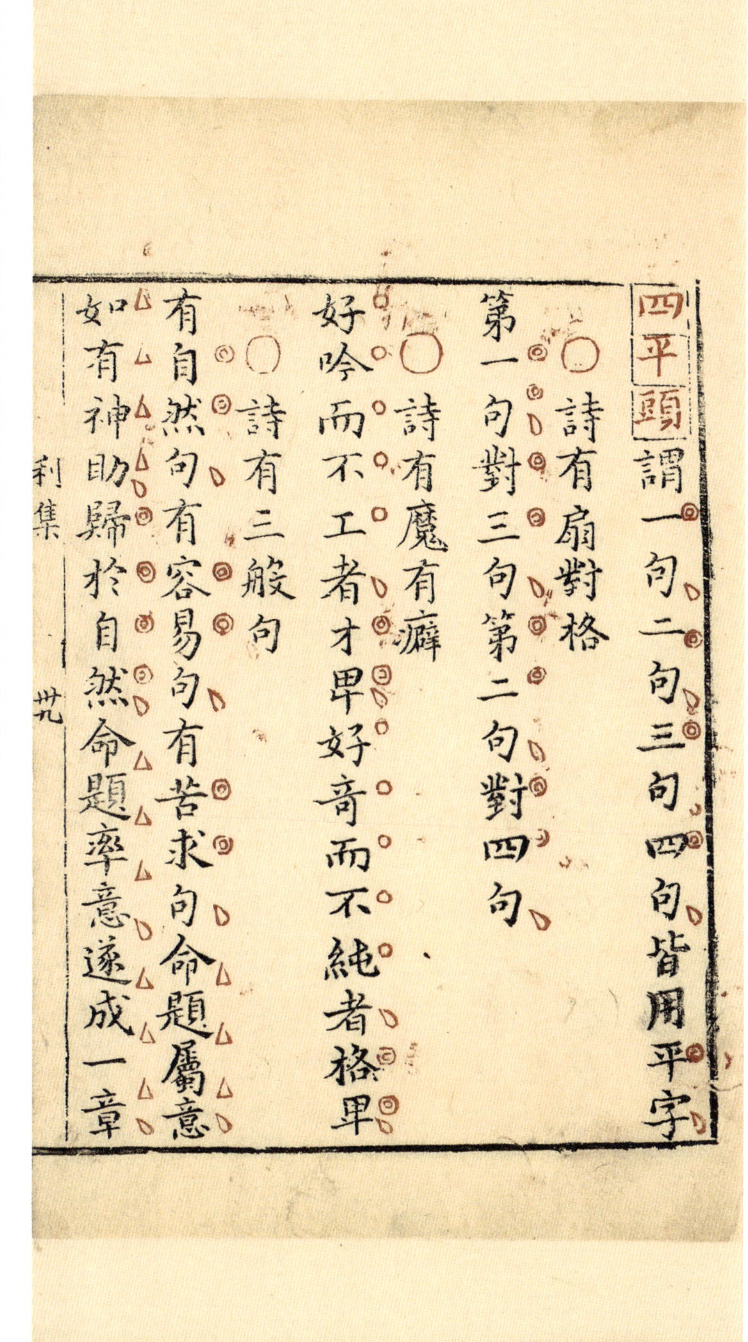

四平頭謂一句二句三句四句皆用平字

○詩有扇對格

第一句對三句第二句對四句

○詩有魔有癖

好吟而不工者才畢好奇而不純者格畢

○詩有三般句

有自然句有容易句有苦求句命題屬意

如有神助歸於自然命題率意遂成一章

利集　廿九

歸於容易命題用意求之不得歸於苦求

詩有数格

曰葫蘆曰轆轤曰進退葫蘆韻者先三後四轆轤韻者雙出雙入進退韻者一進一退

詩有六對

一曰正名天地日月是也二曰同類花葉草芽是也三曰連珠蕭〻赫〻是也四曰

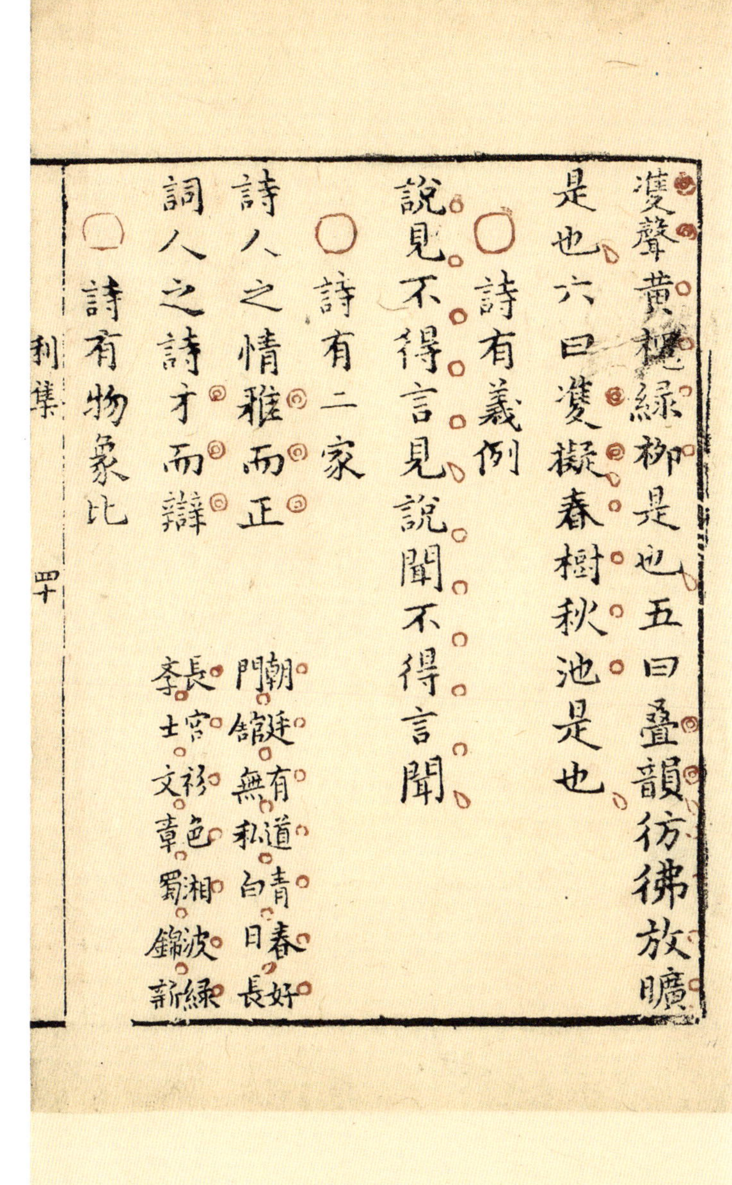

雙聲黃槐綠柳是也五曰疊韻彷彿放曠是也六曰雙擬春樹秋池是也

〇詩有義例

說見不得言見說聞不得言聞

〇詩有二家

詩人之情雅而正

朝廷有道青春好
門館無私白日長

詞人之詩才而辯

長宮䌽色湘波綠
李士文章蜀錦新

〇詩有物象比

日月比君臣陰陽比君臣龍比君位雨露比恩澤雷霆比威刑山河比邦國金石比忠烈松栢比節義鸞鳳比君子燕雀比小人蟲魚草木各以其類大小輕重比之

鍾伯敬先生硃評詞府靈蛇刹集

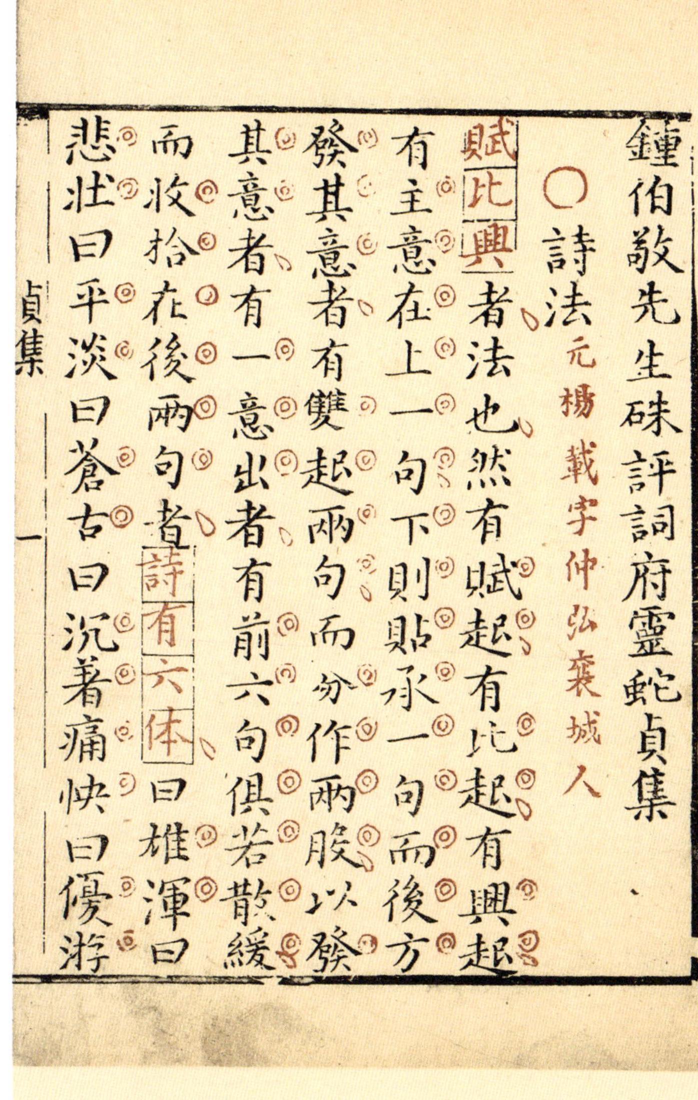
鍾伯敬先生硃評詞府靈蛇貞集

○詩法 元楊載字仲弘褒城人

賦比興者法也然有賦起有比起有興起有主意在上一句下則貼承一句而後方發其意者有雙起兩句而分作兩股以發其意者有一意出者有前六句俱若散緩而收拾在後兩句者詩有六体曰雄渾曰悲壯曰平淡曰蒼古曰沉着痛快曰優游

貞集 一

不迫詩有十戒曰硬礙人口曰腐穢人目曰剎那不續曰直置不究曰誕而不經曰靡而不典曰蹈襲不化曰穢濁不新曰砌合不純粹曰徘徊而劣弱詩有十難曰造理曰精神曰高古曰風流曰典麗曰質幹曰体裁曰勁健曰耿介曰凄切大抵詩有八法曰起句要高遠曰結句要不著曰承句要穩健曰下字要有金石聲曰上下相

生曰首尾相應曰轉摺要不着力曰占地步蓋首兩句先須濶占地步然後六句若有本之泉源源而來矣地步一狹譬猶無根之潦可立而竭也今之學者倘有志乎此先將漢魏盛唐諸作日夕沉潛諷咏熟其詞究其旨則又訪諸作者以講明之若今之治經日就月將自然有得則取之左右逢源苟為不然是猶孩提求行鮮不仆

貞集　二

也予於此道工苦凡二十餘年乃能會諸法而得其一二然於盛唐大家抑亦未敢望其有所似焉

◎作詩凖繩

○立意

要高古渾厚有氣槩要沉着忌卑弱淺陋

○鍊句

要雄偉清健有金石聲

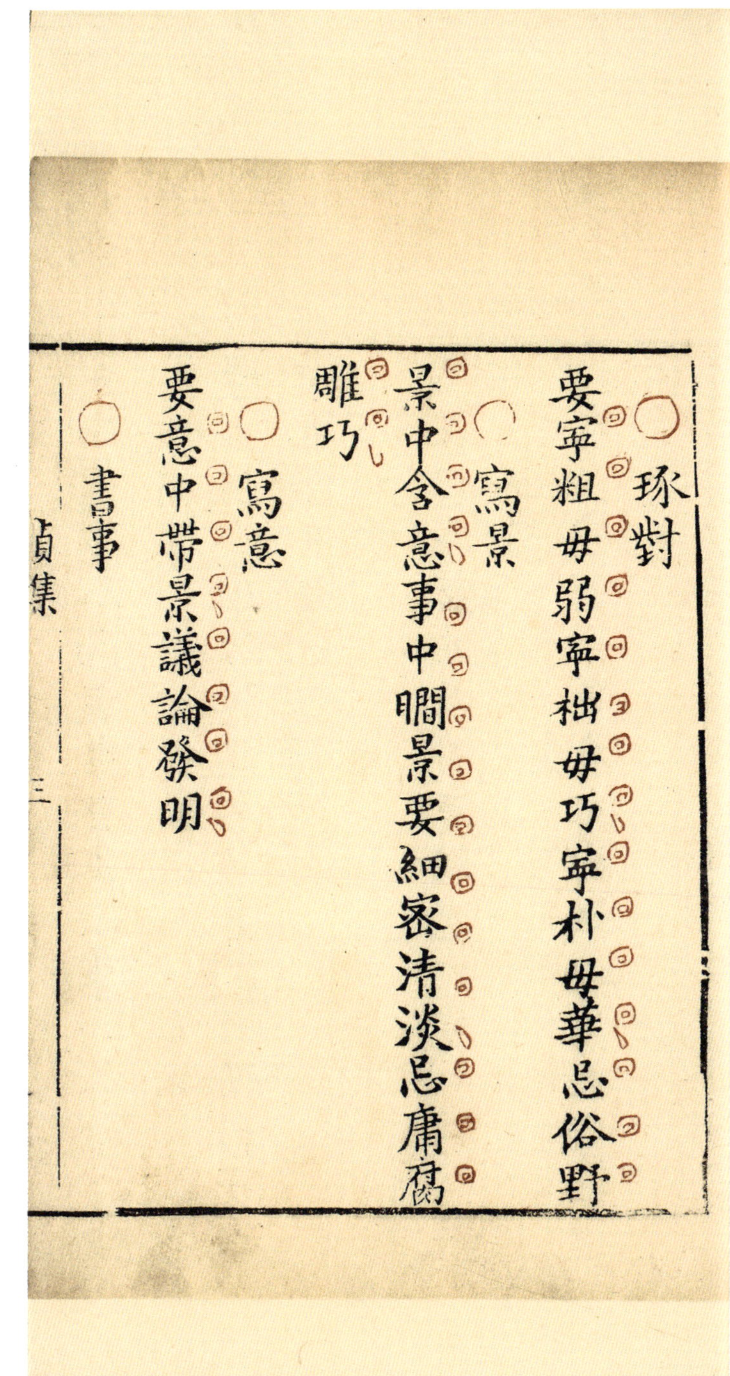

○琢對

要寧粗毋弱寧拙毋巧寧朴毋華忌俗野

○寫景

景中含意事中瞯景要細密清淡忌庸腐雕巧

○寫意

要意中帶景議論發明

○書事

貞集　三

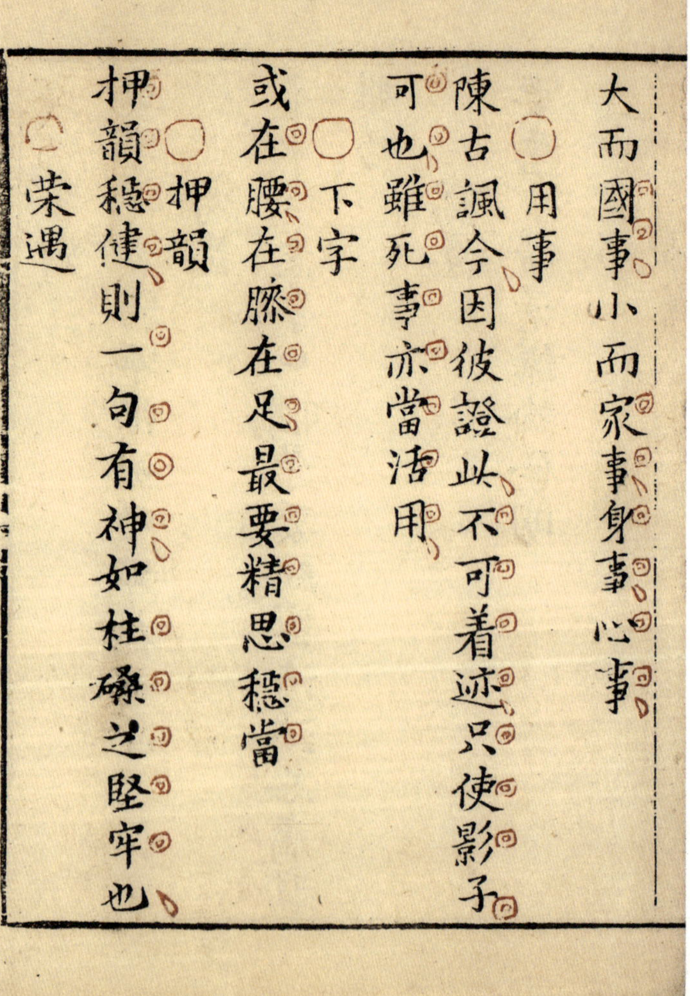
大而國事小而家事身事心事

〇用事

陳古諷今因彼證此不可着迹只使影子可也雖死事亦當活用

〇下字

或在腰在膝在足最要精思穩當

〇押韻

押韻穩健則一句有神如柱礎之堅牢也

〇荣遇

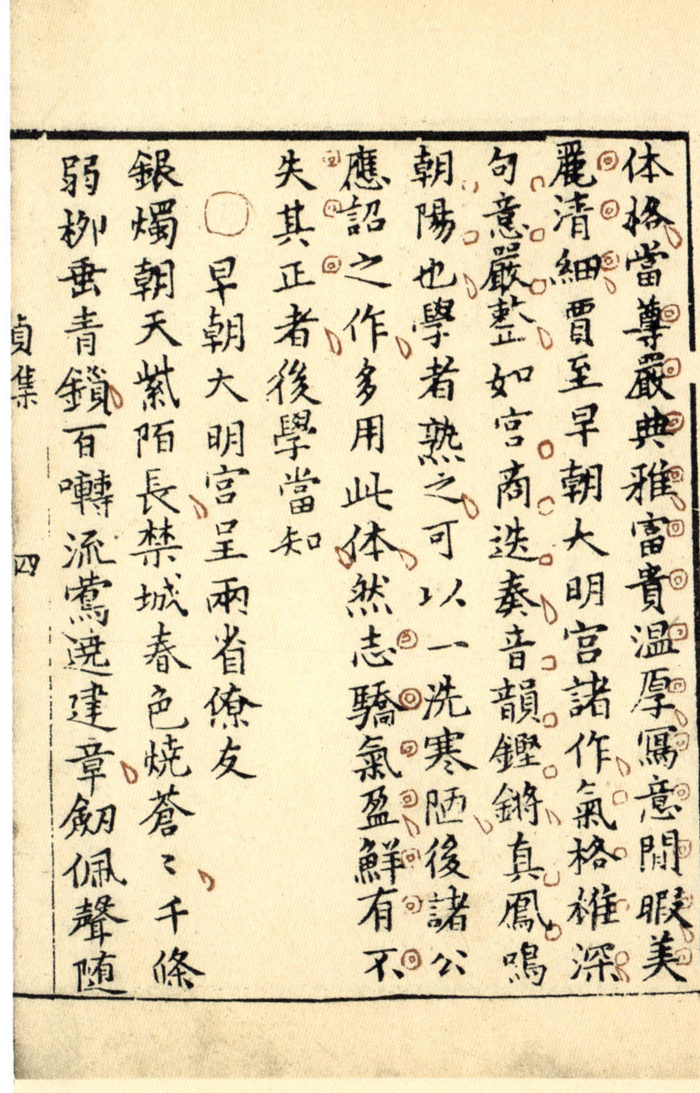
体格當尊嚴典雅富貴溫厚寫意閒暇美麗清細賈至早朝大明宮諸作氣格雄深句意嚴整如宮商迭奏音韻鏗鏘真鳳鳴朝陽也學者熟之可以一洗寒陋後諸公應詔之作多用此体然志驕氣盈鮮有不失其正者後學當知

早朝大明宮呈兩省僚友

銀燭朝天紫陌長禁城春色曉蒼蒼千條弱柳垂青瑣百囀流鶯遶建章劍佩聲隨

貞集　四

玉墀步衣冠身惹御爐香共沐恩波鳳池上朝朝染翰侍君王賦也此詩前六句寫早朝之景後二句乃呈僚友也丸共字上見

侍宴安樂公主新宅應制

皇家貴主好神仙別業初開雲漢邊山出盡如鳴鳳嶺池城不讓飲龍川粧樓翠幌教春住舞閣金鋪借日懸敬從乘輿來此地稱觴獻壽樂鈞天賦也此詩起句模寫新宅娩麗中二聯寫

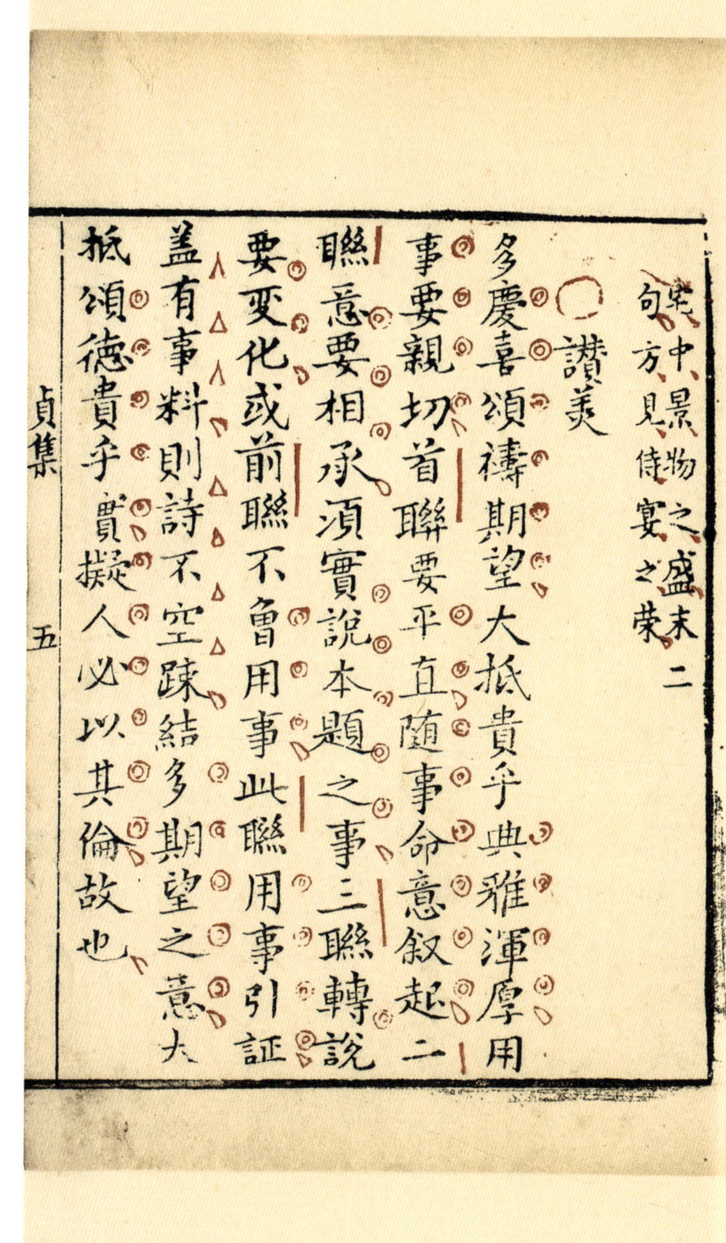
宮中景物之盛末二句方見侍宴之榮

○讚美

多慶喜頌禱期望大抵貴乎典雅渾厚用事要親切首聯要平直隨事命意叙起二聯意要相承須實說本題之事三聯轉說要变化或前聯不曾用事此聯用事引証盖有事料則詩不空踈結多期望之意大抵頌德貴乎貫擬人必以其倫故也

○大同殿生玉芝龍池上

欲笑周文歌燕鎬還輕漢武樂橫汾豈知玉殿生三秀詎有銅池出五雲陌上堯尊傾北斗樓前舜樂動南薰共歡天意同人意萬歲千秋奉聖君賦也映詩首二句用事敘起頷聯布玉芝慶雲意頸聯布燕樂意末聯期望之意深矣

○邊詞　　姚合

將軍作鎮古汧州水膩山春節氣柔清夜

滿城絃管沸行人不信是邊頭

賦也此詩描情之功不落色相善於諷美者

○諷諫

要感事陳詞忠厚懇惻諷諭甚切不失情性之正觸物感傷而無怨懟之辭雖美實刺方有蘊蓄古人諷諫多借此以喻彼如臣不得於君每借閨以思外或託物以喻人務要格主回天方是作手

◯杜詩御送貢物戲贈　張謂

銅柱朱崖道路難伏波橫海舊登壇越人自貢珊瑚樹漢使何勞獬豸冠疲馬山中愁日晚孤舟江上畏春寒由来此貨稱難得多恐君王不忍看賦也此詩起句叙貢物由来之遠二聯見進貢自有人三聯應首句惟路之難故馬疲而人畏寒也末聯不忍看三字最有味謂以難得之貨而君不忍看諷之之意深矣

◯登鳳凰臺　李白

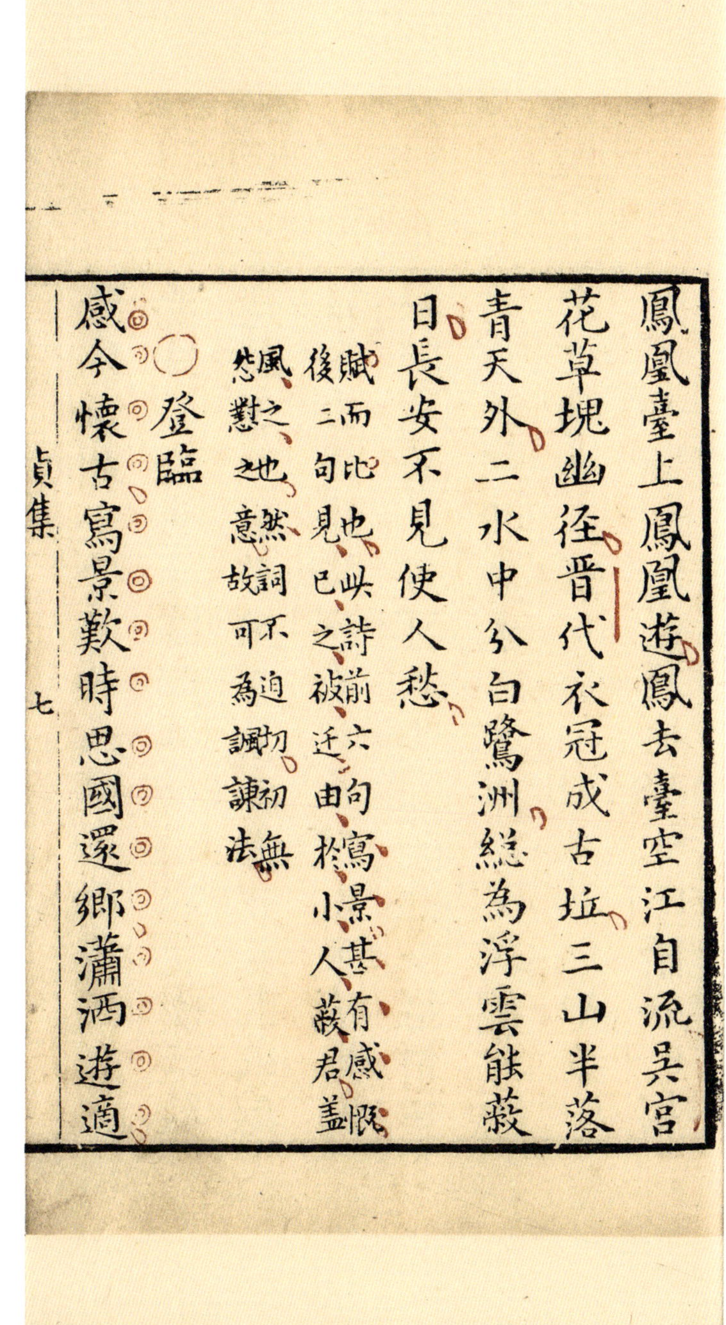

鳳凰臺上鳳凰遊鳳去臺空江自流吳宮花草埋幽徑晉代衣冠成古坵三山半落青天外二水中分白鷺洲總為浮雲能蔽日長安不見使人愁

賦而比也此詩前六句寫景甚有感慨後二句見已之被迁由於小人蔽君蓋風之也然詞不迫切初無怨懟之意故可為諷諫法

○登臨

感今懷古寫景歎時思國還鄉瀟灑遊適

貞集　七

或寫譏刺之意中間直寫四面山川之景要移不動為是首聯宜指所題之處或隨意叙說一聯合用實景三聯說人事或感歎今古或議論或前聯先說人事感歎則此聯寫景結句可就生意發感慨纜前二句或說何時再来必先以所見所聞一一定於胸中商確古今山川人物何如方以一言而斷制之豈可徒吟咏性情而已哉

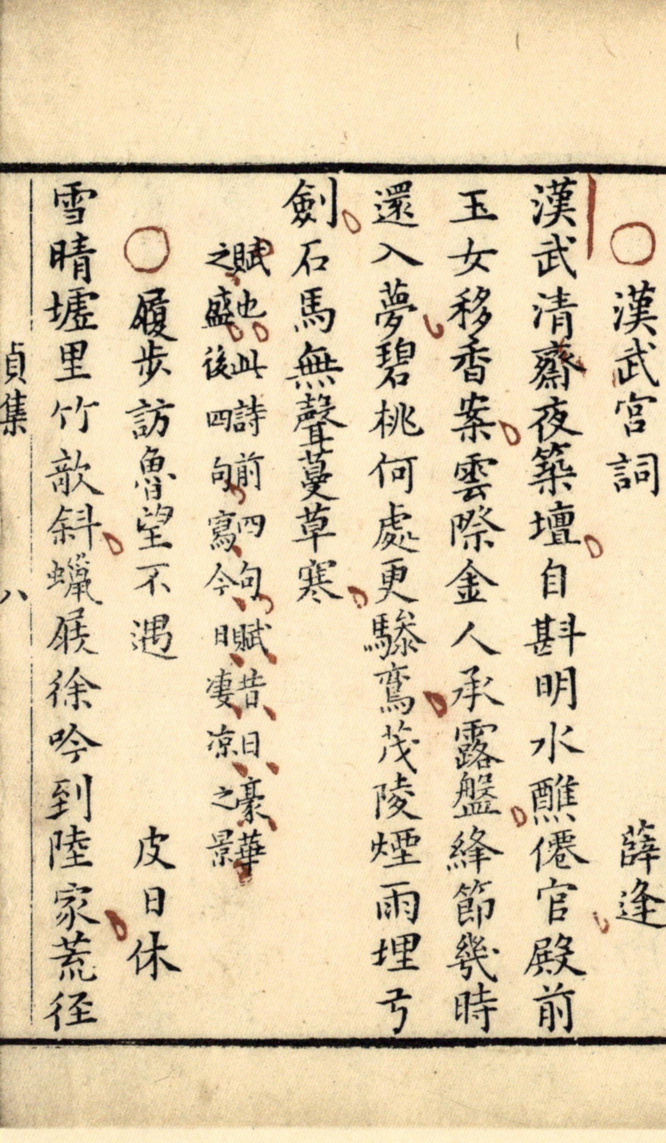
漢武宮詞　　薛逢

漢武清齋夜築壇自斟明水醮仙官殿前玉女移香案雲際金人承露盤絳節幾時還入夢碧桃何處更驂鸞茂陵煙雨埋弓劍石馬無聲蔓草寒

賦也此詩前四句賦昔日豪華之盛後四句寫今日淒涼之景

履步訪魯望不遇　　皮日休

雪晴墟里竹欹斜蠟屐徐吟到陸家荒徑

貞集　八

掃稀惟栢子破扉啓澀染苔花壁閒定欲圖隻檜廚靜空如飯一麻擬受太玄今不遇可憐遺恨似侯芭只也此詩首聯只起見訪意中一聯棹景入情末聯用事見不遇意欸見之心深且切矣

○征行

要發出悽愴之意哀而不傷怨而不亂要發興以感其事而不失情性之正或悲時感事觸物寓情方可若傷亡悼逝一切哀

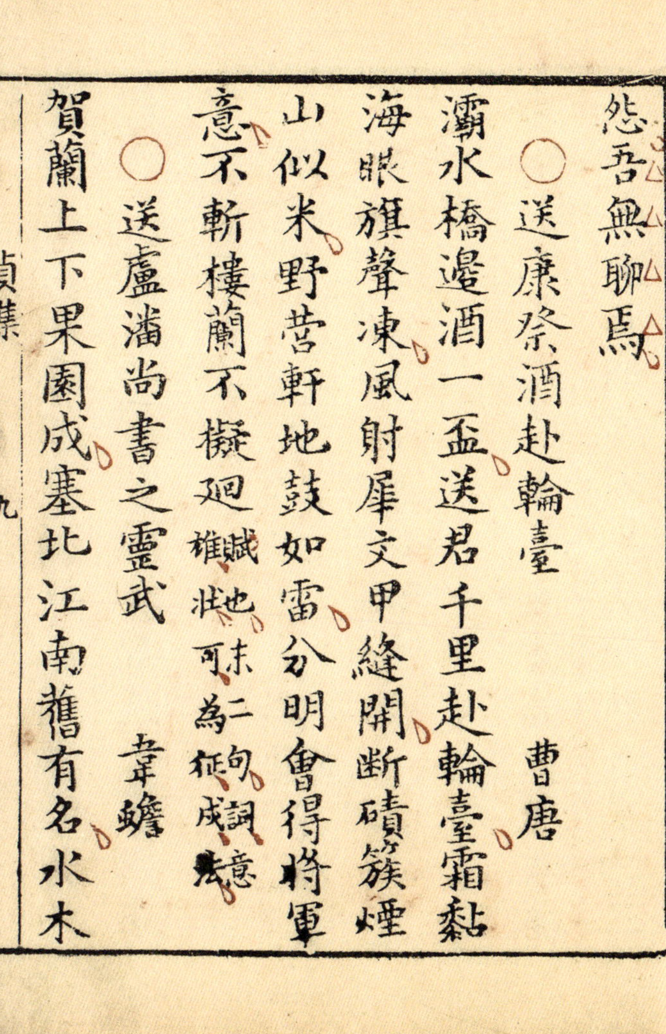

怨吾無聊焉

○送康祭酒赴輪臺　曹唐

灞水橋邊酒一盃，送君千里赴輪臺。霜黏海眼旗聲凍，風射犀文甲縫開。斷磧簇煙山似米，野營軒地鼓如雷。分明會得將軍意，不斬樓蘭不擬迴。賦也。末二句詞意雄壯，可為征戍法。

○送盧潘尚書之靈武　韋蟾

賀蘭上下果園成，塞北江南舊有名。水木

貞集　九

萬家朱戶暗弓刀千騎鐵衣明心源落〻堪為將膽氣堂〻合用兵却使六蕃諸子弟馬前不信是書生

此詩総見盧公名望之重武備之修胆畧之權有此三者自足以鎮服夷人之心故六蕃子弟畏其威而不敢以書生視之甚得送征戍意

贈別

要寫出不忍臨岐方見交情其中亦有等差如送遠遊則言不忍別而勉之及時早

而送宦遊則不言不忍別而勉之憂國恤民或寓已之窮約而望其引援送征戍則更淒切而勉之用力效忠其餘隨題命意可也唐人送別多記酒以興懷首聯叙意起二聯或說人事或叙別情或議論或寫景三聯或寫景帶慕或言所去地理山川景物人才之盛或用事貼意末聯或勉之早歸或說何時再會或囑付或期望大抵

結句要有規警意味淵永為佳

○送浙西李相公赴鎮

建節東行是舊遊歡聲喜氣滿吳州郡人重得黄丞相童子爭迎郭細侯詔下初辭溫室樹夢中先到景陽樓自憐不識平津閣遥望旌旗汝水頭賦也以詩起句叙意二聯用事比李公之賢三聯說情見赴鎮之意末聯以開閣之事翻空作結望之深矣

○送人嶺南　李郢

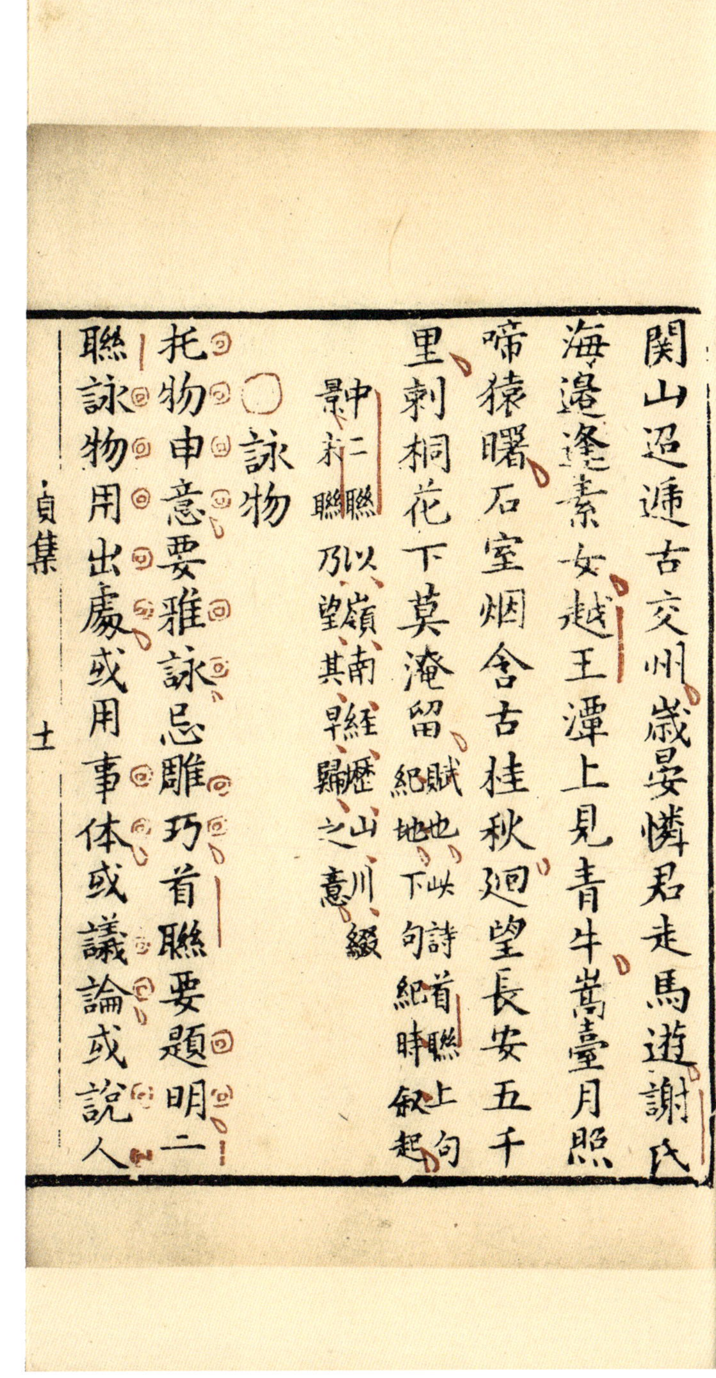

閩山迢遞古交州歲晏憐君走馬遊謝氏海邊逢素女越王潭上見青牛嵩臺月照啼猿曙石室烟含古桂秋迴望長安五千里刺桐花下莫淹留賦也此詩首聯上句紀地下句紀時敘起中二聯以嶺南經歷山川綴景末聯乃望其早歸之意

○詠物

托物申意要雅詠忌雕巧首聯要題明二聯詠物用出處或用事体或議論或說人

貞集　土

事結句就題外生意或就本題結

〇杏花　羅隱

暖觸衣襟漠〻香間梅遮柳不勝芳数枝艶拂文君酒半里紅欹宋玉墻盡日無人應悵望有時経雨更凄凉舊山〻下還如此回首東風一斷腸此詩首聯暗詠題意二聯以意融事三聯議論無情翻出有情末聯推開一步以情結之感物寫懷之意如此

〇牡丹

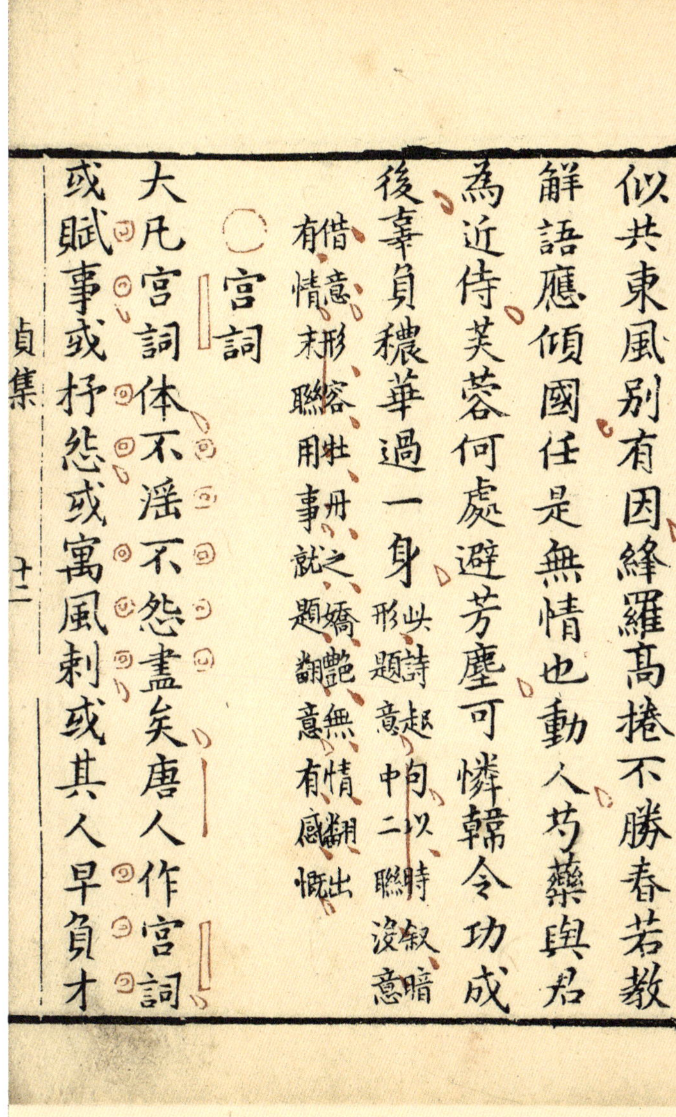

似共東風別有因絳羅高捲不勝春若教解語應傾國任是無情也動人芍藥與君爲近侍芙蓉何處避芳塵可憐韓令功成後辜負穠華過一身

此詩起句以時敘暗形題意中二聯没意借意形容牡丹之嬌艷無情翻出有情末聯用事就題翻意有感慨

○宮詞

大凡宮詞体不淫不怨盡矣唐人作宮詞或賦事或抒怨或寓風刺或其人早負才

華不得於君流落無聊托以自况若槩以怨觀則失風人之意矣

○長門怨　　李白

天廻北斗掛西樓金屋無人螢火流月光欲到長門殿别作深宫一段愁

○又　　裴交泰

自閉長門經幾秋羅衣濕盡淚還流一種蛾眉明月夜南宫歌管北宫愁

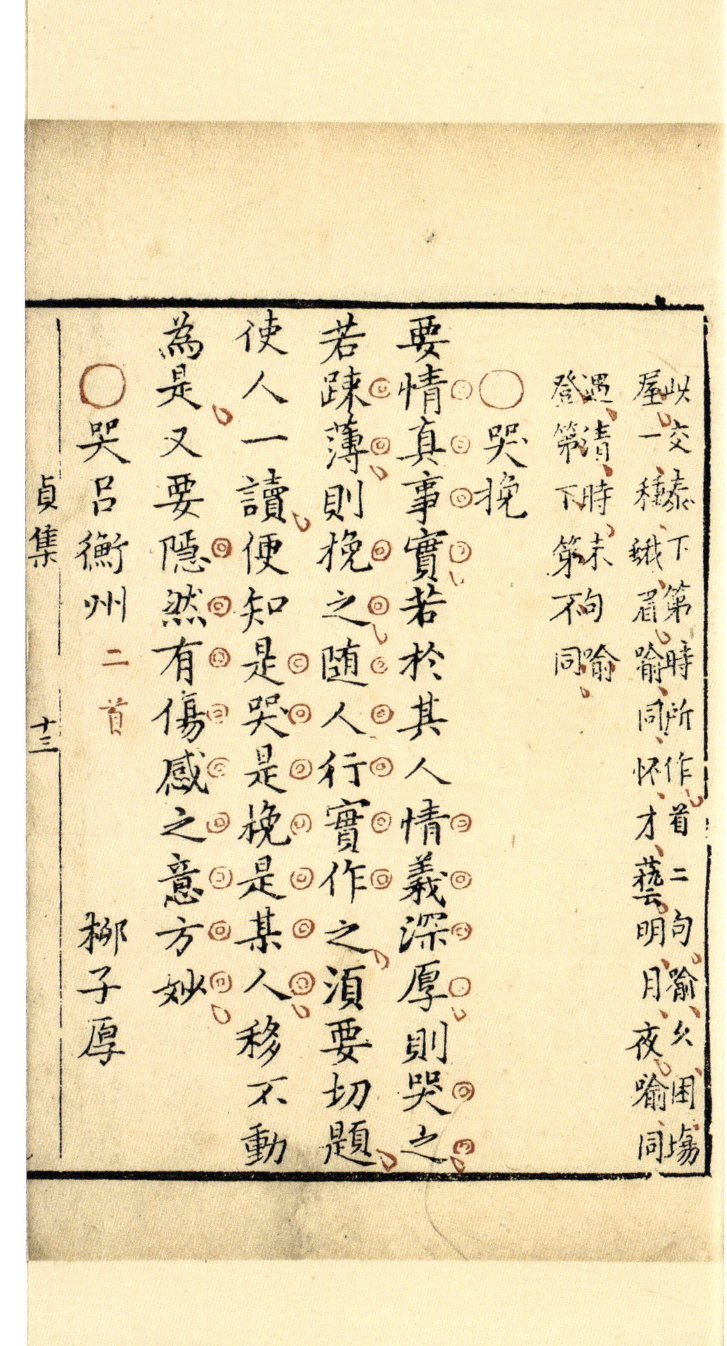

以交泰下第時所作首二句喻久困場屋一種娥眉喻同懷才藝明月夜喻同遇清時末句喻登第下第不同

○哭挽

要情真事實若於其人情義深厚則哭之若疎薄則挽之隨人行實作之須要切題使人一讀便知是哭是挽是其人移不動爲是又要隱然有傷感之意方妙

○哭呂衡州二首　柳子厚

貞集　十三

衡嶽新摧天柱峯，士林顦顇泣相逢。祇令文字傳青簡，不使功名上景鐘。三畝空留懸罄室，九原猶記若堂封。遥想荆州人物論，幾回中夜惜元龍。

○又　　　劉夢得

一夜霜風雕玉芝，蒼生絶望士林悲。空懷濟世安民畧，不見男婚女嫁時。遺草一函歸太史，旅墳三尺近要離。朔方徙歲行將

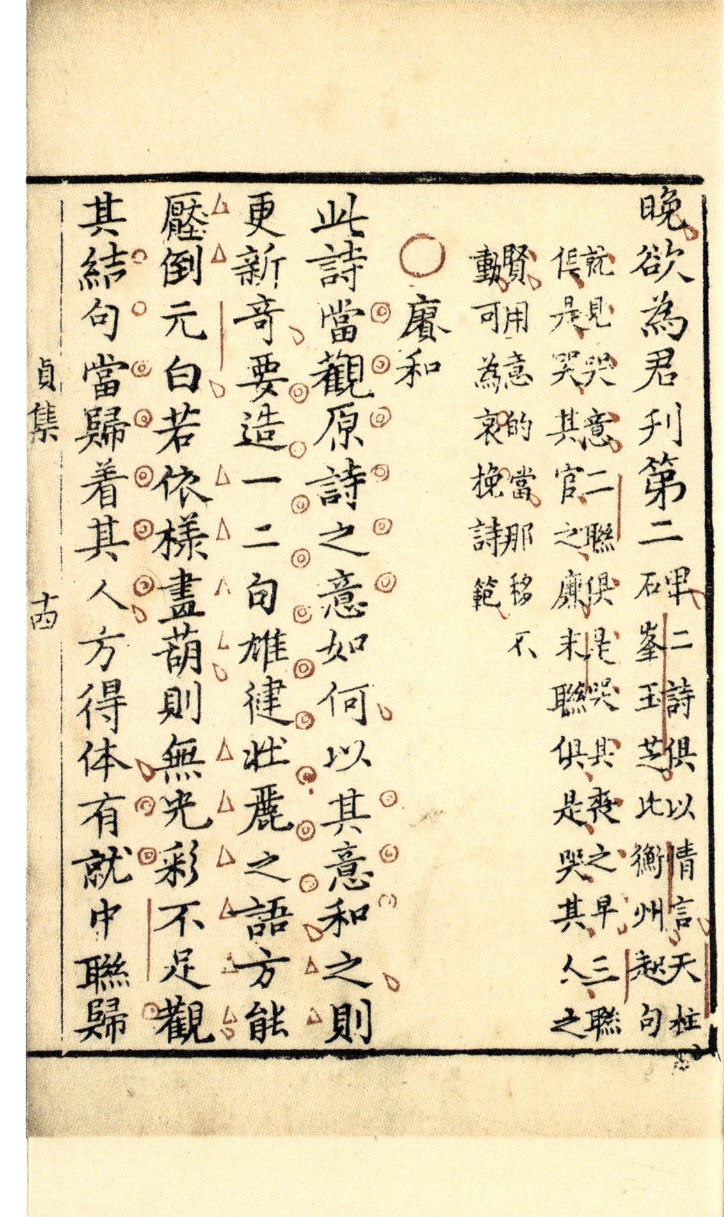

晚欲爲君刋第二果二詩俱以情言天柱石峯玉芝比衡州起句就見哭意二聯俱是哭其喪之早三聯俱是哭其官之廉末聯俱是哭其人之賢用意的當那移不動可爲哀挽詩範

○賡和

此詩當觀原詩之意如何以其意和之則更新奇要造一二句雄建壯麗之語方能壓倒元白若依樣畫葫則無光彩不足觀其結句當歸着其人方得体有就中聯歸

貞集　十四

着者載觀唐人奉和章草但和意不和韻和韻以韻生意則易和意則以意肖意故難初學只把古人好詩選来熟讀詳味因而效其体和其意和得一首則記一首久久皆在胸中即随心應口自然成詩此詩法之捷徑也

○和早朝大明宮二首　王維

絳績雞人報曉籌尚衣方進翠雲裘九天

閶闔開宮扇萬國衣冠拜冕旒日色纔臨
仙掌動香煙欲傍衮龍浮朝罷須裁五色
詔佩聲歸向鳳池頭

又

雞鳴紫陌曙光寒鶯囀皇州春色闌金闕
曉鐘開萬户玉階仙仗擁千官花迎劍珮
星初落柳拂旌旗露未乾獨有鳳凰池上
客陽春一曲和皆難賦也此詩前六句俱描寫早朝意後二句

方着含人身上親切有味可宗唐人和意不和韻必其類也賡和詩做必

○眼用實字凡詩眼用實字方得句健五言以第三字為眼七言以第五字為眼

夜潮人到郭春霧鳥鳴山張說　星河秋一雁砧杵夜千家韓涯　陳兵劍閣山將動飲馬珠江水不流　雪意未成雲著地秋聲不斷雁連天

○眼用響字潘邠老云七言詩第五字要響五言詩第三字要響

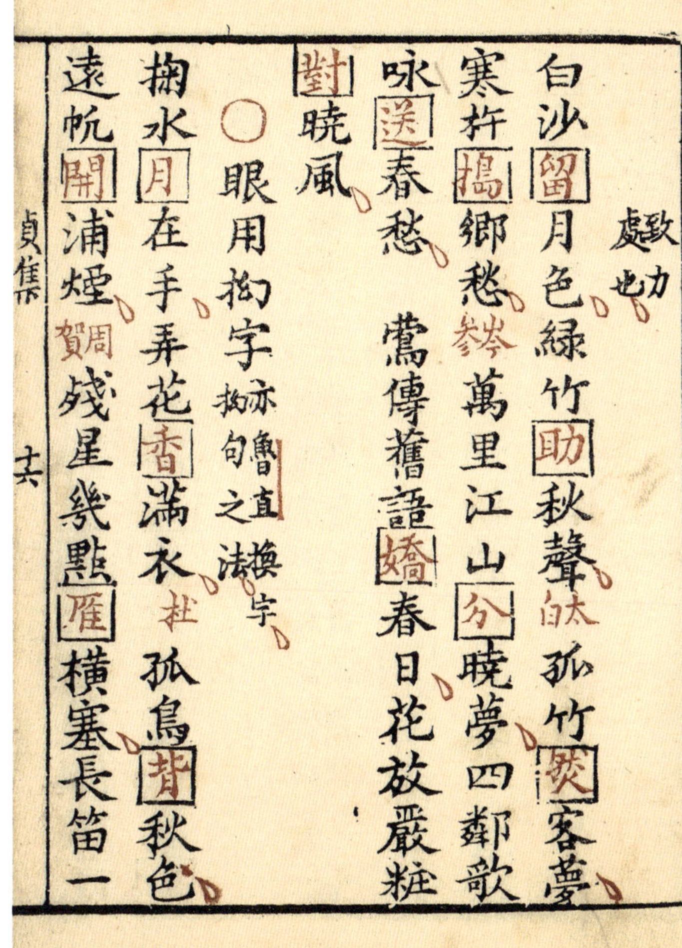

致力處也

白沙留月色綠竹助秋聲　孤竹喚客夢

寒杵搗鄉愁　萬里江山分曉夢四鄰歌

咏送春愁　鶯傳舊語嬌春日花放嚴粧

對曉風

○眼用拗字亦魯直換字拗句之法

掬水月在手弄花香滿衣　孤鳥背秋色

遠帆開浦煙　殘星幾點雁橫塞長笛一

貞集　十六

聲人倚樓趙嘏

斑行失事骨輕重道路不言心是非龍淵

塞林月落鳥巢出古渡風高釣艇稀杜

○拗句換字魯直詩話云當平声處以仄声易之其氣捷然不羣

一雙白魚不受釣三寸黃柑猶自青

外江三峽且相接斗酒新詩終日疎

雪降水迈壁風落木歸山山谷

簾影垂晝寂竹陰生夏涼茶山

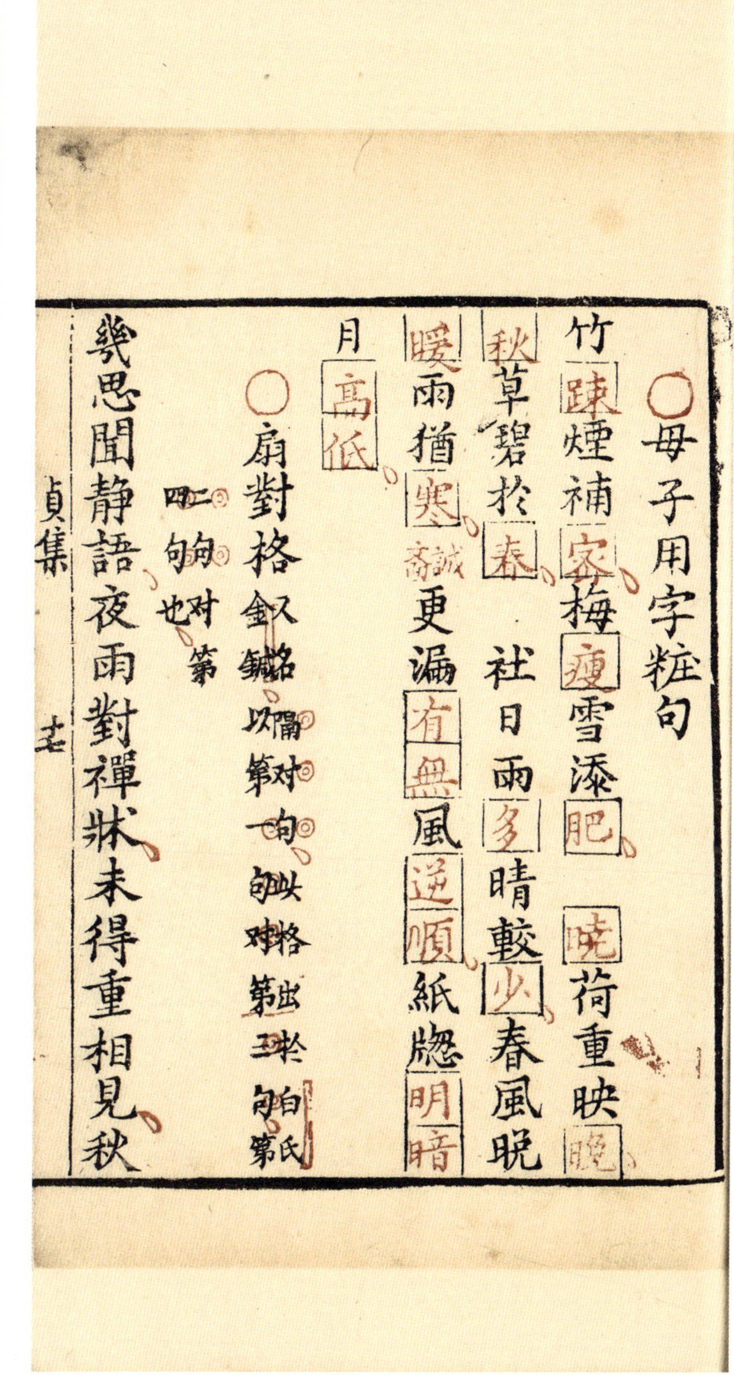

○母子用字粧句

竹踈烟補窓梅瘦雪添肥　曉荷重映晚

秋草碧於春　社日雨多晴較少春風晲

暖雨猶寒　齋誠　更漏有無風逆順紙牕明暗

月高低

○扇對格叙名隔对句此格出於白氏金鍼以第一句对第三句第二句对第四句也

幾思聞靜語夜雨對禪牀未得重相見秋

貞集　十七

燈照影堂蕭〻秋風引葉落渭水濱喧〻陽春歌花明錦江春去年音問隔維州百謫誰知我亦憂前日杯盤共江渚一歡相屬豈人謀可惜鶯啼花落處一壺濁酒送殘春可憐月好風涼夜一部清歌伴老身

○句中對如王勃龍光射斗牛之墟徐孺下陳蕃之榻是也

桑麻深雨露燕雀半生成江流天地外

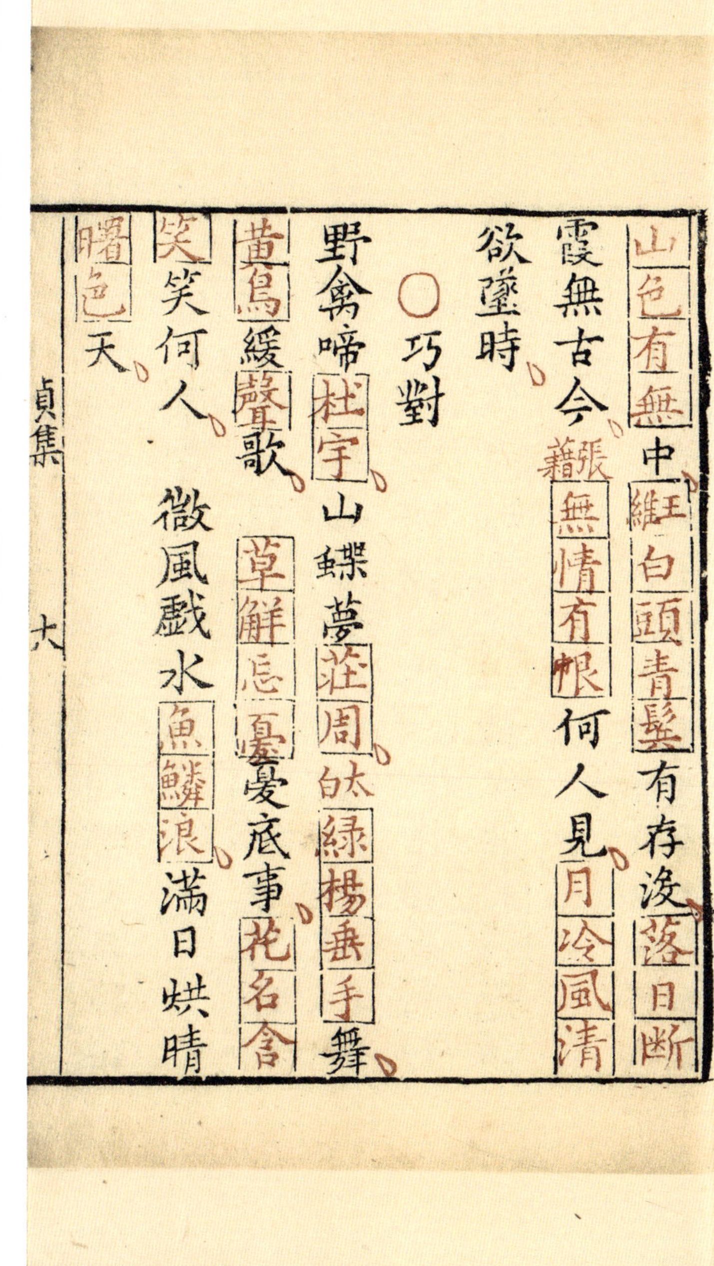

山色有無中維白頭青髮有存沒落日斷

霞無古今藉張無情有恨何人見月冷風清

欲墜時

○巧對

野禽啼杜宇山蝶夢莊周䊸綠楊垂手舞

黃鳥緩聲歌草解忘憂憂底事花名含

笑笑何人　微風戲水魚鱗浪滿日烘晴

曙色天

◎交股對如九歌云蕙殽蒸兮蘭藉奠桂酒兮椒漿是也又名蹉对盖以蒸蕙殽对奠桂酒今倒用之耳

春深葉密花枝少睡起茶多酒盞踈晚春半山僧洪冷斋夜話云多字當作親字盖以密对少親对踈藝苑雌黄云恵洪多妄誕不曉詩格以密对踈多对少正交股用之

影遭碧水潜勾引風妬紅花卻倒吹杜

讀書能愈病聽話勝觀書

◎借韻對如朱耶之狼狽致赤子之流離不惟赤對朱耶对子兼狼

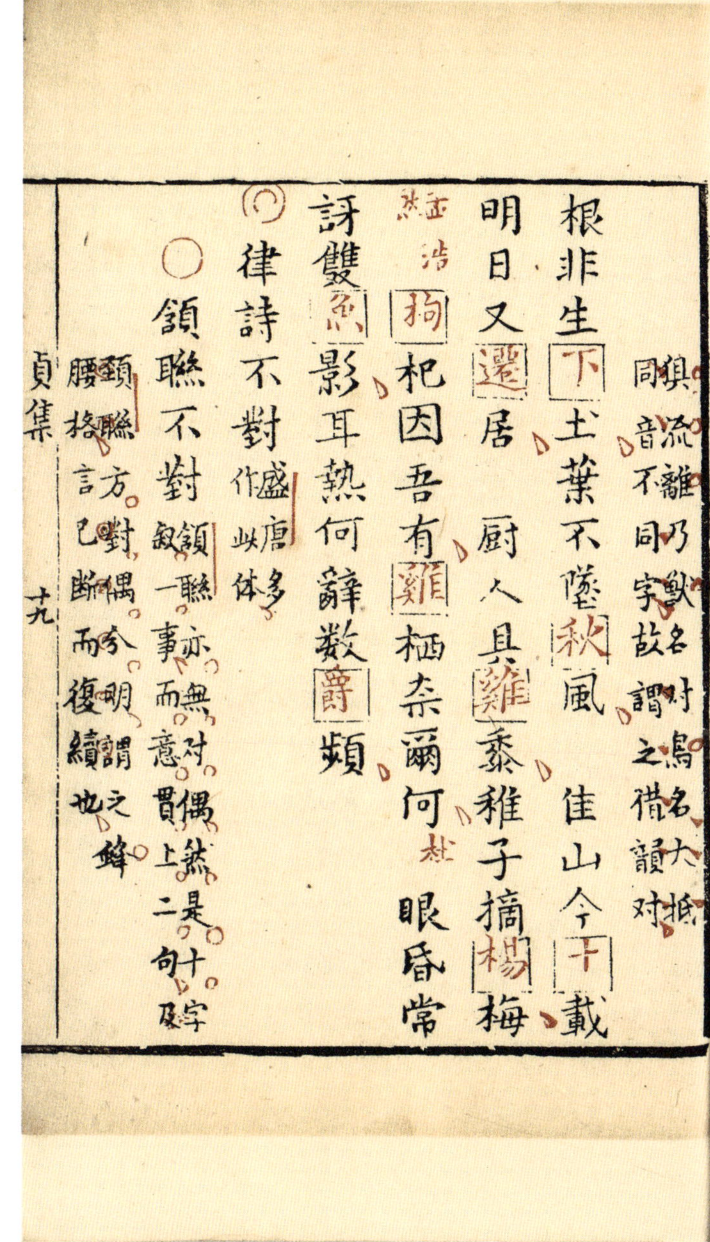

與流離乃獸名對鳥名大抵同音不同字故謂之借韻對

根非生下土葉不墜秋風　佳山今千載明日又還居　厨人具雞黍稚子摘楊梅拘杞因吾有雞栖奈爾何　眼昏常訝雙魚影耳熱何辭數爵頻

◎律詩不對盛唐多作此体

○頷聯不對頷一聯亦無對偶然是十字叙事而意貫上二句及

頸聯方對偶分明謂之蜂腰格言已斷而復續也

貞集　十九

下第唯空囊如何住帝鄉杏園啼百舌誰醉在花旁泪落故山遠病来春草長知音逢豈易孤棹負三湘 賈島

○聯不對其法頷聯雖不拘对偶疑非声律然破題已的对矣謂之偷春格言如梅花偷春色而先開也

無家對寒食有泪如金波破却月中桂清光應更多仳離放紅蘂想像嚬青蛾牛女謾愁思秋期猶渡河 杜

○不對處對

掛席東南望青山水國遥舳艫爭利涉来往接風潮問處今何適天台訪石橋坐看霞色晚疑是赤城朝 孟浩然

○起句對

萬事誰能問一名猶未知貧窮多累日閑過少年時燈下和愁睡花前帶泪悲無媒長委命轉覺命堪疑 雍陶

天上碧桃和露種日邊紅杏倚雲栽芙蓉生在秋江上不向東風怨未開

○末句對

皇〻三十載書劍兩無成山水尋吳越風塵厭帝京扁舟汎湖海長揖謝公卿且樂杯中酒誰論世上名

書劍催人不暫閒洛陽羈旅復秦關容顏歲〻愁中改鄉國時〻夢裏還

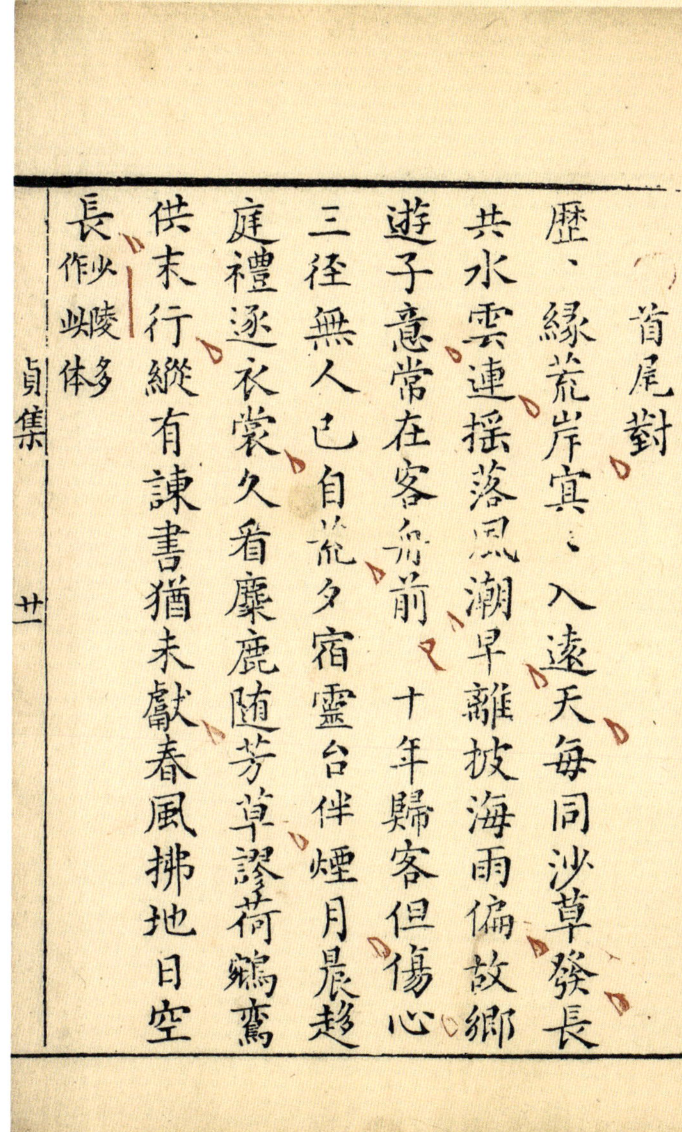

首尾對

歷〻縁荒岸冥〻入遠天每同沙草發長共水雲連搖落風潮早離披海雨偏故鄉遊子意常在客舟前　十年歸客但傷心三徑無人已自荒夕宿靈台伴煙月晨趍庭禮逐衣裳久看麋鹿隨芳草謬荷鵷鸞供末行縱有諫書猶未獻春風拂地日空長

少陵多作此体

○押虛字

黃雞催曉不須愁老客世人非我獨人 拔

惜共遊兮孰在樹猶如此我何谟 遹来

變化驚可述音號剛強兮亦頗 拔

○倒字押韻古人詩押字或有語顛而於理無害者藝苑雌黃

星河盡涵泳俯仰迷下上 岸樹共紛披

渚牙相緯經 是時山水色光景何鮮新

胡不上書自薦達坐令四海如虞唐 居

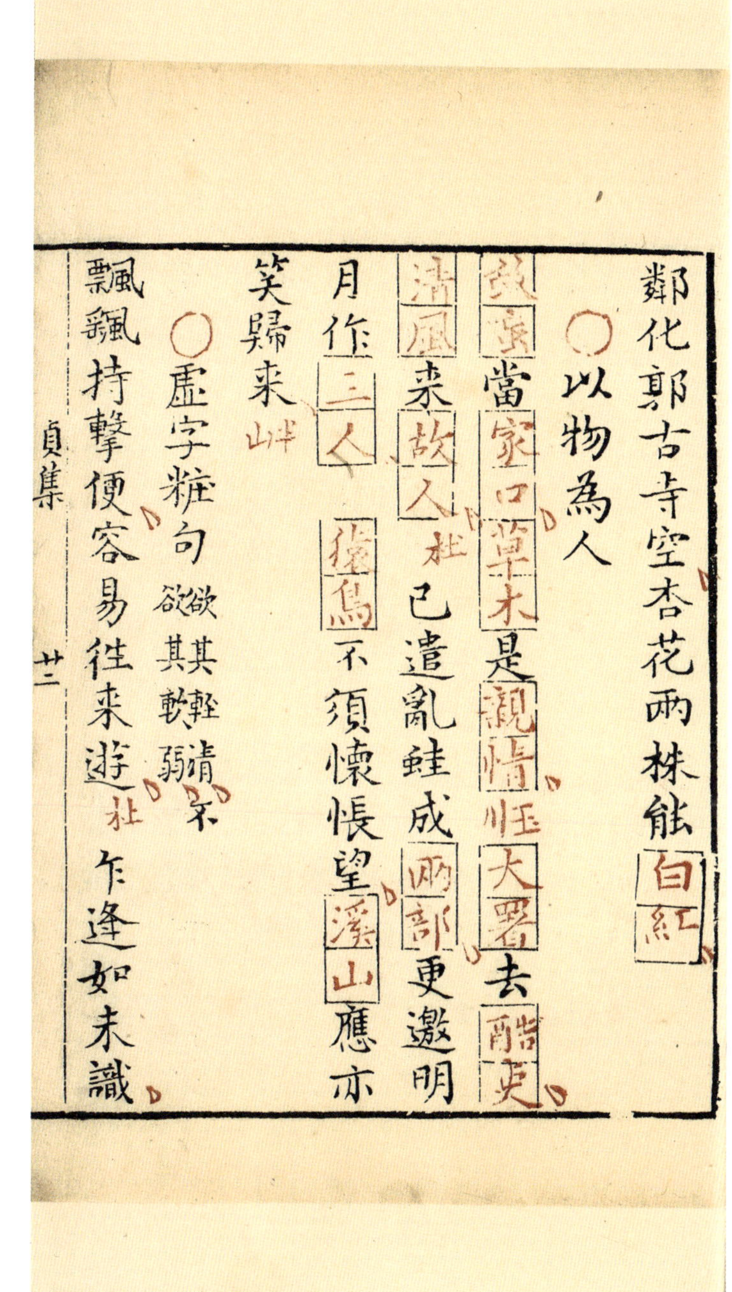

鄭化郭古寺空杏花兩株能白紅

○以物為人

戲演當家口草木是觀情性大略去酷吏

清風來故人杜 已遣亂蛙成兩部更邀明

月作三人 獨鳥不須懷悵望溪山應亦

笑歸來山谷

○虛字粧句欲其輕清不欲其軟弱

飄颻持擊便容易往來遊杜 乍逢如未識

貞集 廿二

相問各凄然　無媒自進誰識之有才不用今老矣君有問馬非所願世無知者始為真

○下三字用経史字

山頭江湄窮則変水歸峽口室斯通山如仁者壽風似聖之清　日暮於誰屋天寒陂彼岡

○公取古詩句此格最新始於太白

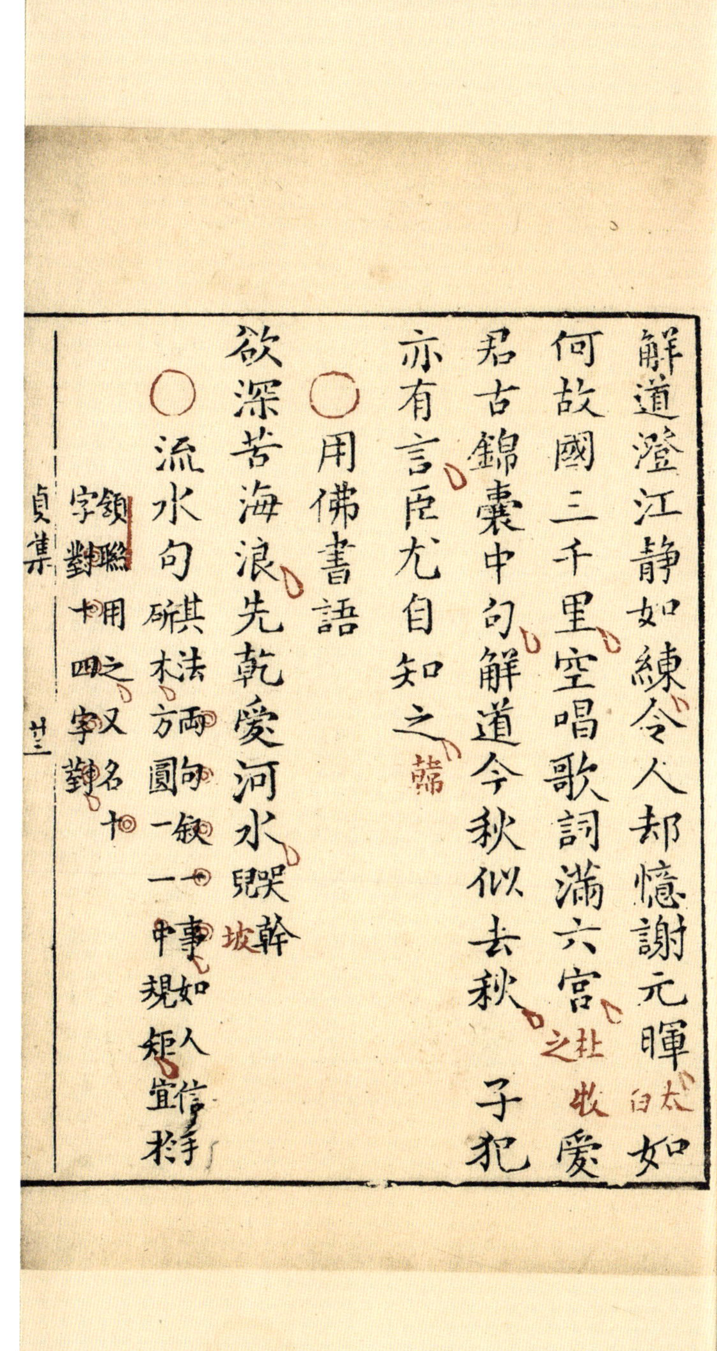

解道澄江静如練令人却憶謝元暉太白如何故國三千里空唱歌詞滿六宮杜牧之愛君古錦囊中句解道今秋似去秋　子犯亦有言臣尤自知之韓

○用佛書語

欲深苦海浪先乾愛河水皃吳幹坡

○流水句其法兩句一叙一事如人信手斫木方圓一一中規矩宜於領聯用之又名十字對十四字對

貞集　廿三

◎鍾伯敬先生硃評詞府靈蛇

如何青草裏也有白頭翁。太白仰面貪看鳥。回頭錯應人。杜長因送人處。憶得別家時。唐人世上豈無千里馬。人間那得九方臯。山谷江客不堪憑北望。塞鴻何事又南飛。劉長卿

○錯綜句杜二句移換之法為詩家之妙

溶溶院落梨花月。淡淡池塘柳絮風。休齋繰成白雪桑重綠。割盡黃雲稻正青。半山柳絮打殘連夜雨。桃花吹散五更風。

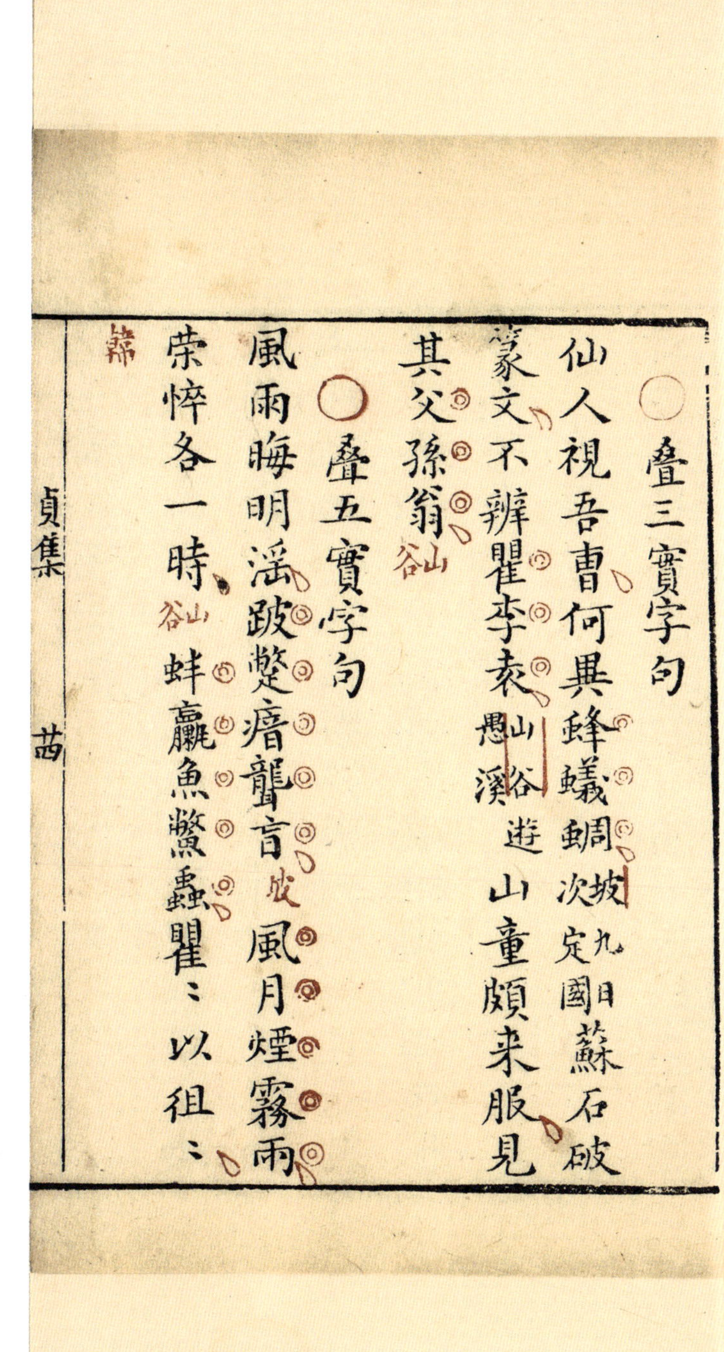

○疊三實字句

仙人視吾曹何異蜂蟻蜩坡次定國九日蘇石破篆文不辨瞿李表山谷愚溪遊山童頗来服見其父孫翁山谷

○疊五實字句

風雨晦明溪跛蹩瘖聾盲坡風月煙霧雨荣悴各一時山谷蚌羸魚鱉蟲瞿〻以狙〻

貞集　廿四

◎ 鍾伯敬先生硃評詞府靈蛇

○疊七實字句

岷峨之山中巴江桂椒楠櫨楓柞樟　異人間出駭四方嚴（君平）王褒陳子昂李白司馬相如楊雄（后山贈二蘇）騅駓駰駱驪騮騵白魚赤兔騂皇驕（坡韓幹馬圖）鵓鴟鷹鵰雉鵠鶻燖炰煨熝熟飛奔（昌黎陸渾山火）

○折腰句（讀之若不律自是一格）

野店寒無客風巢動有禽　送終時有雪

歸塋處無雲任藩似梅花落地如柳絮因風

管城子無食肉相孔方兄有絕交書山谷鸚

鵡杯難別清濁麒麟閣懶畫丹青漁隱

○歇後句

當初只為將勤補到底翻為弄巧成拙字

斷送一生惟有破除萬事無過酒字

○失粘句律詩有定体然特出变体如兵出奇变化無穷尤足驚世駭俗也

○引韻便失粘名江虗体

浣花溪水〻西頭主人為卜林塘幽已知出郭少塵事更有澄江銷客愁無數蜻蜓齊上下一雙鸂鶒對沉浮東行萬里堪乘興須向山陰上小舟杜卜居

○第二聯失粘

摇落深知宋玉悲風流儒雅亦吾師悵望千秋一灑淚蕭條異代不同時江山故宅

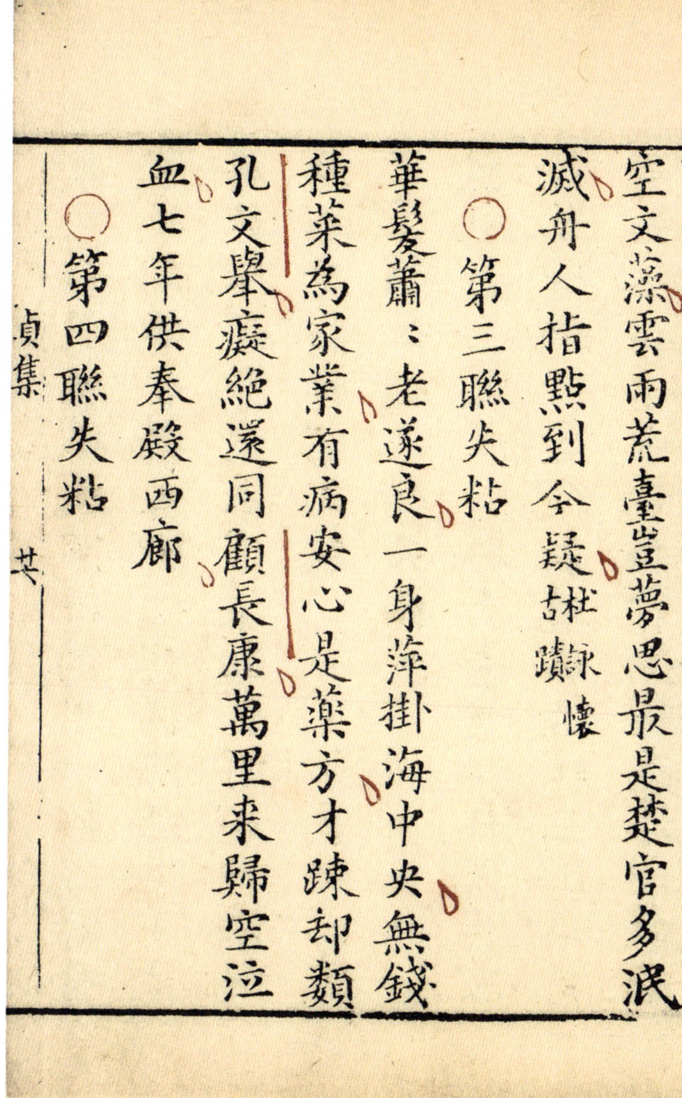
空文藻雲雨荒臺豈夢思最是楚宮多泯滅舟人指點到今疑杜詠懷古蹟

○第三聯失粘

華髮蕭蕭老遂良一身萍掛海中央無錢種菜為家業有病安心是藥方才疎却類孔文舉癡絕還同顧長康萬里来歸空泣血七年供奉殿西廊

○第四聯失粘

貞集　廿

米盡無人典破裘送行萬里一鄉遊解舟
又欲同君去歸舍聊須與婦謀聞道年来
丹伏火不愁老去雪蒙頭剩買山田添鶴
口廟堂新拜富元侯
○第二聯三聯失粘
鳳凰臺上鳳凰遊鳳去臺空江自流吳宮
花草埋幽径晋代衣冠成古坵三山半落
青天外二水中分白鷺洲總爲浮雲能蔽

日長安不見使人愁重見諷詩法內

○首尾失粘

扁舟徑渡石頭去看盡江南江北山忽驚雨作絚䕷下坐看風排鷗鷺還一生䏻作癃几緉十口恨不房三間作牋料理向公子有酒尚開寒士顏汪龍溪

○絕句失粘

新豐綠樹起黃埃數騎漁陽探使回霓裳

一曲千峯上舞破中原始下来

五言絶句失粘

都無看花臺偶到樹邊来可憐枝上色一

一為誰開

五言失粘八句入格反

不汎最清曠及来愁已空數點石泉雨一

溪霜葉風業在有山處道歸無事中酌畫

一杯酒老夫顔便紅

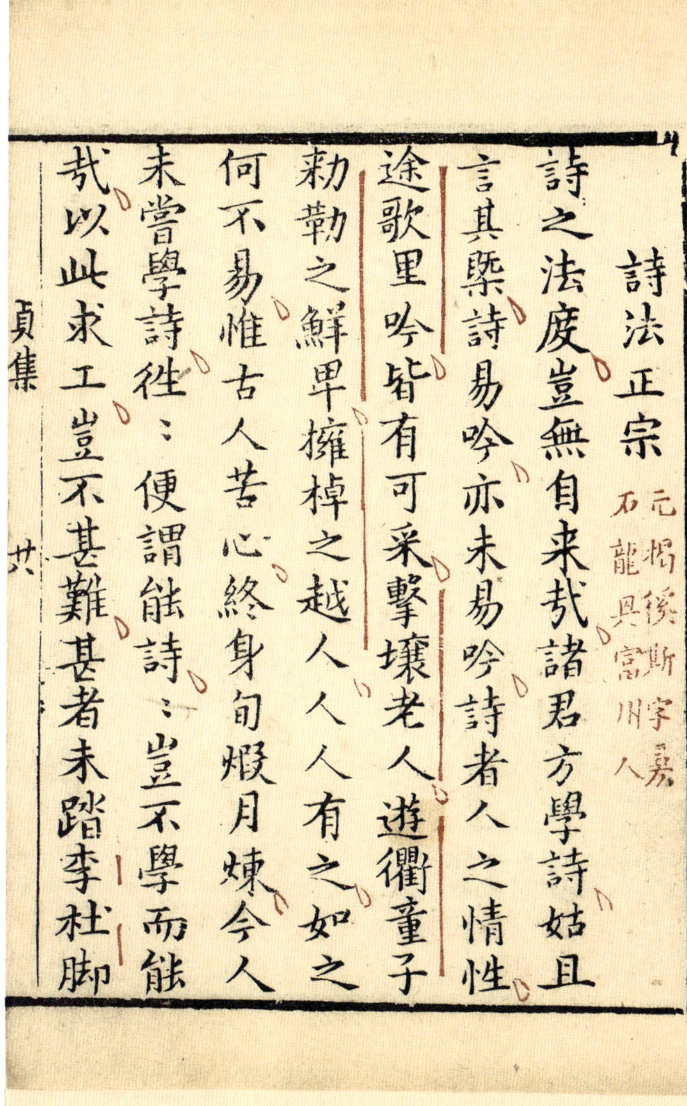

詩法正宗　元揭傒斯字曼石龍興富州人

詩之法度豈無自来哉諸君方學詩姑且言其槩詩易吟亦未易吟詩者人之情性途歌里吟皆有可采擊壤老人遊衢童子勑勒之鮮卑擁棹之越人人人有之如之何不易惟古人苦心終身旬煅月煉今人未嘗學詩徃〻便謂能詩〻豈不學而能哉以此求工豈不甚難甚者未踏李杜脚

板便已平視鮑謝未辨芳州杜若便謂奴隸離騷雖曰一盲引衆豈無明目遥觀祇見其率爾可哂也若欲真學詩須是力行

五章

○一曰詩本

吟詠本出情性古人各有風致學詩者必先調爕性靈砥礪風義必優游敦厚必風流醖藉必人品清高必神情簡逸則出辭

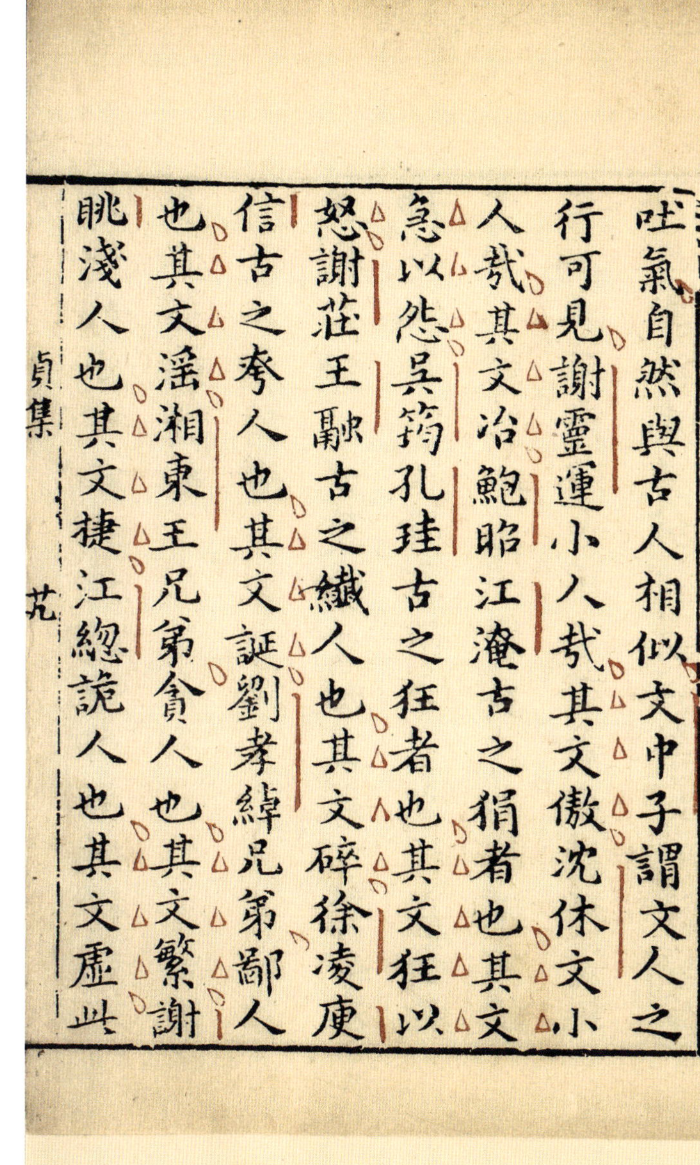
吐氣自然與古人相似文中子謂文人之行可見謝靈運小人哉其文傲沈休文小人哉其文冶鮑昭江淹古之狷者也其文急以怨吴筠孔珪古之狂者也其文狂以怒謝莊王融古之纖人也其文碎徐凌庾信古之夸人也其文誕劉孝綽兄弟鄙人也其文淫湘東王兄弟貪人也其文繁謝朓淺人也其文捷江總詭人也其文虛此

貞集　廿九

非特作文之病亦作詩之害若做得好人必做得好詩也

○二曰詩資

王荆公謂杜少陵讀書破萬卷下筆如有神是他自言入神處韓文公亦稱盧仝於書無不讀然止用以資為詩山谷謂不讀書萬卷不行地千里不可看杜詩杜詩無一字無来處東坡謂孟浩然如内法酒手

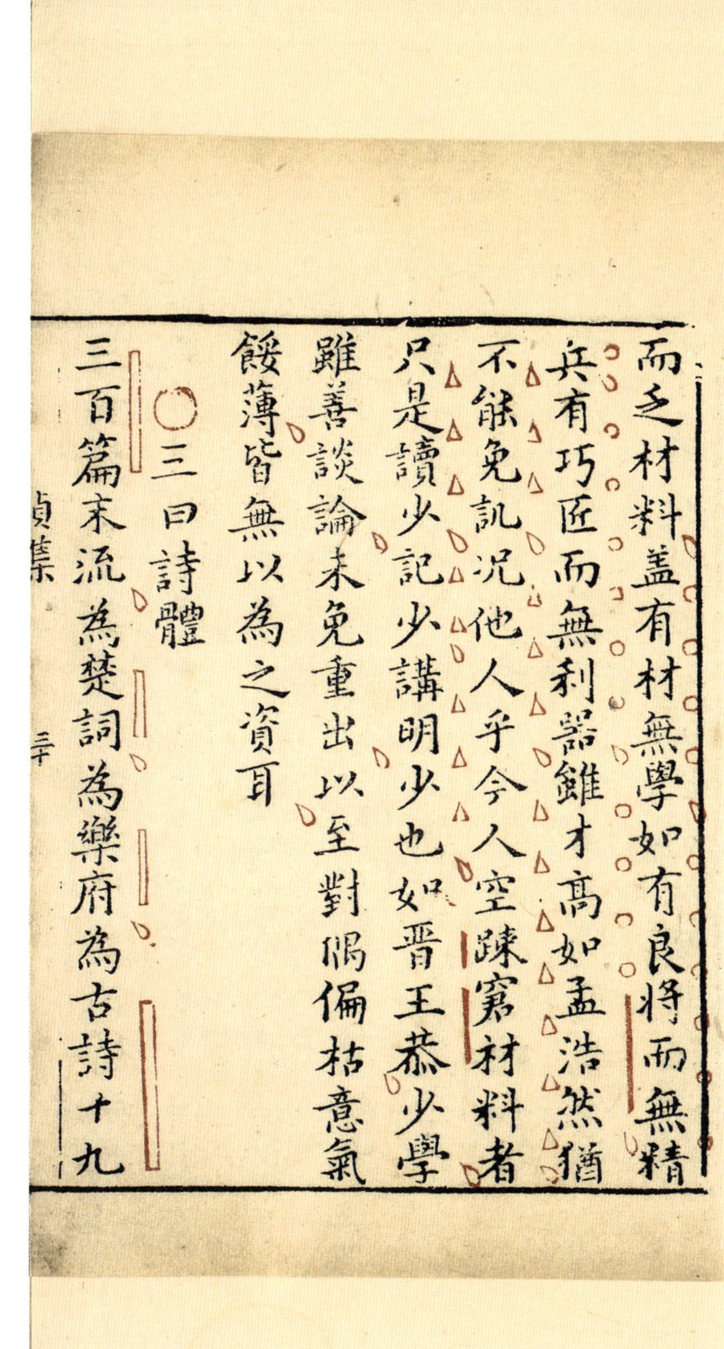

而乏材料蓋有材無學如有良将而無精
兵有巧匠而無利器雖才高如孟浩然猶
不能免譏況他人乎今人空疎寡材料者
只是讀少記少講明少也如晉王恭少學
雖善談論未免重出以至對偶偏枯意氣
餒薄皆無以為之資耳

○三曰詩體

三百篇末流為楚詞為樂府為古詩十九

貞集　三十

首為蘇李五言為建安黃初此詩之祖也文選劉琨阮籍潘陸左郭鮑謝諸詩淵明全集此詩之宗也齊梁玉臺体製卑弱然杜甫於陰河徐庾稱之不置但不可學其委靡唐陳子昂感遇諸篇出人意表李太白古風韋蘇州王摩詰柳子厚儲光羲等古体皆平淡蕭散近体亦無拘恋之態嘲哳之音此詩之嫡派也杜少陵古律各集

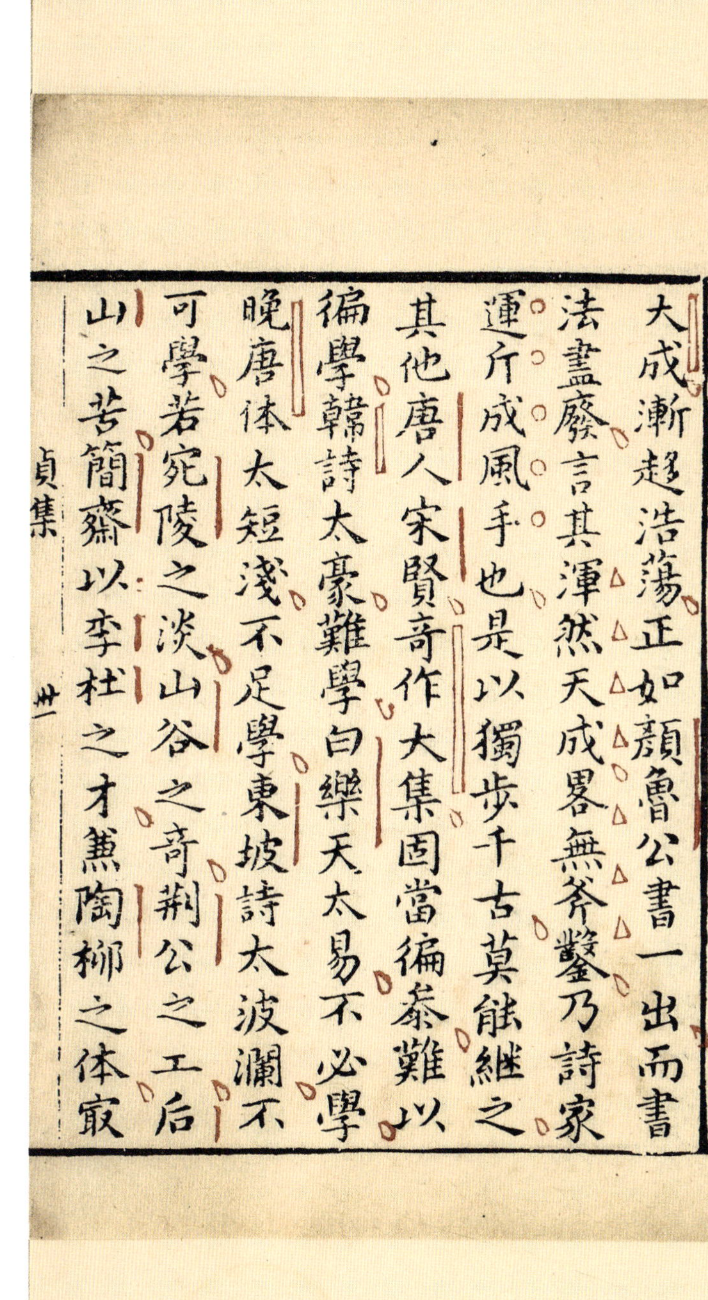

大成漸趨浩蕩正如顏魯公書一出而書法盡廢言其渾然天成畧無斧鑿乃詩家運斤成風手也是以獨步千古莫能繼之其他唐人宋賢竒作大集固當徧叅難以徧學韓詩太豪難學白樂天太易不必學晚唐体太短淺不足學東坡詩太波瀾不可學若宛陵之淡山谷之竒荆公之工后山之苦簡齋以李杜之才兼陶栁之体寂

貞集　卅一

為後来一大宗本若近世江湖等作非特不足觀須是將夙生所記一聯半句一洗而空使吾胸中無非古人之語言意思則下筆不期於高遠而自高遠矣朱文公答鞏仲至書於詩道源委正變最為詳盡玩味之餘觸類而長則詩體洞然矣

○四曰詩味

唐司空圖教人學詩須識味外味坡公嘗

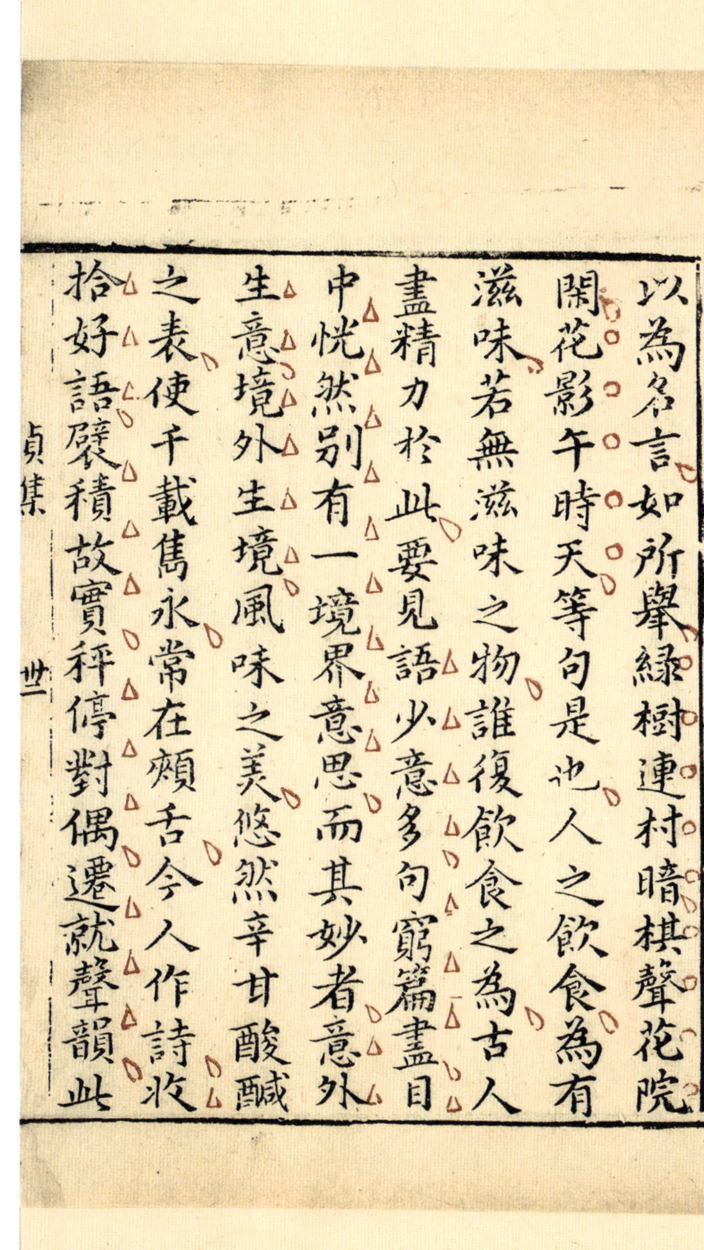

以為名言如所舉綠樹連村暗棋聲花院閑花影午時天等句是也人之飲食為有滋味若無滋味之物誰復飲食之為古人盡精力於此要見語少意多句窮篇盡目中恍然別有一境界意思而其妙者意外生意境外生境風味之美悠然辛甘酸鹹之表使千載雋永常在頰舌今人作詩收拾好語襞積故實秤停對偶遷就聲韻此

於詩道有何干涉大柢句縛於律而無奇語周於意而無餘語句之間救過不暇均為無味槁壤黄泉竭而後甘其味耳若學陶王韋柳等詩則當於平淡中求真味初看未見愈久不忘如陸鴻漸品嘗天下泉味如楊子中濡為天下第一水味則淡非果淡乃天下至味又非飲食之味所可比也但知飲食之味者已鮮知泉味又極鮮

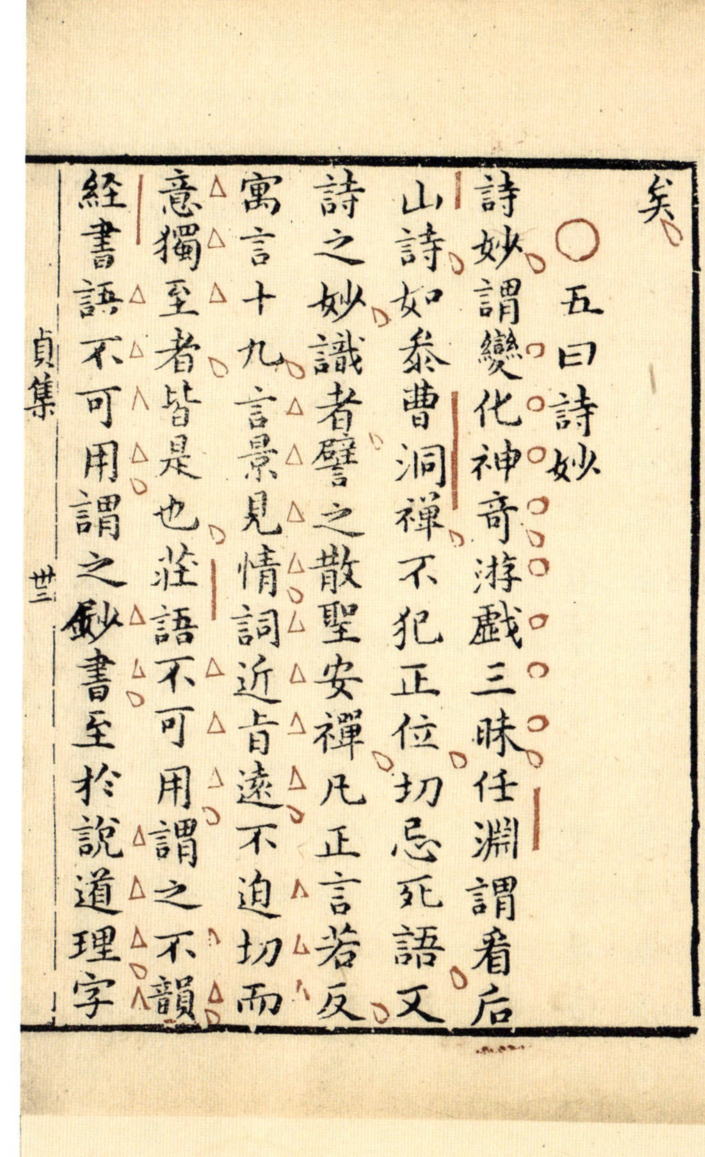

矣

○五曰詩妙

詩妙謂變化神奇游戲三昧任淵謂看后山詩如叅曹洞禪不犯正位切忌死語又詩之妙識者譬之散聖安禪凡正言若反寓言十九言景見情詞近旨遠不迫切而意獨至者皆是也莊語不可用謂之不韻經書語不可用謂之鈔書至於說道理字

貞集　廿三

字着相語〻要好謂之作詩必此詩皆病也劉賓客謂詩者人之神明言當神而明之大而化之如林間月影見影不見月如水中盐味知味不知盐如畫不觀形似而觀蕭散淡泊之意如字不為隸楷而求風流蕭散之趣超脫如禪飄逸如仙神变如龍虎抵掌咲談如優孟詼諧滑稽如東方朔則極玄造妙矣諸君倘能養性以立詩

本讀書以厚詩資識詩体於源委正变之餘求詩味於塩梅姜桂之表運詩妙於神通游戲之境則古人不難到而詩道昌矣

○詩宗正法眼藏

學詩宜以唐人爲宗而其法寓諸律心神節制字數經緯小能使大〻能使小遠能使近〻能使遠下抗高抑变化無窮龍合成章斤運成風謂之微妙玄通何可以忽

勿求之乎我法如是有謂必不然者卿用卿法然詩至唐方可學欲學詩且須宗唐諸名家諸名家又當以杜為正宗蓋上一等是六朝陶謝為高陶意語自成謝氣勢轉運皆未易學又上則建安黃初諸人其才出一筆寫成岳運培塿海露岸角高處極高淺處極淺亦時近古古風未漓宜爾也然此兩等詩其旨與三百篇義不同時

之盛者雅頌之旨未能渾以振而失之宴
安時之衰者民心之憂無復哀以思而失
之忿懥近世有論作詩開口便教人作選
体夫文選中諸詩當時擬作必各有所屬
今汎而曰選体吾不識何謂也且如看杜
詩自有正法眼藏毋為傍門邪論所惑今
於杜集中取其鋪叙正波瀾淵用意深琢
句雅使事當下字切五七言律十五首學

者不可草草看過如此去看古人詩胸中所閲義理既多則知近世詩格卑氣弱莫能逃矣

○收東京三首

仙仗離丹極妖星照玉除此十字說一場世乱天時人事之駭異有過此者乎字既停當語尤涵蓄比漁陽鼙鼓動地來之句霄壤懸隔須為下殿走不可好樓居語帶前詠下殿走好樓居使事停當須為不可四字緊要暫屈汾陽駕聊飛燕將書汾陽帝駕

可久似乎故下一暫字燕將之未必感動聊復尔耳二字有味書依然七

廟畧更與萬方初祖宗之廟謨已壞然不敢言稱依然馳更與萬

方初當時字畨再造可知

生意甘衰白天涯正寂寥衰白之時生意自然故下一甘

字他字不可代便忽聞哀痛詔又下聖明朝聖明之朝

豈有哀痛之詔幾使有之亦已甚可又下乎忽聞又下四字多少驚臣疑慮盡是玄

宗播遷已有詔罪己矣肅宗即位又一詔馳羽翼懷商老文思

憶帝堯十字渾涵多少意思撫軍監國天子事何乃促取大物為山谷用十

四字太露叨逢罷已日，霑灑望青霄。汗馬收宮闕，春城鏟賊壕。第三篇方說戰功只二字見用力之不易如此先宮闕後城壕有次序賞應歌杕杜，歸及薦櫻桃。雜虜橫戈數，以數字實功臣甲第高。萬方頻送喜，無乃聖躬勞。今日收復一處明日收復一處奏凱之音日報三首曲而直婉而成章言不迫切意已獨至

○喜達行在所三首

西憶岐陽路，無人遂却回。言昔道梗也下五字好眼

穿當落日愁望之極也心死着寒灰幾不可生也霧樹行相引蓮峰望或開言喜達意所親驚老瘦辛苦賦中来

愁思胡笳夕凄凉漢苑春雖遠行在風景如故而生還今日事間道暫時人司隷章初覩南陽氣已新初字已字不是下字喜心翻倒極嗚咽淚沾巾甚是可喜可悲

死去憑誰報歸来始自憐十字妙至今使人憐其意也

猶瞻太白雲昨未和也喜遇武功天漸近日也影靜千官裏心蘇七校前昔也階千官之榮今也祇一影之靜蓋是朝無人焉然猶幸熊羆之士為國討賊每至其前心少蘇焉今朝漢社稷新數中興年猶司隸南陽之意

○歸夢

逕路時通塞江山日寂寥偏生惟一老代叛已三朝紀字雨急青楓暮雲深黑水遙天地昏塞時也夢歸歸不得不用楚辭招

◯過斛新校書莊

此老已云沒鄰人嗟未休（或以為杜老自称）豈無宣室召徒有茂陵求（傷其臨老方得一官句事皆當文帝召賈誼於宣室武帝求相如遺文）妻子寄他食園林非昔遊（意涵粹比寡妻無子息破屋帶林泉者不同）空餘繐帷在淅ゝ野風秋（繐帷猶在而妻子寄食於他所可哀也）

燕入飛傍舍（傍無婦人怕與空宅耳）鷗歸秖故池斷橋無復板臥柳自生枝遂有山陽作（遂有二字）

好向秀過山陽作賦多慚鮑叔知素交零落盡白首
淚雙垂讀之可以敦伐木之意纏綿悽愴字字可法
詠懷古跡五首内第二首見前沙中金集第二聯失粘均
支離東北風塵際飄泊西南天地間吳曰支離
其神與東北風塵之際飄泊其身於西南天地之間此其所懷為何如也身在於西
南而神則遊於東北此二句詠懷以起三聯三峽樓臺掩日月
五溪衣服共雲山三峽指東北言五溪指西南言掩月月共雲山
非懷而何此又指古跡羯胡事主終無賴詞客哀時

且未還王曰五溪即羯胡也詞客指庾信也此聯言羯胡事主結上四句意詞客哀時生下結句意所謂古跡也庾信平生最蕭瑟暮年詩賦動江關

群山萬壑赴荊州生長明妃尚有村此專詠明妃事一去紫臺連朔漠獨留青塚向黃昏上句起三聯上句下句起三聯下句詠明妃入漢宮而後嫁胡國畫圖省識春風面環珮空歸月下魂上句承二聯上句明妃去矣惟見畫圖下句承二聯下句明妃死矣惟歸月下之魂惟其去紫臺所以有畫圖可省

惟其有青塚所以歸月下之魂交互曲折各盡其妙千載琵琶解胡
語分明哀怨曲中論此結起句以終其意昭君墓
蜀主窺吳幸三峽崩年亦在永安宮此詠永安
宮翠華想像空山裏玉殿虛無空寺中上言
英靈猶在下言寺猶在峽寺中先主祠廟在焉古廟松杉巢水鶴
歲時伏臘走村翁上句承上聯下句言之古廟即先主祠武
侯祠屋長鄰近一體君臣祭祀同
諸葛大名垂宇宙宗臣遺像肅清高三分

割據紆籌策，萬古雲霄一羽毛。諸葛之才本可以無天下今三分割據不得展其才而名之垂宇宙自若也萬古雲霄即宇宙也羽毛之在雲霄即肅清高也上句柳下句即揚之以應起句少伯仲之閒見伊呂，指揮若定失蕭曹。諸葛在伊呂之閒指揮若定雖蕭曹之智謀亦失之矣運移漢祚終難復，志決身殲軍務勞。五首大槩皆欽古跡而寓傷感之懷五首句字皆雅實意度極高遠

○愁

江草日日喚愁生，巫峽泠泠非世情。巫峽阻險

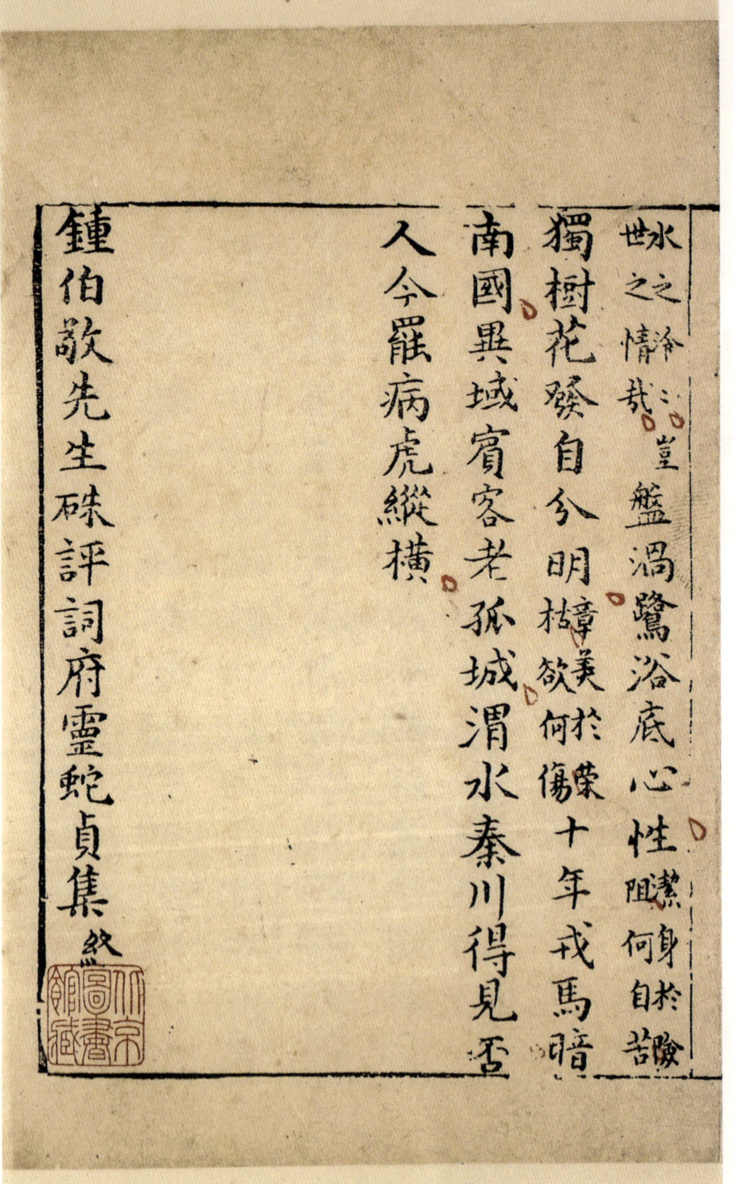

水之泠〻豈世之情哉盤渦鷺浴底心性潚身於險阻何自苦獨樹花發自分明章美於榮枯欲何傷十年戎馬暗南國異域賓客老孤城渭水秦川得見否人今罷病虎縱横

鍾伯敬先生硃評詞府靈蛇貞集終